Mats Strandberg

Halbes Leben

Mats Strandberg

Halbes Leben

Roman

Deutsch von Gabriele Haefs

C. Bertelsmann

Die Originalausgabe erschien 2009
unter dem Titel »Halva Liv«
beim Verlag Forum, Stockholm.

MIX
Papier aus verantwortungsvollen Quellen
FSC® C014496

Verlagsgruppe Random House FSC-DEU-0100
Das für dieses Buch verwendete
FSC®-zertifizierte Papier *Munken Premium Cream*
liefert Arctic Paper Munkedals AB, Schweden.

1. Auflage

Übersetzung des Gedichts von Dorothy Parker: Julia Stolz
Umschlag: R·M·E, Roland Eschlbeck/Rosemarie Kreuzer
Satz: Uhl + Massopust, Aalen
Druck und Bindung: GGP Media GmbH, Pößneck
ISBN 978-3-570-10061-5
Printed in Germany

www.cbertelsmann.de

Innenleben

Im stillen Zimmer, schmal und hoch,
wohnt nur mehr ihr Verstand.
Die hübschen Lampen scheinen noch,
auf Motti an der Wand.

Adrett lebt ihr Verstand, apart
von Kälte, Lärm und Schmerz,
froh, dass sie keinen Schlüssel hat,
denn draußen heult ihr Herz.

Dorothy Parker

Prolog

Der Mann, der verschwand

Ab und zu glaubt sie, ihn zu sehen. Ein Nacken im Gedränge der U-Bahn, ein Halbprofil im Gewimmel auf einem Fest. Dann macht ihr Herz einen Satz, ihr Herzschlag beschleunigt sich. Aber es ist nur ein Gespenst von früher, ein Wunschtraum, der aus dem Unterbewusstsein aufsteigt, und es kommt immer seltener vor.

Buchmesse im verregneten Göteborg. Der Verlag hatte ihr ein Hotelzimmer auf dem Messegelände besorgt, und wegen des ungemütlichen Herbstwetters und ihres vollgestopften Terminplans hatte sie keine Chance, etwas von der Stadt zu sehen. Das Stimmengewirr in den Ausstellungshallen war wie eine massive Wand, einschläfernd und aufregend zugleich. Sie saß am Verlagsstand und signierte ihr erstes Buch, eigentlich nur eine Sammlung ihrer Antworten auf Leserfragen in der Abendzeitung. Sie war noch keine dreißig und konnte sich nach wie vor als jung und vielversprechend betrachten. Abends fand irgendwo in den Hallen immer eine Cocktailparty statt. Danach folgte sie dem Strom zu einem der großen Verlagsfeste, und gegen Mitternacht landeten alle in der Bar des Parkhotels. Sie trank viel zu viel und schlief viel zu spät ein, und am nächsten Morgen ging alles wieder von vorne los. Sie fand es wunderbar.

Am letzten Abend in Göteborg verließ sie das Messegelände zum ersten Mal. Eins ihrer Idole, der zweifache Träger des Augustpreises, hatte sie zum Essen eingeladen. Er hatte das Lokal ausgesucht, ein unscheinbares Restaurant, wo sie garantiert keine Bekannten treffen würden. Es stellte sich bald heraus, dass der zweifache Augustpreisträger ein einfältiger Selbstverherrlicher und eine Parodie seiner selbst war. Als er allen Ernstes behauptete, Frauen läsen nur Kitschromane, ging ihr nicht nur auf, wie alt er war, sondern auch, dass es Zeit zum Aufbruch war. Sie bezahlte ihren Teil der Rechnung und sagte ihm, dass sie ihn nicht mehr antreffen wolle, wenn sie von der Toilette zurückkehre.

Dort blieb sie so lange, bis sie sicher sein konnte, dass er tatsächlich gegangen war.

Der Barmann sah sie verständnisvoll an, als sie endlich die Tür einen Spaltbreit öffnete und ins Restaurant spähte. Ehe sie etwas bestellen konnte, schenkte er ein Glas Rotwein ein und schob es ihr hin. Sie grinste und nahm das Glas dankbar entgegen.

»Was für ein Idiot«, sagte er.

Und diese kurze Bemerkung war der Anfang ihrer Beziehung.

Der Wein schmeckte gut, und sie bat ihn, den Namen aufzuschreiben. Seine achtlosen Großbuchstaben auf dem Zettel waren die gleichen wie in dem Brief, den er ihr nur ein halbes Jahr später schickte: VERZEIH MIR. ICH KANN NICHT SAGEN, WARUM. SUCH MICH NICHT. HASS MICH NICHT.

Natürlich hatte sie Jakob gehasst. Und natürlich hatte sie nach ihm gesucht.

Jakob sah nicht im klassischen Sinne gut aus, und genau das gefiel ihr. Seine dunklen Haare wellten sich unbändig. Die inneren Augenwinkel zogen sich leicht nach unten, schräg auf die Nase zu. Die Iris war kohlschwarz. Später erfuhr sie, dass er samische Vorfahren hatte.

Ein stark sich abzeichnender Adamsapfel hüpfte auf und ab, wenn er redete. Sein Lächeln war umwerfend, und es erschien ihr jedes Mal wie ein Sieg, wenn sie ihm eins entlocken konnte. Sie saß in der Bar und trank noch ein Glas Wein, während das Personal das Restaurant schloss, und sie blieb auch noch, als er abrechnete.

Sie schlug ihm vor, sie auf ihr Hotelzimmer zu begleiten. Sie würde am nächsten Tag nach Hause fahren und wollte sich die Gelegenheit nicht entgehen lassen. Ging davon aus, dass es bei dem einen Mal bleiben würde.

Sie hatten keinen himmelstürmenden Sex, nicht in dieser ersten Nacht. Aber sie fand es schön, mit ihm zu schlafen. Er legte die Arme um sie, als wollte er ihren Körper mit seinem umschließen. Und dieses eine Mal wollte sie nicht weglaufen.

Den ganzen Herbst und Winter über trafen sie sich bei ihr, sooft er nach Stockholm kommen konnte. Sie gingen selten aus und verabredeten sich nicht mit anderen. Sie waren vollkommen mit sich beschäftigt und lebten wie in einem Vakuum. Sie konnte sich nicht vorstellen, jemals genug von seinem Körper zu bekommen, vom Duft seiner Haut in der Halsgrube oberhalb des Schlüsselbeins.

Er war drei Jahre älter als sie, hatte aber gerade erst mit seinem Journalistikstudium begonnen und kellnerte, um sich über Wasser zu halten. Er war in Landsån aufgewachsen, einer kleinen Stadt bei Överkalix, und war mit neunzehn an die Westküste gezogen.

Er hatte eine Clownphobie und war ein begeisterter Fleischesser, hatte aber nichts gegen ihre vegetarische Kost. Er glaubte an Gott, war jedoch nicht religiös. Abends löste er Kreuzworträtsel, und sie beobachtete belustigt sein unbewusstes Mienenspiel zwischen tiefer Konzentration und zufriedenem Lächeln.

Sie erkannte, dass sie ihn liebte. Von ganzem Herzen. Sie hatte das Gefühl, dass sie endlich jemand sah. Die echte Jessica, die sie immer hatte sein wollen, von der sie gespürt hatte, dass sie sie eines Tages sein könnte. Sie hatte niemals ernsthaft eine Zukunft mit jemandem geplant, aber es fiel ihr immer schwerer, die Wochen zwischen seinen Besuchen zu überstehen. Alles war nur noch ein einziges Sehnen. Er sprach schon davon, sich um einen Studienplatz in Stockholm zu bewerben.

Ihre Freunde rieten ihr, nichts zu überstürzen. Sie sagte sich, er sei das Unglaublichste, was ihr in ihrem Leben passiert sei. Aber wenn sie an die Zukunft dachte, konnte sie sich kaum zurückhalten, weil sie etwas Ähnliches noch nie erlebt hatte.

Früher hatte sie die Phase des Frisch-Verliebt-Seins, von der andere so schwärmten, für die schlimmste Form von psychischer Folter gehalten. Sie hasste die Ungewissheit und die paranoiden Gedankenspiralen. Von Anfang an wollte sie klare Ansagen, schriftliche Garantien, einen deutlich abgesteckten Rahmen. Aber bei Jakob war das anders. Sie gestattete es sich, euphorisch, albern, auf eine kitschige Weise frisch verliebt zu sein, die ganz neu für sie war. Mitte Januar beschlossen sie, im Frühling probeweise zusammenzuziehen. Er kündigte seine Mietwohnung. Er wollte zu ihr ziehen. Er liebte sie.

Und fünf Wochen später war er verschwunden.

Einige Tage darauf traf sein Brief ein.

Die Ungewissheit machte sie wahnsinnig, sie konnte nicht schlafen, die Schlaflosigkeit machte sie noch wahnsinniger. Sie wusste einfach nicht, wie sie mit der Situation, den widerstreitenden Gefühlen, der Angst, Rastlosigkeit, Wut und der totalen Hilflosigkeit umgehen sollte. Und dann eine Fehlgeburt in der zehnten Woche. In diesem Chaos hatte sie nicht einmal begriffen, dass sie schwanger war. Sie riss seinen Brief in Fetzen und warf ihn weg. Wollte die Wörter nicht noch einmal lesen, aber in ihr waren sie noch immer vorhanden, gleich unter der Oberfläche.

VERZEIH MIR. ICH KANN NICHT SAGEN, WARUM. SUCH MICH NICHT. HASS MICH NICHT.

Teil 1

Jessica

1

Jessica starrt die silberne Packung mit den weißen Tabletten an, als könne sie ihr eine Antwort geben. Versucht auszurechnen, wie viele Tabletten sie noch haben müsste, weil sie doch tatsächlich vergessen hat, ihre Zoloft zu nehmen.

Sie hat keine Erinnerung daran, morgens die Tabletten auf die Zunge gelegt, den chemischen Geschmack wahrgenommen zu haben, ehe sie sie mit einem Glas Wasser hinuntergespült hat. Andererseits, warum sollte sie sich an etwas so Alltägliches erinnern? Das wäre ebenso unmöglich wie der Versuch, sich zu erinnern, ob sie morgens gepinkelt hat oder nicht. *Oder? Gibt es Leute, die sich an solche Dinge erinnern?*

Sie hätte sich schon vor einigen Jahren geschlagen geben und in der Apotheke eine Tablettenbox kaufen sollen. Dann wäre sie jetzt nicht so ratlos. Schon wieder. Aber etwas an der Vorstellung der vielen Tabletten in ihren kleinen Fächern macht sie nervös.

Jessica legt die Tablettenpackung auf den Waschbeckenrand. Ihr Arzt im Sophiahemmet, der mit den feuchten Augen und den trockenen Händen, hat gesagt, wenn sie nicht wisse, ob sie ihre Tabletten genommen habe, solle sie *keine* nehmen. Sie an einem Tag zu vergessen, spielt auf lange Sicht gesehen keine Rolle. Offenbar werden sie im Körper auf irgendeine Weise gespeichert, aber eine doppelte Dosis kann zu Nebenwirkungen führen, ähnlich den panischen Angstattacken, die sie früher hatte. Sie glaubt dem Arzt. Sie erinnert sich noch immer an die erste Phase, als sie sich langsam daran gewöhnte, nicht schlafen, nicht essen konnte und das Gefühl hatte, die Augen sprängen ihr aus dem Schädel. Deshalb kann sie sich sehr gut vorstellen, wie eine doppelte Dosis von hundertfünfzig Milligramm ihr Gehirn zum Kochen bringen würde.

Also sollte sie sich jetzt nicht darum scheren und einfach keine Tabletten nehmen, in der sicheren Überzeugung, dass es keinen Unterschied macht. Aber es fällt ihr schwer, das Badezimmer zu verlassen und sich für den Abend bereitzumachen.

Wenn sie vielleicht nur eine *halbe* Tablette nimmt? Eine halbe zu viel ist wohl kaum gefährlich, das wäre dieselbe Steigerung wie zu Anfang, und wenn sie wirklich heute vergessen hat, ihre Tabletten zu nehmen, dann ist eine halbe doch sicher besser als keine?

Jessica flucht ungeduldig. Wenn sie wenigstens vergessen hätte, dass sie vielleicht vergessen hat, ihre Tabletten zu nehmen. Jetzt, wo sie weiß, dass sie sie vielleicht vergessen hat, ist die Logik außer Kraft gesetzt. Das vertraute Ameisenkribbeln breitet sich unter ihrer Schädeldecke aus, ihre Hirnrinde scheint sich in Krämpfen zusammenzuziehen, sie verspürt kalte Stiche in Stirn und Schläfen. Sie weiß, dass das Einbildung ist, aber was spielt das schon für eine Rolle? Sicher, vielleicht ist sie nur eine Hypochonderin, aber es verursacht Stress, und der Stress hat sie einige Jahre zuvor krank gemacht. Ihre große Angst ist, dass die Angst vor dem Krankwerden sie am Ende wirklich krank machen könnte.

Im ersten Jahr, nachdem Jakob verschwunden war, biss sie die Zähne zusammen, bis ihre Kiefer schmerzten, wenn sie morgens aufwachte. Sie erzählte niemandem von der Fehlgeburt. Es war viel leichter, sich in die Probleme anderer zu vergraben. Die Arbeit an ihrer Ratgeberspalte und den Artikeln über Beziehungen wurde zu einem Zufluchtsort, aber am Ende funktionierte auch das nicht mehr.

Das Schlimmste daran, gegen die berühmte Wand zu laufen oder, genauer gesagt, voll dagegenzuknallen, war, dass der Aufprall ihr vollständig den Atem nahm, sodass sie sich danach nicht wiedererkannte. Sie konnte sich nicht mehr auf sich verlassen, hatte keine Kontrolle mehr.

Im Nachhinein ist es leichter zu erkennen, wo die Sache aus dem Ruder gelaufen ist. Aber als sie das erkannte, war es schon zu spät.

Jessica schüttelt den Kopf, als sie sich im Spiegel sieht und die Liste von Argumenten herunterleiert, die dagegensprechen, dass sie noch einmal krank werden kann.

Ich habe mit Hilfe meines KBT- und meines Stresstherapeuten viel über mich gelernt. Mein Ich hat jetzt größeres Selbstvertrauen. Ich habe die Sache mit Jakob verarbeitet, so gut das eben geht. Ich arbeite viel weniger. Ich habe gelernt, Nein zu sagen, wenigstens ab und zu. Ich verlange nicht mehr von mir, immer perfekt zu sein. Ich wage es, allein zu sein. Ich mache Yoga und jogge und habe bei Stockholms meistempfohlenem Akupunkteur auf dieser schmutzigen Pritsche wie ein Nadelkissen gelegen. Am Ende habe ich angefangen, Glückspillen zu nehmen, Gott sei Dank. Ich trinke nicht mehr so viel Kaffee. Und wenn ich wider Erwarten doch Gefahr laufe, erneut krank zu werden, dann werde ich diesmal die Vorzeichen bemerken, ich werde die Handbremse ziehen, ehe ich aus dem Gleichgewicht gerate. Alles wird sich finden.

Und übrigens war sie nie krank. Es kam ihr nur so vor. Es kam ihr nur so vor, als ob sie sterben müsste. Im Grunde war die panische Angst, die sie in der Wohnung einsperrte, nur eine gesunde Reaktion auf eine unhaltbare Situation. Das behauptet zumindest ihr Stresstherapeut.

Es klingelt an der Tür. Jessica legt die Tablettenpackung in den Badezimmerschrank und schließt ihn mit einem energischen Knall. Sie durchquert das Wohnzimmer, die Bilder an den Wänden nimmt sie nur schemenhaft aus den Augenwinkeln wahr: Petra und Enzo (zusammen auf einer Schäreninsel), Mama und Papa (niemals zusammen), Oma, Opa und Viktor (sie hat sie schon viel zu lange nicht mehr besucht). Ihre nackten Füße bewegen sich lautlos über den weichen, weiß gebeizten Holzboden, den sie so liebt. Obwohl es ihr in dieser Wohnung so schlecht gegangen ist, hat sie nie das Gefühl gehabt, die Angst sitze in den Wänden fest.

Als sie die Tür öffnet, entsteht in der Wohnung ein Durchzug. Die Fenster, die nach Norden gehen, stehen zur Tjärhovsgata hin sperrangelweit offen, und der Duft des Frühlingsabends dringt herein.

Sean, ihr Friseur, steht mit schweißfeuchtem Gesicht im Treppenhaus. Er schiebt die Unterlippe vor und pustet sich eine Haarsträhne aus den Augen. In den Händen hält er zwei schwere Kästen. Er hat alles dabei, um sie für diesen Abend schön zu machen.

»War Micke nervös, ehe er gegangen ist?«

Sean verpasst ihrer Kopfhaut eine leichte Shiatsu-Massage. Jessica hat soeben die Augen geschlossen und sich noch tiefer in ihren Morgenrock gekuschelt. Sie will lieber nicht an die Vernissage denken. Die Tatsache, dass sie in einer guten Stunde im Kulturhuset mit Möchtegern-Intellektuellen und der Medienelite billigen Weißwein trinken wird, kommt ihr noch immer angenehm weit weg vor.

Aber Seans Finger lassen von den verspannten Muskeln auf ihrem Kopf ab. Ein Föhn wird eingeschaltet und heult los. Der warme Luftstrom streichelt ihren Nacken, der sich an seine neue Nacktheit noch nicht gewöhnt hat. Sie öffnet die Augen, schlägt aber rasch den Blick nieder, als sie ihr ungeschminktes Gesicht im Spiegel sieht. Sie erhascht nur den Ausdruck in ihren Augen, will der wachsenden Panik darin nicht begegnen. Sie wüsste gern, ob andere die auch sehen können. Sean scheint nichts bemerkt zu haben.

»Ich nehme an«, sagt sie.

Eigentlich würde sie sich gern eine Stunde lang verhätscheln lassen und sich dann wieder hinlegen. Ein Atarax nehmen, um die Nacht durchzuschlafen. Aber das kann sie Micke nicht antun, er hat es schon lange satt, dass sie ihn niemals begleiten will. Er behauptet, dass die anderen ihn bald für einen Lügner halten werden, wenn er erzählt, dass sie zusammen sind.

»Danke, dass du so kurzfristig kommen konntest«, sagt sie zu Sean, um rasch das Thema zu wechseln.

Er machte eine ungeduldige Handbewegung.

»Ist doch klar, Herzchen. Seit ich dir die Haare schneide, habe ich eine Menge neue Kundschaft bekommen. Das hier geht auf meine Rechnung.«

Sie lacht, aber sie fühlt sich nicht ganz wohl in ihrer Haut. Sie kann sich nie daran gewöhnen, ein bekanntes Gesicht zu sein, und noch weniger eins, das andere nachahmen wollen. Sean zerreibt zwischen seinen Händen weiches Wachs und zupft die kurzen Strähnen zurecht.

2

Jessicas Gehirn kocht in seinem eigenen Saft, als sie den Sergels torg überquert. Durch die großen Panoramafenster des Kulturhuset sieht sie unzählige menschliche Körper, die sich im dritten Stock drängen. Irgendwo dort oben ist Micke, im Zentrum der Aufmerksamkeit.

Als er fertig war, hat sie Sean gezwungen, noch zu bleiben und eine Flasche Sekt mit ihr zu teilen. Sie hat sogar gefragt, ob er sie begleiten wolle, und es ist ihr peinlich, dass damit deutlich wird, wie wenig Freunde sie hat. Die Einzige, die ihr noch nahesteht, ist Petra, aber gerade an diesem Abend muss die sich um ihren Sohn kümmern und kann nicht mitkommen.

Jessicas Rücken ist schon schweißnass, als sie sich einer Gruppe von Vernissagegästen nähert, die rauchend vor der Eingangstür stehen. Sie sind kühl und elegant und ganz und gar befreit von subkutanem Fett. Sie erkennt die Moderedakteurin von *ELLE*, die den anderen offenbar Gesellschaft leistet, und ihr letztes Covermodel. Jessica räuspert sich und nickt grüßend, als sie an der Gruppe vorübergeht. Sie hat das Gefühl, dass ihr Lächeln ein wenig unterwürfig ausfällt.

Als Jessica die Rolltreppe verlässt, schnappt sie sich ein Plastikglas Wein von einem Tablett und kippt es im Gehen hinunter, während sie auf Micke zusteuert.

Plötzlich tritt ihr ein zwei Meter großer Nachrichtensprecher mit viel zu fettigen Haaren und viel zu orangem Selbstbräuner in den Weg.

»Ach, sieh mal an, wen haben wir denn hier?«

Sie bleibt genau vor ihm stehen und bereut es sofort, sie hätte einfach mit einem höflichen Lächeln an ihm vorbeigehen sollen.

»Jessica Wilcox«, sagt er mit einem ironisch klingenden Unterton in der Stimme.

Ironie, weshalb?

»Hallo«, sagt sie so neutral wie möglich.

»Jessica Wilcox«, sagt er noch einmal, diesmal lauter.

Der will mich verarschen, will, dass es alle in der Nähe mitkriegen, vielleicht haben sie mich durch das Fenster gesehen und darüber gesprochen, dass ich …

»Ich muss zu Micke«, murmelt sie. »Bei dir ist alles in Ordnung, hoffe ich?«

»Ja, es läuft gut, verdammt gut.«

Er lächelt sie ein wenig zu strahlend an, und Jessica hat das Gefühl, dass das Gespräch um sie herum leiser geworden ist. Instinktiv reckt sie sich.

»Schön, dich zu sehen«, sagt sie und geht um ihn herum.

»Schön, *dich* zu sehen, Jessica Wilcox!«, ruft er hinter ihr her, und sie richtet sich noch ein wenig mehr auf.

Micke strahlt, als er sie entdeckt. Sie ist gerührt.

»Endlich!«, ruft er, und sie lässt sich von ihm kurz auf den Mund küssen.

»Gibt's eine Führung durch die Ausstellung?«, fragt sie.

Er lächelt die Leute, die um sie herumstehen, entschuldigend an, und Jessica ist dankbar, weil sie niemanden von ihnen kennt und ihr keine höflichen Floskeln abverlangt werden können.

Micke nimmt ihren Arm und führt sie zur gegenüberliegenden Wand.

»Ist alles gut gegangen?«, flüstert sie ihm ins Ohr.

»Ich glaube schon. Bist du allein hergekommen?«

Sie nickt. Sie sind vor einem der Porträts stehen geblieben, und Jessica unterdrückt ein Gähnen.

Micke ist einer der meistbeschäftigten Mode- und Werbefotografen des Landes, eine der Schlüsselfiguren in der Branche, und er kann es sich leisten, in verschlissenen Jeans und mit einem dicken Priem unter der Oberlippe herumzulungern, und dennoch, oder gerade deshalb, wird er von jedem Fashionista-Führer und jedem klapperdürren Model vergöttert. Er hat seit mehreren Jahren mit Unterbrechungen an dieser Porträtsammlung gearbeitet, aber alle Bilder scheinen bei ein und derselben Gelegenheit entstanden zu sein. Bei Aufträgen für Modezeitschriften und Werbeagenturen hat er Models und Promis überredet, noch einmal vor die Kamera zu treten, abgeschminkt und nachdem die Requisiten entfernt worden waren. Dann hat er sie dazu gebracht, zu gähnen, und eine Großaufnahme in dem Moment gemacht, in dem das Gähnen seinen Höhepunkt erreicht, wenn die Augen sich automatisch schließen und die Halsmuskeln sich maximal dehnen.

Das Ergebnis ist wirklich erstaunlich. Die vertrauten Gesichter auf den Bildern sind ausnahmsweise unverstellt, sehen fast hilflos aus. Außerdem wirkt das Gähnen der eindimensionalen Bilder ansteckend: Überall gähnen Leute diskret hinter geballten Fäusten, während sie zugleich belustigte Blicke wechseln. Angesteckt durch die Bilder und die übrigen Gäste, unterdrückt Jessica ein weiteres Gähnen. Sie hat das Gefühl, dass hier eine totale Gähnpsychose ausbrechen könnte.

»Es klappt doch, oder?«, flüstert Micke eifrig, während er sie weiter durch den Ausstellungsraum führt.

»Es ist genau so, wie du es dir gedacht hast«, sagt sie.

Jessicas Mobiltelefon klingelt in ihrer Jackentasche, und sie zieht es heraus. Es ist die Nummer ihres Vaters. Sie steckt das

Telefon wieder ein. Micke wirft ihr einen raschen Blick zu, stellt aber keine Frage.

Micke verschwindet wieder in der Besuchermenge. Ein Journalist von der Gratiszeitung *Metro*, der aussieht wie vierzehn, will ihn interviewen, danach steht schon der Abgesandte von TV 4 Stockholm bereit. Jessica schlendert weiter, sieht sich die Porträts genau an. Sie schnappt Bruchstücke der Gespräche um sie herum auf, registriert die Gesichter der anderen Gäste, schaut aber hastig weg, wenn jemand versucht, ihren Blick aufzufangen. Sie lacht nur kurz, geht weiter und hofft, dass sie nicht wie eine Diva wirkt.

Jessica hat das Gefühl, dass Micke sie mit mehreren der porträtierten Frauen betrogen hat, aber solange sie nichts Konkretes darüber weiß, spielt es keine Rolle. Solange sie keine Stellung beziehen muss, macht es ihr nichts aus. Was für eine tolle Expertin für Sex und Beziehungen, denkt sie nicht zum ersten Mal. Wirklich eine Ironie des Schicksals!

Auf dem Gymnasium hat Jessica den naturwissenschaftlichen Zweig besucht, obwohl ihr das vorkam wie eine Fortsetzung aller Fächer, die sie bisher verabscheut hatte. Eigentlich wollte sie überhaupt nicht büffeln, aber wie sollte sie einen Schulabbruch begründen, wo sie doch so gute Noten hatte? Jessicas Zeugnisse waren immer hervorragend, und ihr Vater ging davon aus, dass sie ebenfalls Medizin studieren würde. Und dabei hatte er während seiner eigenen medizinischen Ausbildung eine so starke Hypochondrie entwickelt, dass er jede Krankheit bekam, über die er las. Nur deshalb hatte er sich auf Gynäkologie verlegt, die perfekte Laufbahn für einen Hypochonder ohne Vagina. Sein Beruf war eine stetige Quelle der Peinlichkeit. Vor allem, wenn manche ihrer Klassenkameradinnen in seiner Praxis erschienen, als die Zeit kam, sich die Pille verschreiben oder den

Ausfluss untersuchen zu lassen. Jessicas Eltern hatten sich inzwischen scheiden lassen, und einige der Klassenkameradinnen trafen ihren Vater um einiges häufiger, als Jessica es tat.

Sie interessierte sich nicht sonderlich für Sex. Sie fand die Vorstellung sogar ein wenig ekelhaft. Während eine Freundin nach der anderen ihre Unschuld verlor, kamen sie mit ihren Fragen immer häufiger zu Jessica. Sie las die Spalten über Sexfragen in den Abendzeitungen und Illustrierten genau durch und fand weitere klinische Tatsachen in den Fachbüchern ihres Vaters. Je mehr Informationen sie absorbierte, umso weniger Lust hatte sie auf Sex. Sie war von Sex besessen, ohne es zu wollen. Eine Expertin in der Theorie, aber niemals in der Praxis.

Natürlich ist sie nicht mehr unschuldig. Und sie mag Sex, ab und zu, auch wenn das Zoloft die Orgasmen stumm in die Ferne davonschweben lässt wie zum Bersten gefüllte Heliumballons. Ehe sie Micke kennenlernte, hatte sie fast drei Jahre lang mit niemandem geschlafen. Noch immer ist es für sie ein Mysterium, wie Sex und Körper und deren Inhalt manchmal so unglaublich schön und erregend und manchmal das Widerlichste sein können, das man sich überhaupt vorstellen kann.

Jessica schaut diskret auf das Display ihres Telefons. Ein Briefumschlag, ihr Vater hat ihr eine Mitteilung hinterlassen. Aber Jessica interessiert sich mehr für die Uhrzeit. Sie ist jetzt lange genug hier gewesen, fast eine Dreiviertelstunde, und sie hat sogar mit einigen Gästen geredet. Micke kann sich nicht beschweren, wenn sie jetzt nach Hause geht.

Mit Hilfe des Atarax schläft sie tief und fest, als Micke in ihr Bett kriecht. Sie kann seinen Atem schon von Weitem riechen, er riecht nach saurem Schnaps und altem Tabak, und Micke flüstert ihr etwas ins Ohr, aus viel zu großer Nähe. Es kitzelt unangenehm, und sie schwimmt widerwillig an die Oberfläche, um ihn abzuwehren.

»Ich dachte, du wolltest heute Nacht zu Hause schlafen«, murmelt sie.

»Mir hat meine Kleine gefehlt«, flüstert er und rückt näher.

Seine Hand hat sich unter die Decke gestohlen und macht einige halbherzige Versuche, ihre rechte Brust zu kneten.

»Das da ist kein Stressball«, sagt sie.

Er kichert beschwipst und lässt sich auf seine Seite des Bettes fallen, und sie ist dankbar, weil er nicht wieder wütend wird und sie frigide nennt. Die Hand bleibt schwer auf ihrem Brustkorb liegen.

Er ist schon eingeschlafen.

Sie ist hellwach.

3

Vor dem Küchenfenster sind die Vögel zum Leben erwacht. Jessica reißt das Fenster sperrangelweit auf, das Zwitschern schwirrt durch die klare Morgenluft. Es gibt nur Jessica und die Vögel, das übrige Stockholm schläft noch.

Jessica putzt sich die Zähne, während sie den Kopf aus dem Fenster streckt, sie versucht herauszufinden, wie kühl es ist. Auf dem Weg zurück ins Badezimmer folgt sie den Spuren von Mickes nächtlicher Ankunft. Er hat sich einen Weg gebahnt wie ein Tsunami und hat überall auf seinem Weg Wrackteile hinterlassen. Seine spitzen Schuhe, die er gleich beim Hereinkommen abgestreift hat, stehen mitten in der Diele. Die abgenutzte Jeansjacke hat er achtlos über einen Sessel geworfen. Eine zusammengeknüllte Kugel aus Alufolie mitten auf dem Fernsehsofa, eine klebrige Papiertüte der Imbisskette Sibylla auf dem Tisch davor.

Jessica spuckt den Zahnpastaschaum ins Waschbecken, fährt sich einige Male mit der Bürste über die Zunge und spült den Mund mit eiskaltem Wasser aus, das ihre Zähne aufschreien lässt. Micke schnarcht noch immer in ihrem Bett, als sie ihre Turnschuhe anzieht. Sie zieht vorsichtig die Wohnungstür hinter sich zu und verlässt das Haus.

In der Götgata beschleunigt sie ihre Schritte, überquert den Ringväg und geht unterhalb des Eriksdalsbads am Wasser entlang. Danach folgt sie dem Ufer bis Hornstull, weiter am Söder Mälarstrand bis Slussen, und dann wiederum durch die Götgata, bis sie ihr Viertel erreicht hat, mit rotem Gesicht, aber ruhigerem Gemüt. Sie schaut zu ihrem Schlafzimmerfenster hoch, und ihr fällt ein, dass sie die Jalousie hätte herunterlassen müssen, damit Micke nicht von der Sonne im Gesicht geweckt wird. Er wird grauenhaft verkatert sein.

Sie spielt mit dem Gedanken, schnell nach oben zu laufen. Stattdessen geht sie in den Speisesaal von Hotell Malmen, holt sich vom Frühstücksbüffet ein Croissant, eine Packung Nutella und einige Scheiben Wassermelone. Danach beschließt sie, dass es nun an der Zeit ist, sich die Mitteilung ihres Vaters auf dem Anrufbeantworter anzuhören.

Jessica nippt vorsichtig an ihrem heißen Kaffee, während die umständliche Ansage läuft. »Willkommen bei Ihrer Eurovoice … Sie haben … eine … neue Mitteilung … empfangen … neunzehn … null … sieben …« Und dann ist ein vertrautes Räuspern zu hören. Ihr Vater. Wie lange haben sie nicht mehr miteinander geredet? Zuletzt wohl, als sie angerufen hat, um ihm mitzuteilen, dass sie leider zu seinem und Glorias Hochzeitstag nicht kommen könne. Herrgott. Und wie lange haben sie sich dann nicht mehr gesehen?

Sie schaut auf die Götgata hinaus, wo der Verkehr jetzt rollt.

»Hallo? – Du, Jessica, hier ist Papa. Ich habe sehr traurige Nachrichten, leider …«

Sie hält mitten im Kauen inne. Das Croissant schwillt in ihrem Mund an wie ein Schwamm. Kann Mama etwas zugestoßen sein? Nein. Das hätte Jessica vor ihm erfahren.

Falls sie nicht in irgendeinem Krankenhausregister noch immer als Ehepaar verzeichnet sind, aber das kann doch wohl nicht sein?

»… es geht um Mama. Ja, deine Großmutter. Sie ist heute Nacht gestorben. Gloria und ich fahren morgen nach Schonen, um den alten Jungs bei allem zu helfen, was jetzt erledigt werden muss. Du kannst natürlich gern mit uns fahren, aber fühl dich nicht verpflichtet, es gibt wohl nicht viel, was du tun kannst, fürchte ich.«

Jessica zwingt sich, den Schwamm hinunterzuschlucken. Ihr Herz schlägt jetzt wie wild, und sie hat das Gefühl, hilflos ins Bodenlose zu stürzen. Instinktiv packt sie mit der einen Hand die Tischkante.

Oma? Tot?

Ihr Vater beendet seine Mitteilung, aber das hört sie kaum. Sie klappt das Telefon zu und legt es vorsichtig auf den Tisch.

Oma Viola, mit dem langen weißen dicken Zopf, die abwechselnd so lieb und so streng war.

Jessica registriert überrascht, dass sie an ihre Großmutter schon im Imperfekt denkt. Aber ist das ein Wunder? Sie hat ihre Großmutter ja lange nicht mehr gesehen, viel zu lange. Wenn sie zu diesem Hochzeitstag gefahren wäre, wären sie sich dort vielleicht begegnet.

Die Sehnsucht durchbohrt sie schon jetzt, und sie kann nicht fassen, dass sie die Zeit so hat verstreichen lassen. Es gab eine Zeit, in der die Großmutter die wichtigste Person in ihrem Leben war, in den Jahren vor der Scheidung von Jessicas Eltern. Und später, als Jessica plötzlich ein Teenager war und die Welt auf den Kopf gestellt wurde und sie sich darin nicht mehr zurechtfand, war ihre Großmutter da, unverändert, aufnahmebereit. Bei der Großmutter durfte sie immer Kind bleiben. Und jetzt kommt sie sich bedürftiger vor denn je. Will ein letztes Mal von ihrer Oma umarmt werden.

Jessica hat den Blick noch immer nicht vom Telefon auf der glänzenden Tischplatte gelöst. Sie denkt an den Großvater und an Viktor, den Bruder der Großmutter, und sie fragt sich, wie die beiden alten Knaben jetzt zurechtkommen sollen. *Ohne Oma.* Erinnerungsbilder wirbeln ihr durch den Kopf. Und Jessica merkt, dass sie, abgesehen davon, dass sie an ihre

Großmutter im Imperfekt denkt, schon angefangen hat, die Tote zu idealisieren.

Denn die Großmutter hatte auch noch eine andere Seite. Es gab eine Großmutter, deren Liebe einen Anflug von Verzweiflung hatte. Umarmungen, bei denen sie sich ein wenig zu lange anklammerte, Liebesbekundungen und hemmungsloses Lob, die etwas zu enthusiastisch und deshalb nicht überzeugend wirkten. Eine Liebe wie eine schöne warme Decke, in die man sich einwickeln konnte, wenn man sie brauchte, gegen die man sich aber bisweilen wehren musste, um nicht zu ersticken. Sie wollte so viel, hoffte auf so viel, dass man sich unter Druck gesetzt fühlte. Wenn es zu viel wurde, starrte Jessica in die Illustrierten ihrer Großmutter oder spielte die Schläfrige.

Die Großmutter konnte einen Besuch dermaßen wichtig nehmen, dass sie mehrere Wochen im Voraus anrief und fragte, was Jessica essen wollte. Und solche Gespräche ließen Jessica zurückweichen. Immer dieses schlechte Gewissen, weil sie ihr nicht dieselbe Liebe entgegenbringen konnte, ihre Gefühle nicht so intensiv waren. Die Liebe der Großmutter war ebenso herzzerreißend, wie wenn man teure, sorgfältig ausgesuchte Geschenke bekommt, die aus irgendeinem Grund einfach nicht zu einem passen.

Jessica räuspert sich, während sie in der Telefonliste die Nummer ihres Vaters heraussucht.

»Es dauert ein paar Tage«, sagt sie, sowie er sich meldet. »Ich muss noch ein paar Dinge erledigen, dann komme ich.«

Sie beenden das Gespräch rasch, er und Gloria sitzen schon im Auto und sind unterwegs nach Schonen. Dann ruft sie bei der SAS an und bucht einen einfachen Flug. Sie wird übermorgen fliegen.

Zum ersten Mal seit mehreren Jahren sehnt sie sich nach einer Zigarette.

4

Schon als das Taxi vor dem Funkhaus hält, spürt sie, dass alles schiefgehen wird.

Jessica bezahlt mit der Kreditkarte des Senders. Sie nimmt sonst nicht das Taxi zur Arbeit, aber an diesem Tag konnte nichts sie dazu bringen, in die U-Bahn zu steigen, sich dem unerträglichen Gedränge auszusetzen, wenn Fremde oder deren unförmige Rucksäcke sich gegen ihren Körper pressen, die Stöße, das Schaukeln, das metallische Kreischen der Schienen, die sich ständig wiederholende elektronische Ansage und vor allem die Angst, jemand könne sie erkennen, etwas rufen.

Ficken!

Auf sie zukommen und eine Frage stellen, alle Aufmerksamkeit auf sie lenken.

Nein, damit könnte sie nicht umgehen. Nicht heute. Die Mitteilung vom Tod ihrer Großmutter hat sie verletzlich gemacht. Der Filter zwischen ihr und der Welt ist verschwunden. Sie kann sich nicht gegen alle Eindrücke wehren, sie nicht aussieben.

Shit, shit, shit!

Sie verspürt Stiche in den Schläfen, als sie die schweren Glastüren öffnet, und die vertraute Angst vor der Ohnmacht macht sich bemerkbar. Sie geht die wenigen Stufen zur Rezeption hoch, passiert ein gigantisches Werbefoto von sich neben den anderen Moderatoren des Senders. Die Jessica auf dem Bild scheint ganz in ihrem Element zu sein. Sie lächelt strahlend, und ihre Haare werden von einem unsichtbaren Wind zerzaust. Stark und sorglos, offen und natürlich. Und erfolgreich. Aber ihre Sendung verliert Zuschauer, und zwar nicht wenige. Sie hat den Verdacht, dass die meisten Zuschauerbriefe nunmehr von den Produktionsassistentinnen geschrieben werden.

Jessica nickt den Frauen an der Rezeption zu, läuft eilig an der Kantine vorbei, wo Besteckklappern und lautes Stimmengewirr zu hören ist, das lauter wird, wenn alle gleichzeitig versuchen, einander zu überschreien. Sie zieht ihre Karte durch einen Kartenleser, und die Tür zum Innersten des Rundfunkgebäudes öffnet sich automatisch. Jessica rennt durch die Gänge, atemlos, als ob sie verfolgt würde.

Ihre Ratgeberspalte wurde erst nach Jakobs Verschwinden wirklich beliebt. Jessica war eine offene Wunde, und ihre Texte fielen entsprechend aus. Box- anstelle von Seidenhandschuhen. Nichts verklausuliert, nichts beschönigt, keine Grauzonen. Keine Fragezeichen, die nicht zu Ausrufezeichen werden konnten. Ihre berufliche Rolle wuchs zu einer eigenen Persönlichkeit heran, die sich immer weiter von ihr abspaltete, und das gefiel ihr. Sich vor den Computer zu setzen, war, als würde sie eine andere, um einiges unkompliziertere Person.

Sie zögerte lange, als sie im Fernsehen lanciert werden sollte. Sie war nach ihrem Zusammenbruch gerade wieder auf die Beine gekommen, aber es fiel ihr überraschend leicht, diese andere Persönlichkeit auf dem Bildschirm lebendig werden zu lassen.

Jessica fühlt sich mindestens ebenso sehr als Schauspielerin wie als Sexualberaterin. Sie macht ihre Arbeit gut. Sie ist eine gute Beraterin und weiß, wie man Interviews führt, sie konnte das schon lange, ehe es ihr Beruf wurde. Jessica redet nicht gern über sich selbst. Deshalb hat sie früh gelernt, lange Gespräche zu führen, die sich ausschließlich um ihr Gegenüber drehen. Sie kann andere dazu bringen, sich zu öffnen, indem sie die richtigen Fragen stellt, die Sorte Fragen, die eine lange Antwort erfordern. Das ist natürlich einfach, die meisten Menschen reden am liebsten über sich selbst.

Sean meint, sie müsse den besten Job der Welt haben, aber sie selbst ist sich nicht sicher. Sie macht diese Arbeit nun schon so lange, dass sie die Antworten unmöglich noch variieren kann. Trotzdem überrascht es sie immer wieder, wie sehr die Menschen sich selbst belügen können, wie viele Entschuldigungen es dafür gibt, jemanden im Stich zu lassen, wie groß die Angst ist, dass man nicht das bekommt, was alle anderen offenbar haben. Das Überraschendste ist vielleicht, dass so viele eine Antwort bei Jessica suchen, statt ihren Partner oder ihre Partnerin zu fragen. Oder einen Arzt.

Sie hat Angst, ein verzerrtes Bild der schwedischen Bevölkerung zu bekommen, den Glauben an die Menschen zu verlieren und ihr Mitgefühl einzubüßen. Und sie müsste natürlich dankbar dafür sein, dass diese Menschen sich an sie wenden. Der Tod ihrer Beziehungen ist ihr Lebensunterhalt.

Die Ehrengäste der letzten Sendung der Saison sind Millan und Miranda, ein unzertrennliches Paar mit wallenden Perücken und glitzernder Kleidung, die beim Vorentscheid zum Eurovision Song Contest auf dem vierten Platz gelandet sind. Ihr munteres »Sayonara s'il vous plaît« hat sich den ganzen Frühling hindurch frenetisch an den Trommelfellen der schwedischen Bevölkerung gerieben.

»Ich finde, Sex wird so überschätzt. Aber natürlich nicht wirklich«, sagt Millan mit einem Kichern.

»Nein, aber es ist ausgelutscht«, sagt Miranda.

»Genau«, sagt Millan.

Und was macht ihr dann hier?

Das Gefühl der Verletzlichkeit hat sich einen Weg ins Fernsehstudio gebahnt, wo die dicken Schminkschichten sonst ihr privates Ich verbergen. Jessica zweifelt plötzlich an sich, sieht sich selbst kritisch von außen und wägt ihre Worte zu lange ab. Alles, was sie absolut nicht tun dürfte.

»Wie meint ihr das?«, fragt sie.

Versucht, neugierig zu klingen.

»Ja, aber es wird doch überall herumgevögelt«, sagt Miranda.

»Ja, zum Beispiel in allen Dokusoaps«, sagt Millan.

»Ja, und in der Werbung.«

»Aber vor allem in den Dokusoaps«, sagt Millan. »Ich will nicht, dass meine Kinder mitten am Tag Körper sehen müssen, die sich unter Bettdecken wälzen.«

Sie scheint überhaupt nicht zu ahnen, dass sie durchaus keine originelle oder auch nur aktuelle Ansicht vertritt. Jessica sieht im Studiopublikum mehrere zustimmend nickende Köpfe.

»Es scheint immer mehr nur um Sex zu gehen. Und wir reden ja nicht mal von den Schlagzeilen«, sagt Miranda, und jetzt ist die Zustimmung des Publikums deutlich zu hören.

Jessica weiß, dass das nicht stimmt, durchaus nicht. Schon seit mehreren Jahren ist Sex kein garantiertes Verkaufsmittel mehr. Aber die Wörter … Herrgott, die Wörter, die sie brauchte, um eine Antwort zu formulieren, sind verschwunden. Die leeren Augen von Miranda und Millan ruhen jetzt auf ihr. Sie müsste etwas sagen. Der Sauerstoff im Studio scheint zu Ende zu gehen.

Es fällt schwer zu atmen.

»Ihr hattet doch beim Vorentscheid selbst einige ziemlich gewagte Kleider an«, sagt sie endlich.

»Ja, aber beim Schlager muss es doch ein wenig Glanz und Glamour geben«, sagt Miranda. »Lars Wallin hatte die Kleider genäht, und wir fanden sie ganz toll.«

Das Publikum bricht in spontanen Applaus aus, unter den sich Pfiffe und Rufe mischen.

»Warum soll man sich denn nicht ein bisschen herausputzen und schön machen?«, fragt Miranda. »Höhere Absätze hindern ja wohl keine daran, eine starke Frau zu sein.«

»Natürlich darf man das. Auch ich liebe hohe Absätze.«

Jessica hört selbst, dass das wie eine Entschuldigung klingt.

»Es ist wirklich unglaublich, was hohe Absätze ausrichten können«, sagt Millan. »So was wie: Jetzt geht's los! Seht euch vor, Jungs, hier komme ich!«

Das Publikum lacht, als Millan demonstrativ die Fäuste in die Luft hebt.

»Die falschen Schuhe können wirklich ein ganzes Outfit ruinieren«, sagt Miranda.

»Ich gucke immer, was ein Typ für Schuhe trägt«, sagt Millan. »Die verraten alles über seine Persönlichkeit.«

»Ja, falsche Schuhe, oder wenn er die Klobrille nicht runterklappt, dann fliegt er raus«, lacht Miranda.

Jessica stellt beide Füße auf den Boden. Vor dem Sofa, auf dem sie sitzt, scheint sich ein Abgrund aus bodenloser Panik aufzutun. Sie schaut hinein, und ihr wird schwindlig, während die Klischees von Millan und Miranda wie ein Novembersturm durch das Studio jagen.

Ich kann nicht hierbleiben. Nein. Lasst mich gehen. Ich sterbe, wenn ich hierbleibe. Mach, dass die Sendung zu Ende ist. Mach, dass ich nach Hause gehen und mir die Decke über den Kopf ziehen und vergessen kann, dass ich ein wertloser Dreck bin, der nichts Vernünftiges aus seinem Leben macht und nicht einmal seine Oma besucht hat, obwohl ich wusste, dass sie krank war, Oma, die immer gesagt hat, alles sei gut, während ich doch eigentlich wusste, dass …

Es ist Zeit für den letzten Zuschauerbrief des Abends, und sie liest laut von dem knallrosa Zettel in ihrer Hand vor.

»Hallo, Jessica. Ich bin eine Frau von siebenundzwanzig

und habe eine Frage. Mein Freund behauptet, Sperma sei gut gegen Falten, wenn man nachts damit schläft. Stimmt das? Mit freundlichen Grüßen, Lisa.«

Ganz klar ein gefaketer Brief, die gefaketen Briefe fangen immer an mit »Hallo, Jessica« und sind unterschrieben mit Namen wie Lisa.

»Hm. Cleveres Bürschchen«, sagt Millan kichernd.

»Ich begreife nicht, warum die Typen ihren Freundinnen unbedingt immer ins Gesicht spritzen wollen«, sagt Miranda.

»Weil Männer wie Hunde sind, die in ihr Revier pinkeln wollen«, sagt Jessica mit ihrer gelassenen Moderatorinnenstimme.

Miranda zuckt zusammen.

»Dieses Verhalten gilt in der Pornoindustrie als sexy. Aber ich finde es ungefähr so sexy, wie wenn jemand mir voll ins Gesicht niest«, sagt Jessica, und ihre Stimme trägt noch immer.

Sie hat endlich zu ihrer Rolle gefunden und merkt Millan und Miranda an, dass sie ihr nicht zu sehr zustimmen wollen. Dann könnten sie doch als unsexy dastehen, als frigide.

»Aber warum spielt das denn in Pornos überhaupt eine Rolle?«, fragt Miranda und rutscht in ihrem Sessel hin und her.

»Weil der männliche Samenerguss die einzige Möglichkeit ist, um vor der Kamera zu zeigen, dass jemand die Sache wirklich genießt und nicht nur spielt. Aber es gibt ja einen Unterschied zwischen Samenerguss und Orgasmus, ich hoffe, das wissen inzwischen wirklich alle.«

Sie redet weiter und wendet sich dabei direkt an die fremde Lisa, deren Existenz sie anzweifelt, und sagt, es gebe keinen Beweis für die Wirkung einer solchen »Schlafmaske«. Sie kann das Publikum sogar zweimal zum Lachen bringen.

»Du hast in letzter Minute die Sendung gerettet«, sagt Jessicas Produzent Rickard Medin zwanzig Minuten später.

Sie stehen im Studio, wo die Scheinwerfer gelöscht worden sind. Die Luft ist geprägt von den vielen warmen Körpern, die sich hier eben noch gedrängt haben. Es fehlt noch immer an Sauerstoff, aber das Atmen fällt leichter, jetzt, wo alles vorbei ist.

»Ich war vorhin vorübergehend ein wenig besorgt«, sagt er. »Aber dann war sie wieder da, die bittere Zynikerin Jessica Wilcox, die wir alle kennen und lieben.«

Das ist natürlich als Kompliment gemeint.

5

Sie sitzen zu Hause bei Petra, haben sich in einem der tiefen Fenster in die Kissen gekuschelt. Unten wälzen sich die Menschenmassen über den Odenplan, schwere Busse fahren vorbei, aber kein Geräusch dringt zu ihnen herauf. Jessica sieht Petra an und wünscht, sie traute sich, ihr zu sagen, dass sie sie liebt. Aber Petra wäre ebenso peinlich berührt wie sie. Der Tod der Großmutter macht Jessica hoffnungslos sentimental.

Also senkt sie den Blick und vertieft sich in den Anblick ihrer Nagelhaut. Ihre Hände sind der einzige Körperteil, mit dem Jessica wirklich zufrieden ist. Ihre Großmutter hat immer gesagt, sie habe die Finger einer Pianistin. Sie gestikuliert mit ihren Händen direkt unterhalb des Kinns, wenn sie etwas Wichtiges zu sagen hat. Ihr gefällt das Gefühl, dass sie mit ihrem Mund zusammenarbeiten, um ihre Ansichten klarzustellen. Schade nur, dass dieselben Gene, die sie mit Pianistinnenfingern bedacht haben, ihr auch große schmale Füße in Größe dreiundvierzig beschert haben.

»Wir hatten Zoff«, sagt Petra. »Ich will nicht, dass Enzo mit Eishockey anfängt, solange er nicht groß genug ist, um allein zum Training zu gehen. Aber ich hoffe, dass er bis dahin das Eishockey einfach vergessen hat. Ich will keinen Hockeytypen. Kannst du dir vorstellen, wie ich frierend am Rand eines Eishockeyspielfelds irgendwo in der Pampa stehe?«

Enzo ist Petras elfjähriger Sohn. Er ist eine exakte Kopie seines Vaters Carlo, des erfolgreichen Maklers, von dem Petra sich scheiden ließ, als Enzo erst ein Jahr alt war.

Sie hatten sich damals gerade kennengelernt, Jessica und Petra, und trotzdem entging Jessica nicht, wie Petra nach der Scheidung auflebte. Erst kürzlich hat sie Jessica anvertraut, dass sie nie geglaubt hat, dass Carlo sie wirklich liebte. Als er ihr einen Heiratsantrag machte, hatte sie zuerst abgelehnt, weil sie sicher war, dass er nur versuchte, seine Verflossene zu vergessen.

Petra konnte nach der Scheidung die Wohnung behalten. Die Zimmer sind hell und geräumig, fast sakral, und die Möbel und die Kunst, die die Wände füllt, verlangen die Art von Geld, die für Jessica ein relativ abstrakter Begriff ist. Hier lebt Petra nunmehr ein Dasein, das im Wochenrhythmus zwischen Mama und Single auf der Piste wechselt. Sie behauptet, das Beste aus zwei Welten zu haben, sie kann Stockholms Männer ausprobieren, ohne sich Sorgen machen zu müssen, dass sie vielleicht nie den Richtigen zum Heiraten und Kinderkriegen finden wird.

Sie hat natürlich gut reden, da es ihr nie an Männern fehlen wird, die sich mit ihr einlassen wollen. Petra ist der Inbegriff der perfekten Freundin. Schön, aber nicht so schön, dass es einschüchternd wirken würde. Schlank, aber nicht mager. Lieb, aber nicht aufdringlich. Sexy, aber zuverlässig. Natürlich weizenblond und zweifellos intelligent. Sie ist gerade perfekt genug. Normal, aber besser. Erhaben, aber nicht unerreichbar.

»Enzo hatte die Wahl zwischen vier Dingen«, sagt Petra jetzt. »Tanz, Theater, ein Instrument seiner Wahl oder Skateboard.«

»Und was sagt Carlo dazu?«

Petra zuckt mit der Andeutung eines Lächelns die Schultern.

»Das weiß ich wirklich nicht. Jetzt in der Konjunkturflaute

arbeitet er so viel, dass ich für die Logistik verantwortlich bin. Also finde ich nicht, dass Carlo sich in dieser Frage überhaupt eine Meinung erlauben darf. Außerdem wird es wohl auf Breakdance hinauslaufen. Enzo ist besessen von dieser Fernsehsendung, wo diese Tänzer gegeneinander antreten.«

Petra sieht zufrieden aus.

Nach vielen Jahren als Textildesignerin hat Petra auf Lebensmittelstylistin umgesattelt, einen Beruf, von dessen Existenz Jessica vorher nur vage Vorstellungen hatte. Jetzt kann sie dagegen kaum noch eine Lebensmittelreportage in einer Zeitung betrachten, ohne an die vielen kleinen Tricks zu denken, von denen Petra erzählt hat: Rotwein, der mit Wasser verdünnt wird, weil es auf dem Bild besser aussieht, wenn er ein wenig Licht durchlässt. Torten mit ausschließlich Schaumstoff unter der Sahne. Sekt, der immer weiter perlt, wenn man in regelmäßigen Abständen Salz ins Glas kippt. Gegrilltes Gemüse, das abgesehen von den künstlich hergestellten Grillrändern fast roh ist, damit es in den Stunden unter den Studiolampen das knackige, frische Aussehen behält.

Petra arbeitet als Freie für die edelsten Zeitschriften und teuersten Kochbücher. Sie weiß, wie man einen Tisch deckt, und verteilt das Essen auf perfekte Weise auf den Tellern. Sie hatte fünf, sechs Jahre zuvor ihren großen Durchbruch, als sie als Erste bei der Dekoration eines Tisches unterschiedliche Sorten von Tellern und Gläsern verwendet und damit einen Trend ausgelöst hat. Natürlich muss man genau wissen, was man tut, um die richtige Mischung aus Pressglas vom Flohmarkt und teurem Porzellan von Royal Copenhagen zu erzielen. Und Petra weiß fast immer genau, was sie tut. Solange Jessica Petra kennt, war Carlo ihr einziger schwacher Punkt, und der ist jetzt schon lange ausradiert.

In dem Jahr, bevor Jessica krankgeschrieben wurde, suchte sie sich jede Menge Freunde und Bekannte und Bekannte von Bekannten, ganz einfach, weil sie das Alleinsein nicht ertrug. Damals begriff sie nicht, warum sie solches Herzklopfen bekam, dass sie im Bett nicht auf dem Bauch liegen konnte, warum sich ihre Gedanken immer schneller im Kreis drehten, sowie es um sie herum für mehr als eine Minute hell war. Sie hatte das Gefühl, in einen Mahlstrom aus Grübeleien gezogen zu werden, und sie griff verzweifelt nach dem Strohhalm, der sie noch einen Abend über Wasser halten konnte: Essenseinladungen, Kneipentouren, endlose Treffen in Cafés und halbherzige One-Night-Stands. Alles, um sich zu beschäftigen, bis sie ins Bett fiel, so erschöpft, dass sie auf jeden Fall einschlief, sowie ihr Kopf das Kissen berührte.

Aber es spielte keine Rolle, mit wie vielen Menschen sie sich umgab. Ab und zu versuchte sie, über das zu sprechen, was geschehen war, aber für alle anderen war Jakobs Verschwinden bald Schnee von gestern, ein Mysterium, das jegliche Mystik eingebüßt hatte, so langweilig wie ein viel zu lange gekautes Kaugummi. Sie verloren das Interesse, als es keine neuen Betrachtungsmöglichkeiten mehr gab, sie hörten auf zuzuhören und sagten zu ihr: »Vergiss ihn doch, ihr wart doch höchstens ein halbes Jahr zusammen.« Aber ist es wichtig, wie lange man zusammen gewesen ist? Gibt es eine absolute Gleichung für die akzeptable Dauer einer Trauerzeit? Sie konnte ihn nicht loslassen.

Die Einsamkeit lähmte sie. Es war nicht nur der Leerraum, den er hinterlassen hatte. Es war auch die Erkenntnis, dass sie in ihrer Trauer ganz allein war. Dass diese Trauer sie von allen anderen abschirmte.

Es war natürlich unmöglich, vor sich selbst zu fliehen. Eines Tages saß sie am Frühstückstisch und wusste plötzlich nicht mehr, wozu der blanke Gegenstand in ihrer Hand benutzt wurde.

Es war ein Löffel.

Plötzlich konnte sie, die kürzlich nicht hatte allein sein können, ihre Wohnung nicht mehr verlassen. Aus Angst, ohnmächtig zu werden, sich übergeben zu müssen oder sich anderen gegenüber zu blamieren. Es half natürlich auch nicht, dass sie eine zweitrangige Berühmtheit war. Dieses Gefühl, angestarrt zu werden, das alle, die je unter panischer Angst gelitten haben, so gut kennen, hatte in ihrem Fall doch gute Gründe.

Und die Freunde, mit denen sie versucht hatte, vor sich selbst zu fliehen, verschwanden einer nach dem anderen. Nur Petra hielt es noch mit ihr aus. Nur Petra ertrug ihre Anrufe mehrmals pro Tag, wenn Jessica nicht wagte, die Wohnung zu verlassen, während sie es aber auch nicht wagte, allein zu sein. Petra brauchte nicht einmal etwas zu sagen, solange Jessica wusste, dass am anderen Ende der Leitung jemand war.

Jessica fragt sich im Nachhinein, wieso sie sich damals eigentlich nicht das Leben genommen hat. Sie hatte Angst, dass es so enden könnte, aber sie hatte vor vielen Dingen Angst, da sie sich selbst nicht mehr kannte. In manchen Nächten hätte sie alles tun können, um die Gedanken in ihrem Kopf zum Verstummen zu bringen. Sie hatte zu Petra größeres Vertrauen als zu sich selbst. Petra war es, die sie davon überzeugte, dass sie nicht verrückt wurde. Petra half ihr, den Stapel von Formularen der Versicherungsgesellschaft auszufüllen, der so dick war wie ein Telefonbuch, und Petra rief bei den psychiatrischen Hilfsdiensten an und verlangte die Hilfe, die Jessica selbst nicht fordern konnte.

»Es ist ein verdammtes Scheißsystem, man muss gesund sein, um die Kraft zu haben, krank zu sein«, knurrte Petra wütend nach jeder Telefonwarteschleife, die sich in eine rauschende Sackgasse verwandelt hatte. Am Ende gab sie auf und half Jessica bei der Suche nach einem privaten Therapeuten. Jessica wagt nicht, sich vorzustellen, was passiert wäre, wenn sie sich keinen hätte leisten können.

Es war eine Zeit, in der die ganze Welt verrückt zu werden schien. Ein Jahr zuvor war Anna Lindh in einem Kaufhaus überfallen und fast gleichzeitig ein Kind im Kindergarten ermordet worden, beide Opfer psychisch gestörter Männer. Jemand, der glaubte, von einer höheren Macht ferngesteuert zu werden, fuhr mit einem Auto in die Menschenmenge in einer Fußgängerzone in Gamla stan. Die psychisch Kranken füllten die Zeitungsspalten, und die Anzahl von Personen, die in der U-Bahn eindringlich mit sich selbst redeten, wuchs exponentiell. Und das schien anzustecken. Eine Bekannte von Jessica hatte eine Nachbarin, die immer wieder beim psychiatrischen Hilfsdienst um Hilfe bat, weil sie das Gefühl hatte, dass etwas in ihr barst. Am Ende riss die dünne Haut ihrer Vernunft, und sie zündete ihre Wohnung an. Jessica wagte nie, das laut zu sagen, aber sie konnte verstehen, was einen Menschen zu einer solchen Tat treiben konnte. Sie hatte schreckliche Angst, selbst einer von diesen Fällen zu werden. Sie hatte solche Angst davor, die Kontrolle einzubüßen, eine Wirklichkeit nicht mehr im Griff zu haben, die übermächtig geworden war.

»Woran denkst du?«, fragt Petra und klopft mit dem Teelöffel gegen ihre Kaffeetasse.

»An nichts. An alles. Entschuldige, ich war weit weg.«

»Hör doch auf, das macht nichts, das weißt du.«

»Micke müsste jeden Moment hier sein. Das Flugzeug geht in einer Stunde.«

Petra schaut auf die Uhr und nickt.

»Wie läuft es so mit euch?«

Petra hat sie einander vorgestellt. Sie hatte Micke einige Jahre zuvor kennengelernt, als sie zusammen an einem Kochbuch arbeiteten, das von einem der wohl meistüberschätzten Restaurants Stockholms herausgegeben wurde. Beide hassten sie Essen, das in die Höhe gestapelt wird, und die übertriebene Verwendung von Balsamicoessig.

»Ich glaube, er wartet darauf, dass ich den ersten Schritt mache und mich trenne«, sagt Jessica.

»Und wirst du das tun?«

»Ich glaube, ich warte darauf, dass er den ersten Schritt macht.«

Petra verdreht die Augen, und sie lachen.

»Aber im Moment spielt das keine Rolle«, sagt Jessica. »Ich werde versuchen, die Woche bis zur Beerdigung zu überstehen, und dann sehen wir weiter.«

»Habt ihr euch nahegestanden? Du und die Großmutter, meine ich. Du hast sie selten erwähnt.«

»Wir hatten uns lange nicht mehr gesehen. Aber ohne sie hätte ich meine Pubertät niemals überlebt. Und es ist verdammt hart, dass ich nicht für sie da war, als sie mich gebraucht hat.«

»Sie hatte doch ihren Mann.«

»Das ist nicht dasselbe«, sagt Jessica. »Ich weiß nicht, warum ich nur so selten bei ihr war, seitdem ich erwachsen bin. Ich habe auch fast nie angerufen, außer an Geburtstagen und zu Weihnachten. Irgendwie hatte ich nie Lust.«

»Wurde zu viel über alte Zeiten geredet?«

»Nein, überraschend wenig… aber du weißt ja, wie es mit alten Menschen sein kann. Irgendwann kann man nicht mehr. Dieses ganze Gerede über den Garten, über Nachbarn, denen man nie begegnet ist, über das sich ständig ändernde Wetter. Man möchte sie nur noch anschreien, sie sollten doch mal über den Gartenzaun schauen. Ich glaube, es wäre anders gewesen, wenn wir uns ab und zu in Stockholm getroffen hätten. Da hätten wir wenigstens etwas zusammen unternehmen können. Es ist so schwer, Gesprächsthemen zu finden, wenn man einfach nur herumsitzt.«

»Ja, danke. Meine Eltern geben sich alle Mühe, mir ein schlechtes Gewissen zu machen, weil ich nicht häufiger zu Besuch komme, aber sie waren noch kein einziges Mal bei mir in Stockholm.«

Jessicas Mobiltelefon piept. Eine SMS.

»Offenbar steht Micke unten und wartet«, sagt sie.

Sie reckt den Hals und entdeckt Micke. Er lehnt an seinem Auto, raucht eine Zigarette und schaut zu Petras Fenster hoch, ohne die beiden Frauen zu sehen; die Sonne wird von den Glasscheiben reflektiert.

»Pass auf dich auf«, sagt Petra.

»Und du auf dich«, sagt Jessica.

Sie umarmen sich. Dann stürzt Jessica aus dem Haus, sie will Micke nicht unnötig verärgern.

Es ist lange her, mehrere Monate, aber nun passiert es wieder. Jessica sieht im Gewimmel der Abflughalle von Arlanda für einen Moment eine bekannte Gestalt. Sie weiß, dass es nicht Jakob ist, natürlich nicht, es ist nie Jakob. Trotzdem flattert ihr Herz für einen Moment, bis der Mann sich umdreht und sie im Halbprofil ein fliehendes Kinn sieht.

Sie schaut wieder Micke an.

»Du musst nicht mit mir warten«, sagt sie.

Das Flugzeug hat Verspätung, aber sie erträgt den Versuch nicht, die halbe Stunde, bis sie an Bord gehen kann, mit Reden zu füllen.

»Kein Problem, ich hab es nicht eilig.«

Sie stehen eine Weile schweigend da, er wippt auf den Füßen auf und ab.

»Hättest du nicht mehr Gepäck gebraucht?«, fragt er.

»Ich werde ja doch meistens in der Trainingshose rumhängen. Und zur Beerdigung muss ich eben was Passendes auftreiben.«

»Du hast doch jede Menge schwarze Kleider, oder?«

»Aber davon will ich auf der Beerdigung keines anziehen. Ich kaufe mir irgendwas Billiges, das ich später nicht mehr tragen werde.«

Er nickt und gähnt ein wenig übertrieben. Als er ausatmet,

macht er leise »ho, ho, ho«. Es ist nicht echt, denn das Gähnen steckt nicht an. Sie schauen sich um. Sie weiß, sie würden beide gern etwas entdecken, das einen Kommentar verdient hätte. Sie blickt sich eine Weile um, dann gibt sie auf und starrt ihre Hände an.

»Ich bin so verdammt müde«, sagt Micke, sein Standardspruch, wenn er ihr sonst nichts zu sagen hat.

Sie nickt nur. Micke scheint nicht zu wissen, dass sein »Ich bin so verdammt müde« nur verrät, dass auch er die Stille peinlich findet, dass er sie wegdiskutieren will. Ein Gefühl von Hoffnungslosigkeit überkommt sie.

»Verzeihung, aber sind Sie nicht Jessica Wilcox?«, fragt eine Frauenstimme eifrig neben ihr.

Jessica dreht sich um, dankbar für die Ablenkung.

»Ja«, sagt sie.

Die Frau ist um die fünfzig und hat den größten Teil ihres Körpers in einer ausgebeulten Latzhose versteckt. Ihre wogende Mähne ist zerzaust und sieht aus wie mit Schmierseife gewaschen. Sie ist hübscher, als ihr klar ist, denkt Jessica. Oder sie ist eine der glücklichen Seelen, denen das alles egal ist.

»Ich liebe Ihre Kolumne«, sagt die Frau und hält ihr die aktuelle Zeitungsausgabe hin. »Würden Sie die wohl signieren? Ich wäre vor Lachen fast geplatzt über ihre Antwort an den Typen, der mit der besten Freundin seiner Frau schlafen wollte.«

Jessica lächelt höflich und lässt sich die Zeitung geben, zusammen mit einem Kugelschreiber mit Reklameaufdruck, den die Frau aus der Brusttasche der Latzhose hervorgewühlt hat. Sie kritzelt ihren Namen neben das kleine Bild über ihrer Kolumne, auf dem sie vornübergebeugt in einem riesigen kirschroten Sessel sitzt und die Hände locker auf den Knien verschränkt hat.

»Das ist so ein schöner Name, Wilcox. Darf man fragen …«

»Der stammt aus der Familie meines Vaters« sagt Jessica. »Mein Urgroßvater war ein amerikanischer Diplomat.«

Die Frau nickt. Die Haarwolke bewegt sich in Zeitlupe, während sie mit dem Kopf hin und her wackelt. Jessica muss an Seegras denken, das sich unter Wasser bewegt.

»Und das ist Ihr Freund?«

Ohne die Antwort abzuwarten, wendet die Frau sich an Micke.

»Und sie probiert alle ihre guten Ratschläge an Ihnen aus, ja? Was haben Sie für ein Glück. Sie müssen ja total erschöpft sein.«

Die Frau lacht munter. Mickes Lächeln ist so steif, dass es der Totenstarre ähnelt, aber die Frau bemerkt es nicht, sondern bedankt sich noch einmal und geht weiter. Jessica hätte so gern mit Micke darüber gelacht. Sie hatten jetzt seit zwei Monaten keinen Sex mehr.

»Ich muss los«, sagt sie stattdessen.

»Ruf an, wenn du gelandet bist«, sagt er.

Sie wissen beide, dass sie erst in siebenundzwanzig Minuten an Bord gehen kann.

6

Der Mietwagen, ein silbergrauer VW, gleitet fast lautlos durch die flache Landschaft. Jessica fährt zu gern auf den schmalen Landstraßen. Der Himmel wölbt sich über ihr. Die weißen Wolken betonen seine unwirklich blaue Farbe.

Obwohl sie zur Beerdigung ihrer Großmutter gekommen ist, kann sie ein Lachen nicht unterdrücken. Die vertraute Umgebung ist so stark verbunden mit endlosen Sommerferien, langen Tagen am Strand und Vormittagen im Bett, die sich bis in den Nachmittag ausdehnten. Aus purer Nostalgie biegt sie auf die Küstenstraße ab und sieht zum ersten Mal das Meer: Es ist ein rein instinktives Freiheitsgefühl, ein Glücksgefühl, das die Wehmut verdrängt, die sie tief im Inneren verspürt hat. Sie schaltet die Klimaanlage aus und kurbelt das Fenster herunter, nimmt den Geruch des Meeres wahr, das aus der Ferne zwar einladend wirkt, aber noch immer eiskalt und abweisend ist. Diese Landschaft hat einst für sie Geborgenheit bedeutet. Eine Welt, die weder Ansprüche noch Fragen stellte.

Auf dem Rücksitz klirrt es. Sie war in Simrishamn im staatlichen Alkoholladen und hat einige Flaschen Rioja gekauft. Außerdem die billige Plörre von Chapel Hill, die sie insgeheim lieber trinkt als die meisten echten Champagnersorten, und einen dunklen Rum für die alten Jungs. Jessica rechnet nicht damit, dass sich jemand daran erinnert, dass sie seit siebzehn Jahren Vegetarierin ist. Die Großmutter hat sich immer danach gerichtet und für sie besondere Dinge gekocht, deshalb hat Jessica auch einige Packungen Quornfilets und Halloumi gekauft.

Am Straßenrand weisen Schilder auf Flohmärkte hin, und sie denkt, sie müsste einige der großen Märkte besuchen: Fußballplätze, wo man in der Sonne schwitzt, von kaufsüchtigen alten Damen herumgestoßen wird, gebrannte Mandeln kauft und beim ersten Bissen wieder weiß, warum man sie sonst nie isst, Kaffee aus weißen Plastikbechern trinkt und ein Stoßgebet loslässt, dass man ja nicht pinkeln muss. Wo man auf Tausenden von Quadratmetern voll Schrott und Tinnef die verborgenen Schätze jagt. Den Siegesrausch verspürt, wenn man etwas früher findet als die vielen professionellen Antiquitätenhändler, die nervös die Tische umrunden und ihre Kollegen nicht aus den Augen lassen.

Sie fährt am Campingplatz von Borrby vorbei, und es wird Zeit, nach der Abfahrt nach Solbacka Ausschau zu halten. Das Meer ist nicht mehr zu sehen. Am Waldrand auf der anderen Seite der Wiesen entstehen mehrere neue Häuser. Als die Alten in den achtziger Jahren hergezogen sind, war dieser Teil von Österlen noch immer eine recht einfache Gegend. Jetzt ist es ein Ferienparadies für die Stockholmer Kulturelite, für IT-Millionäre, die verkauft haben, ehe die Blase platzte, und gut betuchte Touristen mit im Haus wohnenden Kindermädchen. Jessica vermutet, dass das Haus der Alten bald über zehn Millionen wert sein wird, und sie hofft, dass Gloria ihren Vater nicht überreden wird, nach dem Tod der alten Jungs zu verkaufen.

Sie sieht das morsche kleine Holzschild, als sie schon fast vorbeigefahren ist. Nach einem raschen Blick in den Rückspiegel tritt sie auf die Bremse und biegt ab. Das Geräusch der Reifen auf dem Kies erweckt eine alte Kindheitserinnerung. Es wird dunkel im Auto, als es von Laub umschlossen wird. Es holpert einige Male, als die Reifen durch mit Wasser gefüllte Schlaglöcher fahren. Noch eine Abfahrt, kaum noch ein Weg, nur zwei breite Wagenspuren mit hohem Gras dazwischen. Die Bäume weichen einer weit gestreckten Wiese, die im strahlenden Sonnenschein liegt. Jetzt sieht sie in der Ferne das Haus, den weißen Elefanten, der durch Anbauten in alle Richtungen angeschwollen ist, und daneben die kleinen Elefantenbabys. Viktors Häuschen, nicht viel größer als eine Gartenhütte, und der Geräteschuppen der Großmutter. Kletterrosen auf der Rückseite des Hauptgebäudes wiegen sich langsam im Wind.

Der Wagen dagegen gerät in heftiges Schlingern. Die Flaschen auf der Rückbank klirren lauter, und das Gras kratzt am Wagenboden. Als sie auf dem Grundstück angekommen ist und den Zündschlüssel herausgezogen hat, wird es so still, dass es fast ein Schock für die Ohren ist.

Jessica steckt den Kopf aus dem offenen Autofenster und verscheucht zerstreut eine Fliege. Die Haustür steht offen, aber kein Mensch ist zu sehen.

Sie holt tief Luft und saugt den Duft der üppigen weißen Blüten der Kletterrosen ein. »Der Strauch steht da wie eine altmodische Braut«, wie die Großmutter immer gesagt hat. Jessica reißt sich zusammen. Dreht den Rückspiegel um und inspiziert rasch ihr ungeschminktes Gesicht. Sie sieht müde und blass aus. Ihr rechtes Augenlid ist schwerer als das linke und gibt ihrem Gesicht Schlagseite, wie immer, wenn sie zu lange zu schlecht geschlafen hat.

Dann steht er auf der Treppe. Ein frischgebackener Witwer. Noch ein wenig älter, noch ein wenig runzliger, aber weiterhin kerzengerade. Opa. Jessica lächelt und öffnet die Autotür.

7

Die Glasveranda war der erste Anbau am Haus. Danach kam das große Zimmer mit der abgehängten Decke, das sich an die Diele anschließt. Der dritte Anbau wurde Ende der neunziger Jahre hinzugefügt. Neben dem Fernsehzimmer ist jetzt eine Bibliothek mit eigener Terrasse, die auf den Wald hinter dem Haus hinausgeht, wo der Sonnenuntergang die hohen geraden Tannen erglühen lässt.

Es ist nicht nur angebaut worden. Innenwände wurden vollständig oder teilweise eingerissen. Es gibt keine separate Diele mehr. Das Haus zu betreten erinnert an Comedy-Serien aus den USA: Von der Haustür aus betritt man sofort die Mitte des Hauses. Das angebaute große Zimmer geht ins Esszimmer über, das sich wiederum in eine Küche verwandelt, mit einer Insel aus weißem Carrara-Marmor in der Mitte und Perstorp-Scheiben an den Wänden entlang der Arbeitsflächen. Über der Spülecke ist das kleine Fenster, das nach vorne hinausgeht. Wenn die Großmutter kochte, schaute sie immer zu Jessica hinaus, die in der Hängematte lag und »Die Novelle meines Lebens« und »Frida's Story« las. Das Haus ist voll mit Möbeln und Gegenständen aus dem langen gemeinsamen Leben der alten Leute, mehrere Jahrzehnte stehen hier nebeneinander, sodass die Zimmer sich lesen lassen wie ein Tagebuch.

Viktor geht mit ihr in den Keller, zu ihrem Zimmer mit

der dunklen Wandtäfelung. Dem Zimmer, in dem sie ganze Stunden damit verbringen konnte, die regenbogenfarbenen Schwänze von Plastikponys, für die sie eigentlich schon viel zu alt war, zu Zöpfen zu flechten. Dem Zimmer, das nachts so beängstigend war, wenn die Schatten lang wurden, sich in den Ecken zusammenkauerten und warteten. Vor dem Fenster sah sie, wie die Tannenwipfel sich vor dem hellen Sommernachtshimmel wiegten. Die Bäume wurden lebendig, kamen näher, ihre Silhouetten wurden immer menschlicher. Der Wald wurde zu einem Ort, der jedes nur erdenkliche Wesen beherbergen konnte. Inspiriert von den Horrorfilmen, die sie sich immer wieder ansehen musste, phantasierte sie von hochgewachsenen Männern mit Eishockeymasken und Banjo spielenden, von Inzucht geprägten Clans, die gern Menschenfleisch aßen. Aber die schlimmsten Albträume handelten immer von den gesichtslosen Männern. Stumme Jäger, die niemals aufgaben, niemals müde wurden.

Als Mädchen hatte sich Jessica sorgfältig in die Decke eingewickelt. Alles, was hervorlugte, hätte Eindringlinge anlocken können. Ihre der Angst vor der Dunkelheit entsprungene Logik erinnerte mit anderen Worten an die viktorianische Einstellung zum Sex. Man musste sich in Acht nehmen, sonst konnte man mit seinem Körper den Teufel anlocken. Wenn man ihn dann dort stehen sah, das Gesicht gegen die Fensterscheibe gepresst, war man selbst schuld.

Jessica schüttelt die Erinnerung ab, als sie das Zimmer betritt. Das Fenster ist angelehnt und lässt den Duft von sonnenwarmen Tannennadeln herein. Die Luft ist frisch und leicht, aber die Zeit hier drinnen scheint stillzustehen, auf diese seltsame Weise, die man nur in einem Zimmer erleben kann, in dem man einen großen Teil seiner Kindheit verbracht hat.

In einer durchzechten Nacht in einem Haus einer Studentenverbindung hatte Jessica einmal ein langes Gespräch mit einem Physikstudenten, der ihr zu erklären versuchte, dass der Mensch den Begriff »Zeit« ganz und gar missverstanden habe. Dass wir uns irren, wenn wir die Zeit als senkrechte Linie betrachten, die sich fein säuberlich in die Unendlichkeit erstreckt, wie Eisenbahngleise, die uns von einem Augenblick zum nächsten tragen. Er meinte, die Zeit sei eine waagerechte Linie. Die gesamte Weltgeschichte, die gesamte Existenz das Universums, spielen sich in genau demselben Moment ab.

Sie hatte damals nur gekichert, aber sie war gegen ihren Willen doch fasziniert gewesen. Denn wenn die ersten Wassertiere an Land krochen und die Wikinger nach Herzenslust mordeten und brandschatzten und JFK Präsident der USA war, während sie zugleich hier saß und versuchte, dieses Zeitkonzept zu erfassen …, bedeutete das dann auch, dass das, was Zukunft genannt wurde, gerade jetzt geschah? Und wenn das der Fall war, müsste das nicht dazu führen, dass sich an der »Zukunft« nichts ändern ließ, da sie ja schon ablief? Das würde auch Wahrsagerinnen und Propheten in ein ganz neues Licht rücken, dachte sie. Die blickten vielleicht gar nicht in die Zukunft, sondern sahen nur, wie alles gleichzeitig passierte.

Danach bekam sie Kopfschmerzen. Der Physikstudent fing an, über negative Zahlen zu sprechen. Dass der Nullpunkt vielleicht einen Gegenpol habe, wo positive und negative Zahlen sich aufs Neue begegneten. Sie bat höflich um Entschuldigung und ging.

Aber jetzt fällt ihr das Gespräch wieder ein. Denn wie sie hier so steht, spürt sie deutlich die jüngeren Ausgaben ihrer selbst, die auf genau derselben von der Sonne beschienenen Stelle des Teppichs gestanden haben. Sie ist wie eine russische Puppe, in ihrem Körper gibt es eine zwanzigjährige, eine sechzehnjährige, eine zwölfjährige Jessica.

Sie stellt ihre Tasche neben das Bett. Sieht Viktor an, der in der Türöffnung stehen geblieben ist. Er hat die graue Hose hoch über die Taille gezogen, das kurzärmlige Hemd sorgfältig hineingestopft und die dünnen Silberhaare mit Wasser gekämmt. Er hat abgenommen, seit sie ihn zuletzt gesehen hat, die Haut hängt schlaff um seine Ellbogen.

»Können wir nicht einfach ein wenig hier sitzen?«, fragt Jessica.

Sie ist plötzlich so müde. Sie könnte im Stehen einschlafen, wenn sie die Augen zumachte. Viktor nickt und setzt sich neben sie aufs Bett.

»Es kommt mir so vor, als wäre sie wie immer oben in der Küche bei der Arbeit«, sagt Jessica. »Ich kann nicht fassen, dass sie fort ist.«

Sie kennt diese typische Bemerkung aus Filmszenen, wenn gerade jemand gestorben ist. Sie denkt wieder an die Sache mit der Zeit. Vielleicht ist die Großmutter im Moment wirklich dort oben. Vielleicht wirkt es deshalb so unwirklich, dass sie nicht mehr da ist.

»Ich auch nicht«, sagt Viktor.

Er dreht die Hände auf seinen Knien einige Male hin und her, kommt dann zu sich. Sie schweigen wieder.

Oben aus der Küche hören sie ein Klappern, der Vater, der Großvater und Gloria decken für das Mittagessen. »Wir wollten schon ohne dich anfangen«, war Glorias lapidare Begrüßung. Wie um klarzustellen, dass Jessica spät dran sei. Obwohl sie eigentlich zu der Zeit angekommen war, für die sie sich angekündigt hatte.

»Ich habe noch nicht einmal angefangen, sie richtig zu vermissen«, sagt Viktor. »Ich glaube irgendwie, dass sie einfach nur einkaufen ist.«

Jessica legt den Arm um ihn und drückt vorsichtig seine Schulter.

»Das verstehe ich. Ihr habt ja euer ganzes Leben zusammen verbracht.«

Jessica merkt, dass das die Wahrheit ist, während sie es sagt. Als der Großvater die Großmutter geheiratet hat, bekam er ihren Bruder als Zugabe. Viktor, den ewigen Junggesellen, den Tunichtgut, der nicht zurechtkommt, wenn sich niemand um ihn kümmert. Jessica hat ihn genauso geliebt wie die beiden anderen alten Leute, aber auf eine besondere und persönlichere Weise. Sie verstand, dass er sich einsam fühlte. Natürlich hat er mit seiner Schwester und deren Mann zusammengelebt, der auch sein Freund ist, aber dennoch muss Viktor sich bisweilen ausgeschlossen gefühlt haben. Wenn die Großeltern sich für die Nacht zurückzogen, hatten sie ihr eigenes Privatleben. Und sie mussten zusammen ein Kind großziehen: Jessicas Vater.

Vielleicht hat Viktor ein eigenes Leben gehabt, von dem Jessica nichts weiß. Schmachtende Frauen, die er in Stockholm zurückgelassen hat. Damen, die er besucht und umworben hat. Eine schändliche Affäre mit einer Freundin der Großmutter, vielleicht mit einer Nachbarin. Das hofft sie jedenfalls. Ist plötzlich neugierig, kann sich aber nicht vorstellen, dass sie jemals eine Gelegenheit finden wird, ihn zu fragen.

Jessica lehnt ihren Kopf an Viktors, und er streichelt ihr Knie. Für einen Moment glaubt sie, dass sie gleich losweinen muss, aber ihre Stimmbänder verkrampfen sich. Das Gefühl bleibt wie immer dort stecken und erreicht die Augen nicht. In der Nacht hat sie wach gelegen und an die Großmutter gedacht, hat versucht, die Tränen hervorzulocken, von denen sie weiß, dass sie sich irgendwo in ihrem Körper verstecken. Sie kamen nicht. Der misslungene Versuch führte nur dazu, dass sie sich unaufrichtig vorkam und schämte, sich gefühlsmäßig gehandicapt fühlte.

»Was machst du jetzt?«, fragt sie. »Wirst du hier bei Opa wohnen bleiben?«

»Ja, warum sollte ich nicht? Das ist doch auch mein Haus«, sagt Viktor und klingt ein wenig defensiv.

»Ich dachte nur, vielleicht kommt euch das seltsam vor, jetzt, wo Oma nicht mehr da ist«, erklärt sie eilig.

»Ich weiß nicht, wohin ich sonst gehen sollte.«

Jessica sieht ihn an, aber sein Gesicht verrät nichts.

»Du hast dir die Haare schneiden lassen«, sagt ihr Vater.

Sie gibt keine Antwort.

»Du siehst wie ein Junge aus«, fügt er nach einer Pause hinzu.

Es klingt wie ein Tadel.

Sie essen auf dem Platz vor dem Haus zu Mittag. Sonnenwarme Holzstühle, die von Wind und Wetter graubraun gefärbt worden sind, stehen um den ovalen Tisch mit der Wachstuchdecke, rote Marimekko-Blumen über der unebenen Oberfläche. Ein aufgespannter Sonnenschirm bewegt sich leicht im Wind. Als Jessica sich zurücklehnt, wird sie von der Sonne geblendet.

Sie werden eingerahmt von einem weiß angestrichenen Holzspalier, wo die robusten Rosen der Großmutter gen Himmel klettern. »Diese Rosen sind keine Weichlinge«, sagte die Großmutter immer und zeigte Jessica die kräftigen grünen Blätter und die samtweichen Blütenblätter, die ins Dunkelrote changieren.

Der Garten war die Leidenschaft der Großmutter, ihr Hätschelkind, ihre Therapie und ihr Freiraum. Die Düfte der Kletterrosen und Jasminsträucher und den ganz besonderen der Bartnelken trägt der Wind in kleinen Stößen zu ihnen herüber. Dunkellila Rittersporn blüht in den Rabatten, zusammen mit graziösen Rosenscharen, Goldakelei und königsblauer Iris, Sterndolden mit schwebenden Blüten. Die Kirschblüten sind fast selbstleuchtend, aber sie sind schon todgeweiht. Auf dem Boden unter dem Baum liegen Blütenblätter wie frisch gefallener Schnee.

Aus der Ferne ist das Rauschen des Meeres zu hören. Es ist seltsam, wie beruhigend das ist, denkt Jessica. Nur weil man weiß, dass es das Meer ist. Wenn man es nicht wüsste, könnte man annehmen, das monotone Geräusch stamme von einer viel befahrenen Schnellstraße.

Ihr Vater sitzt neben ihr, der Großvater gegenüber. Der Vater atmet schwer durch die Nase, während seine Kiefer die von Viktor ausgegrabenen Kartoffeln und die an einem Stand im Hafen gekauften Heringe zermahlen. Zwischen den Bissen atmet er schneller. Als ob das Essen an sich ihn atemlos machte. Sonst scheint niemand etwas zu merken, Jessica aber starrt ihn an und sieht, wie seine Nasenlöcher sich weiten. Er hat zugelassen, dass sein Körper über den Hosenbund quillt und sein Hemd mit dem gestärkten Kragen sich bedrohlich über seinem Bauch spannt.

Der Großvater macht noch immer seine erfrischenden Spaziergänge, isst seine maßvollen kleinen Portionen. Er ist in besserer Form als sein Sohn. Trotzdem ist er seit ihrer letzten Begegnung älter geworden. Seine Haare sind noch immer voll und stahlgrau, aber sie stehen ein wenig in alle Richtungen ab. Weiße Bartstoppeln haben sich bis auf seinen Hals ausgebreitet, unvorstellbar, so lange Jessica sich zurückerinnern kann, und seine Hände bewegen sich langsam, gleichsam zögernd. Sie merkt, dass er versucht, ein leichtes Zittern zu verbergen. Außerdem hat sie den Verdacht, dass er schlechter hört, als er zugeben mag. Der Großvater ist über achtzig, aber zum ersten Mal sieht er so alt aus, wie er ist. Die Augen haben sie alle irregeführt, sie waren in all den Jahren immer noch lebhaft, aber jetzt ist hinter den dicken Brillengläsern etwas verloren gegangen. Er ist als Nächster dran, denkt Jessica unwillkürlich, ehe sie sich zurückhalten kann.

Jetzt ist das Fehlen der Großmutter spürbar. Sie hat sie alle zusammengehalten, und sie werden seltsam unbeholfen im Umgang miteinander.

»Na, du bist also mit der Sonne gekommen, Jessica«, sagt der Vater und trinkt einen Schluck Bier, ehe er sich über ein großes Stück Knäckebrot hermacht.

Dicke Scheiben Kräuterkäse überlappen sich mehr als einmal. Es knackt zwischen seinen Zähnen, der starke Luftaustausch in seinen Nebenhöhlen feiert ein großartiges Comeback. Jessica ist gereizt, eigentlich sogar wütend, aber sie weiß, dass das weniger an seinen Tischmanieren liegt.

»Genau, Papa, so bin ich. Immer ein kleiner Sonnenstrahl.«

Jessica streckt die Hand nach Viktors roten Marlboro aus. Sie weiß, dass sie nicht fragen muss, ob sie eine nehmen darf. Sie raucht jetzt nur noch selten, und seit in Lokalen nicht mehr geraucht werden darf, hat sie keine eigenen Zigaretten mehr gekauft, aber eine nach dem Essen muss jetzt einfach sein. Und sie weiß, dass sie damit Gloria verärgert, die schon den Mund verzieht und ihren Stuhl ein Stück zur Seite rückt.

Der Vater spült das Brot mit dem letzten Schluck Bier hinunter und atmet erleichtert auf.

»Ja, ja, das hat wieder geschmeckt«, sagt er und unterdrückt einen Rülpser.

Er hat nie angerufen, um zu fragen, wie es mir geht, kein einziges Mal, nicht, als es mir schlecht ging, er hat noch immer nicht…

Hör jetzt auf, Jessica, sagt sie sich. Du bist keine pubertäre Göre mehr.

Sie war zwölf Jahre alt, als ihre Eltern sich scheiden ließen. Sie kam aus der Schule nach Hause und wurde von vollgepackten Umzugskartons empfangen, die sich in der Diele stapelten. Der Inhalt von ihrem und vom Kleiderschrank ihrer Mutter war in schwarze Müllsäcke gestopft worden.

»Er hat sich jetzt entschieden«, sagte die Mutter.

Sie hatte Schweißflecken unter den Armen der lachsrosa Seidenbluse, und ihre dauergewellten Haare klebten an Stirn und Schläfen.

Als die Umzugskartons endlich dort standen, hatte Jessica über sechs Monate lang versucht, ihre Mutter zu der Scheidung zu bewegen. Aufgrund der Ereignisse, die zu diesem

Moment geführt hatten, hegte Jessica einen solchen Widerwillen gegen ihren Vater, dass sie kaum seinen Anblick ertragen konnte.

Der beste und vermutlich einzige Freund des Vaters heißt Gunnar. Dessen Mutter Solveig war die beste Freundin der Großmutter. Als Gunnar und seine Frau nach Schonen fuhren, um wie immer eine Urlaubswoche bei Solveig zu verbringen, mieteten sie sich in einer kleinen Pension ein, weil Gunnars Frau die Vorstellung nicht ertragen konnte, eine ganze Woche unter demselben Dach mit ihrer Schwiegermutter zu verbringen.

Jessica kennt keine Details, und dafür sie ist überaus dankbar, aber noch ehe die Urlaubswoche zu Ende war, hatte Gunnar ein Verhältnis mit Blenda angefangen, der verheirateten Leiterin der besagten Pension, während seine Frau durch eine unerwünschte Sommergrippe ans Bett gefesselt war. Und ehe der Sommer vorüber war, hatte Gunnar sich scheiden lassen. Jetzt wohnen Gunnar und Blenda in einem gottverlassenen Nest in Bergslagen.

Und dann lernte der Vater Blendas jüngere Schwester Gloria kennen.

Jessica hat nie von anderen gehört, die gehofft haben, dass sich ihre Eltern scheiden lassen. Sie hat das natürlich niemals zugegeben. Stattdessen hat sie die von ihr erwartete Rolle gespielt, hat alle Register gezogen, von Schock über Wut bis hin zur Trauer.

Sie hätte den endlosen Streit ertragen können, der zwischen den Wänden in der Wohnung in der Upplandsgata widerhallte. Was sie nicht ertrug, war das Selbstmitleid ihres Vaters. Sein Märtyrertum. Als sei seine Untreue etwas, das *ihn* traf. Als sei die Tatsache, dass er sich letztendlich entscheiden musste, eine riesige und ungerechte Belastung, nachdem er fast ein halbes Jahr zwischen der Geliebten und der getreuen Ehefrau geschwankt hatte.

»Du kannst mich nicht hier und jetzt zu einer Entscheidung zwingen«, sagte er der Mutter immer wieder mit demonstrativer Geduld. »Du musst doch verstehen, dass ich nichts übereilen will.«

Und einmal: »Wenn du mir ein Ultimatum stellst, um mich zu einer Entscheidung zu zwingen, hast du diese Entscheidung schon für mich getroffen.«

Inzwischen hatte Jessica schon längst beschlossen, niemals von einem Mann abhängig zu sein. Ein Versprechen, das sie nur bei Jakob brach.

Jessica zieht energisch an der Zigarette, obwohl sie scheiße schmeckt, und erwidert Glorias Blick.

Du hast mir meinen Papa weggenommen, denkt sie und hofft, dass Gloria das in ihren Augen lesen kann. *Nicht, weil er deinetwegen Mama verlassen hat, das war seine Entscheidung. Nicht, weil du eifersüchtig auf alles bist, was mit seiner früheren Ehe zu tun hat, und damit auch auf mich, sondern weil du jeglichen engeren Kontakt verhindert hast – er hat es geschehen lassen, da wart ihr zu zweit. Aber du hast mein Bild von Papa als Helden gestohlen. Du hast ihn entlarvt. Und das werde ich dir nie verzeihen.*

»Oma war so traurig darüber, dass sie nicht ein letztes Mal im Meer baden konnte«, sagt der Großvater, als sie einige Stunden später den Strand entlanggehen.

Er redet viel zu laut, weil sein Gehör so schlecht ist. Sie sind einsam auf Erden. Der Strand reicht in dieser Richtung bis zum Horizont. Irgendwo dort vorne liegt Sandhammaren. Weit hinter ihnen liegt der Teil des Strandes, der sich an warmen Tagen mit Gästen vom Campingplatz füllt, aber die Saison hat noch nicht angefangen, und die Eisbude unten am Strand ist an Werktagen verrammelt. Der Sand ist immer noch feucht, nachdem es eine Woche lang geregnet hat. Jessica versucht, langsam zu gehen, damit der Großvater Schritt halten kann. Er soll nicht merken, dass sie auf ihn Rücksicht nimmt.

»Ich wusste nicht, dass sie so krank war«, sagt sie.

»Das wussten wir alle nicht.«

Der Kloß im Hals ist wieder da, so salzig wie das Meer. Er macht das Schlucken schwer, sitzt fest in ihrer Kehle und weigert sich, sich auch nur um einen Millimeter zu bewegen.

»Ich wäre gekommen, wenn ich das gewusst hätte. Das muss ihr doch klar gewesen sein?«

»Denk nicht daran.«

»Aber das tue ich! Und ich hätte euch schon längst besuchen sollen.«

»Du hattest doch auch deine Probleme«, sagt der Großvater.

Sie denkt an das letzte Mal, als sie die Großeltern zusammen gesehen hat. Sie standen im Garten und winkten, als sie mit dem Mietwagen zurücksetzte, auf dem Weg nach Kopenhagen. Kopenhagen lag auf dem Weg, weshalb sie sich zu einem Besuch aufgerafft hatte. Die Großeltern standen wie immer einige Meter voneinander entfernt. Wie andere alte Paare hatten sie offenbar schon vor Jahren jegliche physische Zusammengehörigkeit verloren und nannten sich nicht mehr beim Vornamen, sondern »Mama« und »Papa« und später »Oma« und »Opa«.

Sie überlegt, ob auch der Großvater ein schlechtes Gewissen hat. Ob er auch daran denkt, was er hätte sagen, was er hätte tun können.

»War das nicht ziemlich egoistisch von ihr?«, fragt Jessica. »Nicht zu sagen, wie krank sie war?«

Der Großvater dreht sich zu ihr um, der Wind reißt an seinen struppigen Haaren. Er antwortet nicht sofort, und sie wird schon unsicher, ob er sie gehört hat.

»Sie wollte deshalb nicht anders behandelt werden.«

»Aber alles war doch anders. Sie lag im Sterben. Hätte sie

uns nicht die Möglichkeit geben müssen, Abschied zu nehmen?«

»Oma wollte nicht als Opfer betrachtet werden.«

Seine Stimme wird durch den Wind ein wenig schrill.

»Aber sie war doch ein Opfer. Ein Opfer ihrer Krankheit.«

Der Großvater gibt keine Antwort, und Jessica beißt die Zähne zusammen. So eine Einstellung kann sie nicht verstehen. Sie weiß, dass diese Haltung als edel und tapfer gilt, vor allem in der Generation der Großeltern, aber als sie selbst krank war, wollte sie nichts lieber, als sich auszusprechen. Und die Menschen durften gern Mitleid mit ihr haben und ihr in ihrem Selbstmitleid Gesellschaft leisten.

»Ich hätte es gerne gewusst«, sagt sie, als sie es nicht mehr ertragen kann, dass ihre Worte unwidersprochen in der Luft hängen bleiben.

»Sie wollte wohl nicht, dass andere sich gezwungen fühlten, sie zu besuchen«, sagt der Großvater.

Jessica hört keinen Vorwurf in seiner Stimme. Das ist nicht nötig. Sie hat eine ergiebige Quelle von Selbstvorwürfen, aus der sie schöpfen kann.

Als sie zum Haus zurückkehren, schaut sie auf die Uhr ihres Mobiltelefons. Bald halb fünf. Sie überlegt, ob sie Micke anrufen soll, denn oben beim Haus hat sie kein Netz. Aber Micke kommt ihr weit weg vor, und dieses Gefühl hat nichts mit Geografie zu tun. Sie schickt eine SMS mit der Mitteilung, dass sie am nächsten Tag anrufen wird.

8

In der Nacht kommt die Angst vor der Dunkelheit aus Kindheitstagen zurück. Nach Stockholm traut diese Angst sich nie, dort sind genügend Menschen in den Nachbarwohnungen, dort sind die Straßen beleuchtet, und die Natur mit all ihren Geheimnissen bleibt in gebührender Entfernung.

Das ist natürlich überhaupt nicht logisch. In Stockholm gibt es viel häufiger höchst konkrete Gefahren. Aber klaustrophobische Angst hat nichts mit Logik zu tun, sondern mit dem Unbekannten hinter dem Fenster, der kompakten Dunkelheit, die das Haus umgibt und sich hereindrängen will. Mit all den plötzlich wirklich und absolut möglich erscheinenden Horrorphantasien. Hier draußen kann man leicht den Aberglauben alter Zeiten verstehen.

Jessica hat die Nachttischlampe eingeschaltet, im Nebenzimmer hört sie ihren Vater und Gloria murmeln. Sie denkt an die Großmutter, um sich zu beruhigen. Die Großmutter, die heiße Schokolade mit sehr viel Kakao und Zucker und einigen Salzkörnern in der Milch gekocht hat. Die es im Winter immer zu kalt im Haus fand, egal, wie sehr sie auch im offenen Kamin einheizten. (Wenn Jessica in den Winterferien vorbeischaute, saßen sie morgens im Schlafanzug nebeneinander auf dem Küchenboden, den Rücken gegen den fast zu heißen Heizkörper gelehnt.)

Die Großmutter gestattete nie mehr als eine Stunde vor

dem Fernseher, es sei denn, man wollte einen Spielfilm sehen.

Für die Großmutter war eine Pizza keine richtige Mahlzeit, weshalb Jessica sich zwischen Pizza und samstäglichen Süßigkeiten entscheiden musste. Wenn sie sich für die Pizza entschied, musste sie vorher trotzdem noch zu Abend essen.

Sie stellt sich vor, wie die Großmutter sie warmherzig umarmt und sie sich unendlich geliebt fühlt.

Sie erinnert sich, wie sie tief in die Pupillen ihrer Großmutter geschaut hat, bis sie sah, woran die Großmutter dachte. Eine Brücke an einem See? Ja, lachte die Großmutter, genau daran habe ich gerade gedacht. Ein Pfefferkuchenhaus auf einem Silbertablett? Ja, es ist ja unglaublich, wie bekommst du das bloß hin? Du bist ja eine richtige Gedankenleserin!

Kannst du meine Gedanken lesen, Oma? Bist du hier? Weißt du, dass ich dich liebe, aber mich vor der Dunkelheit fürchte, dass ich sogar Angst habe, du könntest hier herumspuken?

Du bist mir doch nicht böse, weil ich nicht gekommen bin?

9

Es sind noch zwei Tage bis zur Beerdigung, als Jessica begreift, was sie zu tun hat.

Sie hockt unter den niedrigen Balken auf dem Dachboden, mitten zwischen Kartons und Möbeln und Kleiderständern. Kleidungsstücke, die die Großmutter für die Nachwelt aufbewahrt hat, hängen sorgfältig in Plastikfolie verpackt an ihren Kleiderbügeln. Hüte ruhen in ihren ursprünglichen Schachteln, Schuhe liegen in Originalkartons, und die Schmuckstücke in den Etuis stammen aus kleinen Läden, die längst nicht mehr existieren. Die Großmutter war eine Pedantin, was Kleider betraf. Sie hatten niemals einen Flecken, nicht einmal einen Riss, und jetzt hängen sie hier, sorgfältig archiviert wie in einem Museum, sortiert nach Jahrzehnten, Stilen und Farbtönen. Jessica kann sich an etliche dieser Kleidungsstücke aus ihrer Kindheit erinnern, aber sie findet auch originalverpackte Kleider, Lagerreste aus dem Laden, den die Großmutter früher einmal betrieben hat. Im Laufe der Jahre sind viele für wohltätige Zwecke gespendet worden, aber der Rest wird seit dem Umzug aus Stockholm hier aufbewahrt.

Der Großvater hat Jessica dazu ermutigt, das Sammelsurium durchzusehen und alles mitzunehmen, was sie haben möchte – die Muskeln um Glorias Mund, die herunterhängen wie bei einer Bulldogge, verspannten sich, als sie das hörte – und Jessica ist sehr dankbar dafür, dass sie eine Beschäftigung, eine Entschuldigung hat, um vor den wie in einem Dampfdruckkessel aufgestauten Gefühlen im Haus zu fliehen. Sie hatte geglaubt, dass es vor der Beerdigung viel mehr zu erledigen gebe.

Wie immer vorausschauend und weil sie ihnen nicht mehr Mühe als notwendig machen wollte, hat die Großmutter ihre eigene Beerdigung genau geplant. Hat Kirche, Pastor, Sarg, Choräle ausgesucht. Der Großvater hat sich um die mit dem Todesfall verbundene Papierarbeit gekümmert, Viktor hat Freunde und Bekannte informiert. Der Vater und Gloria haben alles mit dem Bestattungsunternehmen abgesprochen. Jessica hat, soweit sie konnte, den Rest übernommen, die Todesanzeige in *Sydsvenskan* und *Ystads Allehanda* aufgegeben, Gebäck für den Kaffee nach der Beisetzung im Gemeindehaus bestellt und die Zeitschriftenabonnements mit den knallbunten Kreationen für kalte Büfetts auf dem Umschlag gekündigt.

Sie hängt die Kleider, die sie behalten will, auf einen Kleiderständer. Kleider in den Farben der fünfziger Jahre, sonnengelb, erbsengrün und kornblumenblau, und ein beiges von Balenciaga, das sie für Petra vorgesehen hat. Pullover mit Umlegekragen, ein Bardot-artiges Strandkleid, einen Trenchcoat mit einem breiten Gürtel. Caprihosen von Pucci. Jessica geht weiter die Kleider durch, setzt die Zeitreise fort, kommt bei den Minikleidern an, inspiriert von den Swinging-Sixties-Boutiquen in der Carnaby Street und der Kings Road. Nun tauchen die futuristischen Stoffe auf, silberglänzende Kleider, eine Jacke aus durchsichtigem Kunststoff. Die siebziger Jahre halten ihren Einzug mit Goldlamé und Häkelarbeiten.

Jessica hat schon einige der Kleider anprobiert. Zufrieden konnte sie feststellen, dass sie ihr perfekt passen. Wie die Großmutter ist sie schmal und hat eine flache Brust.

Immer wieder, zwischen all den Miniröcken und Jerseykleidern von Halston, wischt sie sich den Schweiß von der Stirn und schaut aus dem schmutzigen kleinen Dachbodenfenster. Von hier aus kann sie hinter den Baumwipfeln das Meer sehen. Eine Hummel fliegt immer wieder gegen die Fensterscheibe, Jessica öffnet das Fenster und lässt die Hummel hinaus. Folgt ihr mit dem Blick. Und ihr geht auf, dass sie nach der Beerdigung hierbleiben könnte. Allein.

Ihr Vater und Gloria werden gleich danach nach Hause fahren. Der Großvater und Viktor haben sich, nach langem Hin und Her, entschlossen, endlich ihren Plan in die Wirklichkeit umzusetzen und mit dem Auto zu Freunden nach Marbella zu fahren. Sie müssen weg von hier, brauchen eine Atempause von den vielen Erinnerungen. Aber das, was sie für eine Weile hinter sich lassen müssen, ist vielleicht genau das, was Jessica jetzt braucht. *Ja,* flüstert in ihr eine Stimme. *Bleib hier bei den Erinnerungen.*

Alle Probleme scheinen hier weit weg zu sein. Jessica hat sie im Stress und der Hektik in Stockholm zurückgelassen. Dadurch sind sie geschrumpft. Hier hat sie Zeit, einfach zu *sein,* was ihr Stresstherapeut als sehr wichtig bezeichnet, was aber in Stockholm so schwer zu bewerkstelligen ist, wo die Jagd nach der Zeit, um einfach zu sein, an sich schon zum Stressmoment wird.

Die alten Jungs werden nur froh sein, wenn Jessica hierbleibt und sich um Haus und Garten kümmert. Sie könnte nach der Beerdigung die Danksagungskarten verschicken und nach der Post sehen.

Jessica holt tief Luft und richtet sich auf, während die Idee sich in ihr festsetzt. Wird sie mit der Einsamkeit hier draußen umgehen können? Die Angst vor der Dunkelheit hat sich seit der ersten Nacht nicht wieder eingestellt. Sie schläft jetzt jede Nacht zwölf Stunden, tief und traumlos, und wenn sie aufwacht, ist sie am ganzen Leib steif. Vermutlich hat sie sich im Schlaf nicht einmal bewegt. Es ist ein bekanntes Phänomen. An den ersten Tagen in Schonen ist sie immer ruhelos, mit einem Gefühl, dass ihr das Leben entgleitet, dass sie *etwas tun müsste,* und danach kommt die Müdigkeit, bis sie sich endlich der Langsamkeit und der Stille angepasst hat.

Jessica fühlt sich ungeheuer erleichtert. Sie will nicht nach Hause fahren und muss auch nicht. Ihre Kolumnen kann sie auch hier schreiben. Vielleicht kann sie Petra zu einem Besuch überreden, sie kann Enzo gern mitbringen.

Und Micke? Es gelingt ihr nicht, sich ihn hier vorzustellen.

Gloria hat gerade ihren langen Vortrag über Ameisen beendet. Genauer gesagt über die Ameisen, die sich in diesem Jahr in Solbacka breitmachen. Eine Ameisenstraße führt quer über den Hofplatz, wobei die Krabbeltiere sich zu einer riesigen Metropolis-artigen Ansammlung bei dem Plattenweg hinter dem Haus formiert haben. »Hier steckt gute Energie im Boden. Ameisen sind intelligente Wesen, die merken so was«, sagte Gloria auf eine Weise, die keine weitere Diskussion zuließ. Nicht einmal Jessicas Vater hatte so getan, als höre er zu. Sie fragt sich, was ihn eigentlich mit seiner zweiten Frau verbindet. Er ist der verschlossenste Mensch, den Jessica kennt. Er steht nicht nur mit beiden Beinen fest auf dem Boden, er hat sie dort einbetoniert. Was sieht er in dieser seltsamen Frau?

Gloria ist von ihrer À-la-carte-Spiritualität einfach hin und weg, einem handverlesenen Menü mit leckeren und leicht verdaulichen Zutaten aus Hinduismus, Astrologie, Deepak Chopra, Buddhismus, Christentum, Paolo Coelho, dem Propheten und gnostischen Texten. Ihre oft widersprüchlichen Lebensregeln sind schwer zu verstehen. Sie protestiert lauthals, wenn jemand eine Mücke zerdrückt oder vorschlägt, die Ameiseninvasion mit Gift zu bekämpfen. Sie hat jedoch kein Problem damit, wie jetzt, ein dickes Schweinesteak zu verschlingen. Sie trinkt gern Wein, wenn ihr welcher angeboten wird, kann aber selbst keinen ausschenken – Alkohol anzubieten bedeutet offenbar, für die einen Entschluss zu fassen, die noch nicht reif genug sind, dessen Dimensionen zu erkennen. Sie fährt zu Exerzitien nach Dalarna, Sri Lanka und Thailand, wo sie stundenlang nach der Vipassana-Technik meditiert. Aber zugleich nutzt sie ihre Spiritualität wie einen Hammer, den sie anderen auf den Kopf schlägt, um sich über sie zu erheben und sich selbst als besser und weiter entwickelt darzustellen.

Jessica hat sich niemals als spirituelle Person betrachtet, aber sie ist sicher, dass geistige Erhabenheit mehr Großzügigkeit anderen Menschen gegenüber beinhaltet, als es bei Gloria der Fall ist. Außerdem würden Ameisen, wenn sie wirklich so intelligent wären, einen großen Bogen um Glorias Energien machen.

Sie haben im Freien zu Abend gegessen. Eine Sturmlaterne steht auf dem Tisch. Die dichte Nacht umschließt sie. Die Sterne funkeln am dunkelblauen Himmel, der um diese Jahreszeit niemals richtig schwarz wird.

Endlich wird es still, sogar die Kiefer des Vaters haben sich entspannt, sein Teller ist schon längst geleert. Jessica verzehrt das letzte Stück gegrilltes Quornfilet und räuspert sich.

»Ich habe oben auf dem Dachboden alte Fotoalben gefunden«, sagt sie, an den Großvater und Viktor gerichtet. »Ihr habt ja so elegant ausgesehen. Und Oma war ein richtiger Filmstar.«

»Was hat sie gesagt?«, fragt der Großvater Viktor, der Jessicas Worte dicht an seinem Ohr wiederholt.

Der Großvater lächelt verlegen und sieht plötzlich aus wie ein Junge.

Jessica hat es ehrlich gemeint. Viktors Gesicht hat sich seit damals kaum verändert, es ist nur glatter, und seine Züge sind schärfer geworden. Seine Lippen sind dünn, scheinen aber immer zu lächeln. Seine Augen, zweifellos sein hervorstechendstes Merkmal, funkeln auf den Bildern. »Wenn die etwas weiter auseinanderstünden, würde er aussehen wie ein Hammerhai«, hat die Großmutter einmal gesagt und gelacht. Aber Viktor war schön auf eine interessante Weise, sein Gesicht offen und ansprechend.

Die Großmutter hat große Ähnlichkeit mit ihrem Bruder. Die gleichen hohen Wangenknochen, die gleichen dünnen Lippen. Ihre Haare sind dunkel und ihre Silhouette schmal. Als junges Mädchen ist sie eher niedlich als schön. Als ihre Züge reifen, werden sie kantiger, und der Ausdruck in ihren Augen verändert sich. Unmittelbar nach der Geburt von Jessicas Vater schaut sie nicht mehr direkt in die Kamera. Ihr Lächeln wird vorsichtiger, vielleicht ist es nur die Müdigkeit einer jungen Mutter, die den Glanz verblassen lässt. Einige Jahre später richten ihre Augen sich wieder auf die Kamera, aber in ihren Augen liegt etwas Distanziertes, das Jessica überhaupt nicht mit ihrer Großmutter verbindet.

Auf einem Foto ist die Großmutter schwanger, sie steht im Profil vor einer weißen Wand. Ihr Bauch sieht an ihrem ansonsten mageren Leib riesig aus. Sie lacht offenbar über etwas, das jemand – Jessica hat das Gefühl, dass es Viktor ist – zu ihr sagt.

Und dann der Großvater. Ein Brando in einem gut sitzenden Anzug. Die dunklen Haare werden von Pomade gebändigt und glänzen in schwarzen Wellen. Er ist athletisch gebaut, das ist durch die elegante Kleidung deutlich zu sehen. Die Lippen sind füllig, und wenn er lächelt, zeigt er nie seine Zähne.

Einige Bilder stammen von Festen in irgendeiner hochherrschaftlichen Wohnung, und das einzige Gesicht, das Jessica erkennt, gehört Großmutters bester Freundin, Solveig. Diese Bilder sind eine Erinnerung daran, dass die alten Leute ein Leben hatten, von dem Jessica nichts weiß. Ihre Welt sieht idyllisch und glamourös zugleich aus. Voller Leben und Lachen.

Natürlich ist Jessicas Vater auf vielen Bildern zu sehen. Anfangs hat er blonde Korkenzieherlocken, aber seine Haare werden langsam dunkler, bis er zur Schule kommt. Dann werden sie kurz geschnitten. Es ist schwer zu sagen, welchem Elternteil er mehr ähnelt. Jessica wüsste gern, warum er keine Geschwister hat, das war damals ungewöhnlich. Hat das etwas mit dem abwesenden Blick in den Augen der Großmutter zu tun?

»Ja, Viola war eine richtige Schönheit«, sagt Viktor. »Freut mich, dass du diese alten Alben gefunden hast. Ich habe sie seit Jahren nicht mehr gesehen.«

»Wir können sie uns doch mal zusammen anschauen, oder?«, fragt Jessica. »Ich weiß ja gar nicht, wer all diese Leute sind und was ihr damals so gemacht habt.«

Viktor nickt und streckt die Hand nach seinen Zigaretten aus. Der Großvater scheint nichts gehört zu haben, denn er schweigt.

»Wie habt ihr euch eigentlich kennengelernt?«, fragt Jessica und dreht sich zu ihm um.

Sein Blick ist leer.

»Was?«

»Wie hast du Oma kennengelernt?«, fragt Jessica noch einmal, diesmal langsamer, deutlicher.

Das Gespräch mit dem Großvater wird zwischendurch leicht zur Parodie. Lockeres Geplauder ist unmöglich, da es sich meistens nicht lohnt, zwei- oder dreimal dieselben Bemerkungen zu wiederholen, und Jessica versucht vor ihm zu verbergen, wie sehr ihr das auf die Nerven geht.

»Das ist schon so lange her, ich kann mich kaum noch daran erinnern«, sagt er lächelnd.

Es ist dasselbe Lächeln wie auf den Fotos, jetzt aber im Gesicht eines alten Mannes.

»Daran musst du dich doch wohl erinnern?«, sagt Jessica, überdeutlich artikulierend wie die Moderatorin einer Kindersendung.

Sie glaubt, Gloria schnauben zu hören.

»Wie das eben damals so war. Wir verkehrten in denselben Kreisen, und dann habe ich mir ein Herz gefasst und ihr den Hof gemacht. Ich hatte ja Viktor zuerst kennengelernt.«

Der Großvater zieht eine Zigarre aus der Brusttasche,

schneidet die Spitze ab und zündet sie an. Zieht langsam daran.

»Deine Großmutter war eine einzigartige Frau«, sagt er endlich.

Mit diesem Satz will er einen Schlusspunkt setzen. Mehr will er offenbar für den Moment nicht dazu sagen. Wie kommt es nur, denkt Jessica, dass alte Männer sich an alle Details ihrer Autos erinnern, die sie jemals besessen haben, aber nichts über die Menschen wissen, die ihnen am meisten bedeutet haben? War es Männern damals nicht gestattet, Gefühle zu zeigen, an Gefühle zu denken? Sie öffnet den Mund, um den Großvater zum Weiterreden aufzufordern, aber er ist in seiner eigenen Welt verschwunden, zieht an seiner Zigarre. Gloria hustet demonstrativ, während der Rauch sich wie ein Nebel um den Tisch legt.

Später, als alle anderen zu Bett gegangen sind, zieht Jessica die Telefonschnur in der Küche bis zu den Glastüren zur Glasveranda. Dort macht sie es sich auf dem Sofa bequem und ruft ihre Mutter an. Diese hat sich strikt geweigert, zur Beerdigung zu kommen, sagt, sie sei sicher, die Großmutter wisse trotzdem, dass sie an sie denke. Sie hatte im Garten eine eigene kleine Trauerfeier, hat Lampions an den Pflaumenbaum gehängt und sich auf einer Decke ins Gras gelegt und an die Großmutter gedacht, bis sie dort einschlief.

»Komm doch nach der Beerdigung nach England«, sagt die Mutter.

Jessica verspricht, sich die Sache zu überlegen. Aber obwohl sie Sehnsucht nach ihrer Mutter hat, steht ihr Entschluss fest. Sie wird den Sommer hier verbringen und abwarten, was mit ihr passiert. In Solbacka kann sie vielleicht herausfinden, wer sie in Wahrheit sein, wo sie hinwill.

»Weißt du, wie Oma und Opa sich kennengelernt haben?«

»Eigentlich nicht. Frag lieber Opa.«

»Du weißt doch, wie er und Viktor sind. Mit denen kann man ja nur über Wetter, Autos und Politik reden.«

»Im Moment ist es sicher besonders schwer für sie. Billy muss doch alles leer vorkommen, nach einem so langen Leben mit Viola.«

Sie schweigen eine Weile. Jessica macht mit ihrem nackten großen Zeh Kreise auf dem Holzboden. Sie hört auf der anderen Seite der Nordsee die Atemzüge ihrer Mutter, vielleicht schaut sie gerade auf die Lichter der Stadt, die sich tief unter ihr in der nachtschwarzen Oberfläche des Atlantiks spiegeln.

»Ich fühle mich auch leer«, sagt Jessica.

Sie wünscht, die Mutter könnte bei ihr sein und sie in den Arm nehmen. Dann würde sie endlich weinen können.

»Ist Micke mit dir gefahren?«

»Nein. Ich glaube, das mit uns geht zu Ende.«

Jessica seufzt.

»Ich werde enden wie Viktor«, sagt sie dann.

»Wie geht es dir eigentlich?«

»Ich weiß nicht.«

Es wird still.

»Ich habe Angst, dass ich allein sterben werde«, sagt Jessica.

»Das ist ein typischer Gedanke nach einem Todesfall.«

»Ich weiß.« Wenn sie ihrer Mutter nur von der Fehlgeburt erzählen könnte. Ihr sagen, wenn sie ein Kind gehabt hätte, wie Petra, ihre Mutter und Großmutter, dann wäre ihr Leben nicht ganz vergeudet gewesen. Sie wäre Teil einer Kette, die noch lange nach ihrem Tod weitergehen würde, und keine Sackgasse. Jemand würde sich an sie erinnern.

»Komm nach England«, sagt die Mutter noch einmal.

»Wir werden sehen. Ich muss jetzt aufhören. Ich liebe dich.«

Dann legen sie auf.

10

Jessica schluckt ihre Zoloft zusammen mit einer Omega-3-Kapsel auf Leinsamenölbasis. Ihr Stresstherapeut hat das empfohlen, zusammen mit einer täglichen Dosis besonders starker Vitamin-B-Tabletten. Jessica versucht, sich an die Ratschläge ihres Stresstherapeuten zu halten. Außerdem bekommt sie in der Praxis mit den neuesten Nummern britischer und französischer Magazine für Wohnkultur und einem zischenden Raumluftbefeuchter entspannende Massagen. Aber sie hatte genug, als der Stresstherapeut ihr vorschlug, dass sie jeden Morgen zuerst mindestens zehn Minuten lang sehr langsam über den Boden kriechen sollte, offenbar wird dadurch die Zusammenarbeit der rechten und linken Gehirnhälfte verbessert. »Der Hintern sollte möglichst am Boden bleiben«, sagte der Stresstherapeut, und Jessica setzte ein strahlendes Lächeln auf und versprach, es zu versuchen.

Sie geht hinaus in die Morgensonne. Das Mobiltelefon in der Tasche ihrer Trainingshose schlägt gegen ihren Oberschenkel, als sie losläuft. Die alten Lejon-Schuhe, die sie unter dem Bett in ihrem Zimmer gefunden hat, federn noch immer sehr gut. Jessica folgt dem Weg hinunter zum Meer, streckt die Arme aus, rollt die Schultern, weckt ihren Körper aus der Starre des Schlafes. Ihre Arme glänzen von Sonnencreme mit Zitrusduft. Es ist schon heiß, obwohl es erst halb zehn ist. Sie hat ein weißes ärmelloses Unterhemd an, und ihre Achselhöhlen werden feucht.

Einige hohe Tannen stehen auf beiden Seiten des Weges vor der letzten Düne, ehe der Strand beginnt. Der festgetrampelte Boden mischt sich mit hellem, feinkörnigem Sand. Dann steht sie oben und sieht das Meer. Es ist klar und blau, schäumende weiße Wellen lecken in gemächlichem Rhythmus am Strand. Jessica läuft zum Wasser hinunter und zieht das Telefon aus der Tasche. Heute hat sie Empfang. Es scheint von der Windrichtung abzuhängen. Sie scheut vor dem Gespräch zurück und beschließt, bis nach dem Spaziergang zu warten.

Jessica biegt nach links ab. Ihre Schuhe versinken in dem nassen Sand, sie geht so dicht am Wasser entlang, dass sie ab und zu einer Welle ausweichen muss.

Ihr Körper fühlt sich stark und leistungsfähig an. Zielstrebig bewegt sie die Arme, steigert ihren Pulsschlag. Zwei weißblonde Kinder, ein Junge und ein Mädchen, spielen auf dem Sandstreifen unterhalb des Campingplatzes. Sie rufen Hallo, und Jessica grüßt zurück, ihre Stimme klingt überraschend fröhlich.

Eine halbe Stunde später erreicht sie die scharfe Krümmung, wo der Strand endet. Tang und tote Meerestiere liegen zwischen den Steinen an einer Landzunge, und das Wasser hat sich in einen kochenden Kessel voller Verwesung verwandelt. Jessica atmet durch den Mund und macht sich auf den Rückweg nach Solbacka. Trotz des Gestanks meldet sich ihr Magen, sie hat Hunger. Wie viel leichter es ist, die Signale des Körpers wahrzunehmen, wenn sie keinem Zeitplan unterliegen.

Sie nimmt auch andere Signale wahr, zum Beispiel, was sie eigentlich will. Auf dem letzten Wegstück kommt sie an den Kindern vorbei, die abermals munter grüßen.

Als sie die Stelle erreicht hat, wo ihre eigene Fußspur beginnt, wischt sie einige Sandkörner vom Display und wählt

Mickes Nummer. Er meldet sich beim ersten Klingeln. Ihr Mund ist plötzlich wie ausgedörrt. Sie bereut, dass sie keine Wasserflasche mitgenommen hat.

»Micke«, sagt er mit einem etwas zu eifrigen Tonfall.

Jessica hört Verkehr im Hintergrund.

»Ich bin's«, sagt sie.

»Ach, hallo. Ich dachte, es sei die Agentur.«

Pause.

»Es ist so nervig, dass du eine Geheimnummer hast«, sagt er dann.

Sie kennt diesen gereizten Tonfall sehr gut, Micke wartet auf eine Nachricht wegen eines Auftrags, den er unbedingt haben will.

»Was machst du?«, fragt sie.

»Ich frühstücke im Rittorno. Und du? Es klingt, als ob du aus Bangladesch anrufst.«

»In Bangladesch ist der Empfang vermutlich besser. Ich bin unten am Strand. Hast du Zeit zum Reden?«

»Shoot«, sagt er.

Jessica merkt, dass er ungeduldig ist, er will nicht, dass das Gespräch die Leitung blockiert, wenn die Agentur anruft. Sie kennt niemanden, der so oft sein Mobiltelefon benutzt wie Micke. Als sie zwei Monate zuvor nach New York geflogen sind, hatte er dreiundvierzig Mitteilungen, als er aus dem Flugzeug stieg. Er benimmt sich genau wie sie vor ihrer Krankschreibung: Panik, wenn er nicht jede Sekunde erreichbar ist, bereit, ständig drohende Katastrophen abzuwehren. Bei jedem Auftrag hat er das Gefühl, seine Zukunft hinge davon ab. (Was ja irgendwie auch stimmt. Er kann sich nicht den Luxus leisten, sein Selbstvertrauen Stück für Stück mit einer Erfahrung nach der anderen aufzubauen. Stattdessen ist er den launenhaften Einschätzungen anderer ausgeliefert und dem Wissen, dass er niemals besser ist als sein letzter Job.) Micke hat Panik, weil alle anderen anscheinend ein wenig mehr Erfolg haben als er, ob es nun um Aufträge oder Wohnung, Golfhandicap, Kleidung, VIP-Karten, Stempel im Pass geht … oder Freundinnen. Letzteres würde er ihr gegenüber natürlich niemals zugeben, aber sie weiß sehr gut, dass er auch sie mit den letzten Errungenschaften seiner Freunde vergleicht. Vermutlich spricht nicht viel für sie, abgesehen vom magischen Schein ihres Bekanntheitsgrades.

Vielleicht sollte ich das nicht am Telefon machen, denkt sie. Aber wann dann?

»Ich bleibe den Sommer über hier«, sagt sie.

»Ach, wie lange denn?«

»Den ganzen Sommer. Ich kümmere mich um das Haus, gieße die Blumen und so.«

»Ich weiß nicht so recht, wann ich dich besuchen kann. Im Moment ist verdammt viel zu tun.«

»Das ist okay. Ich glaube, wir …«

Jessica schweigt eine Weile, setzt sich in den Sand. Sie muss das jetzt durchstehen, danach wird es leichter werden. Sie schaut auf das Meer hinaus. Hinter ihr liegt Schweden.

»Was?«, fragt Micke, immer ungeduldiger werdend.

Noch kannst du es dir anders überlegen, flüstert ihr eine Stimme zu, die schreckliche Angst vor dem Alleinsein hat. Kann sie noch einen Menschen wegwerfen?

»Ich glaube, ich muss allein sein«, sagt sie.

»Wie meinst du das?«, fragt er, genau, wie sie erwartet hat. Was kann er in dieser Situation auch anderes sagen, obwohl er genau weiß, was gemeint ist.

»Ich …«

Sie kämpft gegen dieses furchtsame lächerliche Lebewesen, das sie in sich trägt. Das nicht die Wahrheit sagen will, das Micke nicht wütend oder traurig machen und ihn vor allen Dingen nicht *enttäuschen* will. Ihre Gefühle weichen einer inneren Kälte. Wenn sie ihr besonders im Weg sind, stellt sie sie einfach ab.

»Das mit uns funktioniert nicht«, sagt sie mit neutraler Stimme.

»Ich weiß.«

Es tut weh, dass er das so bereitwillig zugibt.

»Ich liebe dich nicht, Micke. Und ich weiß, dass du mich auch nicht liebst. Ich glaube, du wolltest auch Schluss machen, aber dann ist meine Großmutter gestorben, und da dachtest du, das ist jetzt nicht …«

Er gibt keine Antwort.

»Es ist in Ordnung, Micke. Ich würde auch nicht mit mir zusammen sein wollen, jedenfalls nicht im Moment.«

»Es ist nur so schwer, dich zu verstehen«, sagt er.

Sein Tonfall ist von deutlichem Selbstmitleid geprägt, das Bestätigung verlangt.

»Ich weiß«, sagt sie und macht es ihm leicht.

Macht es sich leicht.

»Vielleicht hätten wir als Freunde besser zusammengepasst«, sagt Micke.

Sie beenden das Gespräch höflich.

»Und ich kann es doch verdammt noch mal nicht mit einem Gespenst aufnehmen«, ist eines der letzten Dinge, die er zu ihr sagt.

Jessica lässt sich rückwärts in den Sand sinken. Kleine Wolken huschen so rasch über den Himmel, dass sie, wenn sie lange genug hinschaut, das Gefühl hat, selbst dahinzusausen, und davon wird ihr schwindlig. Und nein, niemand kann es mit einem Gespenst aufnehmen, mit Jakob, der einfach verschwand.

11

Sie wandert durch das unnatürlich stille Haus. Der Großvater steht vor dem großen Spiegel in dem Schlafzimmer, das er mit der Großmutter geteilt hat. Mit blanken Augen bindet er langsam seinen Schlips. Die Falten in seinem Gesicht scheinen über Nacht tiefer geworden zu sein.

Viktor rasiert sich im Badezimmer. Er hält an den alten Rasierutensilien fest. Niemals würde er auf die Idee kommen, modernen Rasierschaum zu benutzen, er schlägt mit dem Rasierpinsel echten Schaum aus Seife, dicke Schlagsahne scheint sein halbes Gesicht zu bedecken. Jessica kann sich aus ihrer Kindheit gut an das kratzende Geräusch erinnern, wenn er die spitzen, harten Bartstoppeln wegschnitt und die neue glatte Haut unter dem Schaum zum Vorschein kam. Sie saß immer auf dem Badewannenrand und sah Viktor beim Rasieren zu, ebenso fasziniert war sie, wenn sie ein seltenes Mal zusehen durfte, wie ihre Mutter sich vor einem Fest schminkte.

Ihr Vater, der schon längst seinen dunklen Anzug angezogen hat, läuft draußen im Garten hin und her und scheint die Gemüsebeete zu inspizieren. Jessica sieht ihn durch das Küchenfenster, als sie heißes Wasser in die Tasse mit dem Pulverkaffee gießt. Sie fragt sich, wie ihm wohl zumute ist, in diesem Moment, so kurz vor der Beerdigung seiner Mutter. Er scheint eine Verwünschung auszustoßen, murmelt gereizt etwas vor sich hin, aber sie kann ihm nichts von den Lippen ablesen.

Sie verspürt einen Anflug von Rührung, als sie ihn beobachtet. Ein Gefühl, das Ähnlichkeit mit Liebe hat und sie daran erinnert, wie es zwischen ihnen hätte sein können.

Gloria scheint zu schwitzen in ihrem wadenlangen schwarzen Rock und dem schwarzen Kaschmirpullover mit den Pailletten, der nach Jessicas Meinung zu partyhaft für diese Gelegenheit ist. Sie sitzt am Tisch im Esszimmer und starrt vor sich hin. Unvermittelt sagt sie:

»Aber ich verstehe nicht, dass du freiwillig auf Södermalm wohnst, wo du dir doch etwas Besseres leisten könntest. Ich weiß noch, wie Lilly da gewohnt hat, das war zwar bei Mosebacke, aber ...«

Und Jessica, die mit einer Fusselrolle über das in einem kleinen Laden in Simrishamn gekaufte billige schwarze Kleid fährt, versucht, sich nicht provozieren zu lassen. Nicht an einem solchen Tag.

»Es ist nicht mehr dasselbe Stockholm wie in den Büchern von Per Anders Fogelström«, sagt sie kurz.

»Aber Östermalm ist doch so angenehm! Lilly fühlt sich da wirklich wohl!«

Gloria lässt sich nur selten eine Gelegenheit entgehen, ihre Nichte Lilly zu erwähnen, und es freut sie offenbar sehr, dass es auch in ihrer Familie einen Fernsehpromi gibt. Jessica weiß sehr gut, wer Lilly ist, auch hinter der öffentlichen Fassade. Sie könnte allerlei über sie erzählen. Aber sie hält den Mund. Sie lässt sich nicht dazu hinreißen, genauso versnobt und reizbar wie Gloria zu sein und diese zurechtzuweisen.

Und, mahnt sie sich, bald werden ihr Vater und Gloria nach Hause fahren. Und sie wird sie erst bei der nächsten Beerdigung wiedersehen.

12

Hab keine Angst. Das Zeichen ist vorhanden,
ein Name, der dich schützt, wo du auch gehst.
Die Spuren sind vorhanden noch im Sande.
Hab keine Angst. Du bist geschützt, dort, wo du stehst.

Jessica sitzt eingeklemmt zwischen dem Großvater und Viktor ganz vorne in der Kirche. Sie singt den Choral mit, so gut es geht. Viktors Stimme ist überraschend stark und klar, klettert sicher die schmerzhaft schöne Melodie hinauf. Großvater murmelt eher.

Sie fühlt sich von der Kirche unerwartet stark berührt. In alten Kirchen stößt man auf einen schwer zu definierenden Geruch. Etwas, was einen veranlasst, die Selbstkontrolle aufzugeben. So viele haben im Laufe der Jahrhunderte hier gesessen, haben gesungen und mit einem Gott gesprochen, an den Jessica so gern glauben würde. Vielleicht ist es nicht der Geruch, sondern die vielen Gebete, die Spuren in den Steinmauern hinterlassen haben. *Die Mauern sind voll davon.*

Großmutter hat sich einen sehr schlichten Sarg aus weißem Holz ausgesucht. Er ist geschmückt mit Blumen aus dem Garten: Margeriten, Kornblumen und Wicken. (Der Großvater hätte eine Vase mit schweren dunkelroten Rosen bevorzugt, aber der Vorschlag wurde von allen abgelehnt, auch von Gloria. Der zarte, duftende Strauß scheint mehr Hoffnung zu erwecken. Und, sagte Viktor, niemand könne je wieder vor dem Haus sitzen, umgeben von Rosen, ohne an die Beerdigung zu denken.) Die Choräle sollen den Trauergästen Trost beim Gedanken an den unausweichlichen Tod spenden, mit der Verheißung auf »Freude jenseits des Grabes und einer Zukunft voller Gesang« und »neu gewecktes Flüstern und Rufen, geborgen in ewiger Treue und Liebe«.

Plötzlich löst das Lied Nr. 739 Jessicas verkrampfte Stimmbänder, und die Tränen können endlich fließen. Sie fühlt sich physisch erleichtert, als sie spürt, wie die Tränen auf ihren Wangen brennen. Alles andere verschwindet. Alle Analysen und Gedanken. Nur das Gefühl ist noch da.

Du bist auf dem Weg. Die Nacht wird schwinden,
wenn Sterne sich aus des Tages Armen winden.
Hab keine Angst. Es gibt einen dunklen Hafen.
Du siehst ihn nicht, doch wirst du ruhig dort schlafen.

Die Stimmen verklingen, als das Lied zu Ende ist. Und Jessica spürt deutlich, dass die Großmutter da ist. Sie ist nicht im Sarg, sondern unter ihnen.

Jessica steht gedrängt in einer Ecke und schaut auf die in Schwarz gekleideten Menschen, die sich begrüßen und Höflichkeitsfloskeln austauschen. Ab und zu kommt jemand auf Jessica zu, streckt eine zitternde Hand aus, und sie lächelt fieberhaft, versucht, sich zu erinnern, ob sie demjenigen schon einmal begegnet ist. Durch die Maskerade des Alters sehen alle zum Verwechseln gleich aus. (»Das Alter ist der große Gleichmacher«, sagte die Großmutter einmal grinsend, als Jessica, vielleicht sieben Jahre alt, darüber gestaunt hatte, wie schön die Großmutter auf ihrem Hochzeitsfoto aussah.)

Aber es entgeht ihr nicht, dass Solveig auf sie zukommt. Die beste Freundin der Großmutter hat die Anzeichen des

Alters mit Zähnen, Klauen und chirurgischen Eingriffen bekämpft. Wenn sie von ihren Gefühlen spricht – »Ich freue mich ja so, dich zu sehen, Herzchen« –, sind diese in ihrem Gesicht nur schwer zu erahnen. Das unnatürlich glatte Gesicht hat eine dünne Haut, die jeden Moment zu platzen droht. Wie ein Trommelfell spannt sie sich über das runde Gesicht, geschrubbt, mit Säure behandelt und eingeschmiert. Alles an Solveig ist rund: die Augen, die nach dem letzten Stirnliften immer erstaunt wirken, der Körper, die wogenden Brüste, der kleine Mund, der so oft halb offen steht und den Eindruck des Erstaunens noch verstärkt. Die Zahnreihen funkeln weiß und passen zu der Perlenkette um ihren molligen Hals.

Sie umarmt Jessica mit einem steinharten Griff um die Taille, eine massive kleine Mauer aus altem Fleisch und schwerem Parfüm.

Weder der Großvater noch Viktor sind sonderlich physisch. Sie lassen sich höchstens umarmen oder streicheln hastig ihre Wange, wenn sie Gute Nacht sagen. Ihr Vater wagt vermutlich nicht mehr, sich ihr zu nähern, nachdem sie sich so oft gereizt aus seiner Umarmung befreit hat. Woher sollte er wissen, dass sie gerade in dieser Woche bereit gewesen wäre, sich von ihm umarmen zu lassen?

Solveig gehört zu der Sorte Mensch, die nicht auf die Idee kommen, dass sie die Privatsphäre eines anderen verletzen.

»Weißt du, dass ich die ganze Zeit von Viola träume? Und immer, wenn das Telefon klingelt, glaube ich, dass sie es ist. Seit mein Mann gestorben ist, habe ich so etwas Schlimmes nicht mehr erlebt. Ja, irgendwie ist das alles noch schlimmer, denn damals hatte ich wenigstens noch Viola. Jetzt habe ich niemanden mehr. Ich würde dir raten, niemals alt zu werden, wenn die einzige Alternative nicht so deprimierend wäre.«

Solveig nuschelt ein wenig, wischt sich sorgfältig mit einem Taschentuch die Augenwinkel. Ihre spärlichen Wimpern sind wie lange Spinnenbeine.

»Du hast doch Gunnar«, sagt Jessica, und Solveig verdreht dramatisch die Augen.

»Gunnar? Ach, das möchte ich sehen. Der hat es ja nicht einmal über sich gebracht, heute herzukommen. Er schiebt es auf die Arbeit, aber ich glaube ja eher, dass ein neues Drama mit dieser verflixten Blenda bevorsteht. Wie geht's denn ihrem Biest von Schwester?«

Letzteres sagt sie mit einem diskreten Nicken in Glorias Richtung. Jessica muss lachen. Sie würde einerseits schrecklich gern die Gelegenheit nutzen und ein wenig über Gloria lästern, mit jemandem, der versteht, was sie meint (mit Petra geht das zum Beispiel nicht so gut, da sie Gloria nie begegnet ist), aber andererseits möchte sie die Beerdigung ihrer Großmutter nicht entweihen.

»Sie hat zu meinem Vater gesagt, dass er Solbacka taxieren lassen sollte«, sagt sie trotzdem.

Das war neulich abends, als sie in der Badewanne lag. Die Akustik im Kellergeschoss ist verräterisch. Ein Flüstern kann sich durch Wände fortpflanzen und ist so deutlich zu hören, als würde jemand einem direkt ins Ohr sprechen.

»Das kann doch nicht dein Ernst sein«, sagt Solveig. »Eigentlich sollte mich das nicht wundern. So eine raffgierige Person vergeudet keine Zeit. Aber mach dir keine Sorgen, die alten Jungs würden das nicht zulassen. Allerdings, wenn dein Papa sie beerbt …«

»Sie war da«, sagt Jessica, um das Thema zu wechseln.

»Wen meinst du? Ich habe eigentlich überraschend wenig Bekannte gesehen. Manchmal glaube ich, dass manche von den alten Herrschaften nur hergekommen sind, um gratis Kaffee zu trinken und …«

»Nein, ich meine, ich habe *sie* bemerkt. Oma. Ich habe gemerkt, dass sie bei uns war.«

Solveig holt Atem, nickt eifrig.

»Ich auch. Beim letzten Choral.«

Diese knappe Bestätigung von Jessicas Ahnungen kommt so unvermittelt, dass sie wieder die brennenden Tränen hinter ihren Augenlidern spürt. Sie schaut zu Boden.

»Ich habe übrigens einen Auftrag von deiner Großmutter«, sagt Solveig. »Wie lange bleibst du?«

»Ich bleibe den ganzen Sommer. Ich kümmere mich um Solbacka, wenn Opa und Viktor in Marbella sind.«

»Ja, wenn das so ist. Komm irgendwann später in dieser Woche bei mir vorbei, deine Großmutter hat dir etwas hinterlassen.«

Jessica nickt.

»Es ist wichtig«, betont Solveig.

Die runden Augen werden noch weiter aufgerissen.

Jessica nickt wieder. Natürlich wird sie Solveig besuchen.

13

Es kommt ihr seltsam, verkehrt vor. Sie steht im Garten und verabschiedet sich von Großvater und Viktor, aber diesmal fahren sie weg und Jessica bleibt.

»Bist du sicher, dass du allein hierbleiben willst?«, fragt der Großvater.

»Absolut.«

»Wenn du dir die Sache anders überlegst, dann kannst du einfach Solveig anrufen. Sie kommt gern zum Blumengießen, wenn wir weg sind.«

»Danke, aber das wird wohl nicht nötig sein«, sagt sie und fügt so gelassen wie möglich hinzu:

»Ich glaube, ihr seid diejenigen, die Zweifel haben. Macht jetzt, dass ihr wegkommt!«

»Ich weiß nicht, ob es richtig ist, so kurz nach Violas Beerdigung wegzufahren«, sagt Viktor.

Er schaut zum Himmel.

»Aber das wird euch guttun«, sagt Jessica. »Niemand wird es euch danken, wenn ihr hier traurig herumhängt.«

Ihr geht auf, dass sie fürchtet, die beiden könnten es sich in letzter Sekunde anders überlegen. Sie hat sich jetzt darauf eingestellt, allein zu sein und sich eine Zeit lang zu vergraben.

»Oma würde wollen, dass ihr fahrt«, sagt sie.

Das scheint die beiden zu überzeugen. Der Großvater umarmt sie, wie er es zuletzt getan hat, als sie klein war, presst sie an sich.

»Ruf an, wenn du etwas brauchst. Egal, was«, flüstert er ihr ins Ohr.

Sie nickt als Antwort. Opas Wange an ihrer. Sie will nicht wieder weinen.

»Pass auf dich auf, Herzchen«, sagt Viktor.

»Fahrt vorsichtig«, sagt sie.

Das ist nicht nur eine Floskel. Sie könnte es nicht ertragen, die beiden auch noch zu verlieren. *Aber viele Jahre bleiben ihnen nicht mehr, egal, wie vorsichtig sie fahren.* Jessica verdrängt diesen Gedanken, als Viktor sie umarmt.

Sie geht mit ihnen zum vollgepackten Auto. Und sie ahnt, dass es gleich einen hastigen wortlosen Machtkampf darum geben wird, wer hinter dem Steuer sitzen darf. Viktor trägt den Sieg davon. Sie weiß nicht so recht, warum, aber es überrascht sie.

Sie läuft hinter dem Auto her ums Haus und winkt ihnen nach, bis sie nicht mehr zu sehen sind. Dann dreht sie sich wieder zum Haus um. Der weiße Elefant erscheint ihr größer als jemals zuvor, jetzt, wo er für einen Sommer nur ihr gehört.

Nachts träumt sie von einer Gestalt, die sie im Gewimmel von Arlanda wiederzuerkennen glaubt. Der Mann dreht sich um. Diesmal hat er kein fliehendes Kinn, sie sieht die vertraute scharfe Linie des Kiefers. Die nach unten verlaufenden Augenwinkel, den charakteristischen Adamsapfel. Trotz der Entfernung sieht sie alles deutlich vor sich. Aber Jakob bemerkt sie nicht. Sie versucht loszurennen, zu ihm zu gelangen, aber die vielen fremden Körper in der Wartehalle sind im Weg. Sie stößt mit den Ellbogen um sich, schiebt rücksichtslos jemanden zur Seite, aber Jakob dreht sich von ihr weg und geht in eine andere Richtung. Sie kann ihn nicht erreichen.

Mitten in der Nacht steht sie auf. Der weiße Elefant seufzt, knackt und ächzt wie ein rheumakrankes Tier, während sie auf die Dämmerung wartet und die Angst vor der Dunkelheit über ihr schwebt. Jetzt, wo das Haus menschenleer ist, scheint sich etwas anderes in den Zimmern einzunisten, und sie hat abermals das Gefühl, beobachtet zu werden, von einem Wesen, das sich die ganze Zeit außerhalb ihres Blickfeldes befindet.

Und wenn ich mich jetzt umdrehe und wirklich dort jemand steht?

Sie kann die Angst nur verjagen, wenn sie den Fernseher auf höchste Lautstärke dreht, alle Lampen einschaltet und ein zusätzliches Atarax nimmt.

Am Morgen beschließt sie, heute schon zu Solveig zu fahren. Sie will wissen, ob Solveig den ganzen Sommer über da ist. Nur für alle Fälle.

Jessica versucht, über sich selbst zu lachen. Was könnte Solveig denn ausrichten, wenn die Gespenster sich in das Rauschen des Fernsehers einschlichen? Wenn die verrückten Axtmörder ihrer Kindheit an die Haustür hämmerten?

Eigentlich glaubt sie an das alles nicht, nicht bei Tageslicht. Aber nachts ist es anders. Das Entsetzen wird greifbar, verdichtet sich, dass es sich am Ende in etwas Wirklichem manifestieren oder genau das anlocken wird, wovor sie sich fürchtet, wie Haie, die über eine Entfernung von Kilometern Blut im Wasser riechen können. Dass Solveig – oder überhaupt irgendwer! – nur einige Kilometer weit entfernt wohnt, hilft ihr deshalb schon. Ein Zufluchtsort, wenn die Einsamkeit zu schlimm wird. Ein beruhigendes Telefongespräch aus irgendeinem vorgeschobenen Grund.

»Es ist gut für mich, meine Ängste herauszufordern«, wiederholt Jessica laut, als sie mit dem Auto zu Solveigs Haus fährt.

Und übrigens ist es nur für eine Woche. Bald kommt Petra.

Zu Hause bei Solveig riecht es nach längst vergangenen Tagen. Es riecht nach alter Frau und nach etwas, was kein Schönheitschirurg kaschieren kann: ungelüftete Zimmer, alte Möbel, Bratenfett und Lavendelseife. Ein Häkeldeckchen auf dem Fernseher. Karamellbonbons, die so lange in der Glasschale liegen, dass sie zu einem zuckrigen Klumpen verklebt sind.

Aber Solveigs Haare sind wie immer adrett geföhnt, das türkise Kostüm makellos und schlicht, die Nägel sorgfältig in einem perlmuttschimmernden rosa Ton lackiert. Sie bietet Kaffee in Tassen aus hauchdünnem Porzellan an und finnische Vanilleröllchen aus einer Blechdose mit dem Bild eines Gitarre spielenden Mexikaners.

»Deine Großmutter und ich hatten eine komplizierte Beziehung«, sagt Solveig.

Jessica nickt nur, unsicher, ob sie zugeben darf, dass ihr das durchaus bekannt ist.

»Aber ich kann behaupten, dass wir uns wirklich gerngehabt haben«, sagt Solveig.

Jessica nickt wieder, sie weiß nicht, warum sie plötzlich verlegen ist. Vielleicht, weil sie nicht davon überzeugt ist, dass die Großmutter Solveig wirklich gerngehabt hat. Sie hat oft leise geseufzt, wenn sich ein Telefongespräch mit Solveig unnötig in die Länge zog. Regelmäßig führten sie und Jessica eine Scharade auf: Wenn die Großmutter den Daumen hob, schlich Jessica auf die Treppe hinaus und klingelte an der Tür. »Huch, da scheint Besuch zu kommen«, sagte die Großmutter und beendete das Gespräch schnell. Dann zwinkerte sie ihrer Komplizin Jessica verschwörerisch zu.

»Und ich glaube, niemand hat Viola so gut gekannt wie ich«, sagt Solveig und streichelt Jessica das Knie, als wollte sie sich für ihre Worte entschuldigen.

»Sie hatte viele Geheimnisse, deine Großmutter. Sie hielt nichts davon, ihre innersten Gedanken zu teilen. Sie war …

sie geizte mit Geständnissen, ganz einfach. Wollte alles für sich behalten. Das war auch richtig so. Weiß Gott, andere waren da viel zu freimütig. Wie ich über mich und meine Angelegenheiten geplappert habe …«

Solveig schaut aus dem Fenster, das feine Netzwerk aus blauen Adern ist unter der fast durchsichtigen Haut um ihre Augen deutlich zu sehen.

»… am Ende ist in einem selbst nichts mehr übrig«, fährt sie fort.

»Was wolltest du mir zeigen?«, fragt Jessica nach einer Pause, die ihr einigermaßen respektvoll erscheint.

Sie hat Angst, dass Solveig jetzt zu einem ihrer langen Monologe ansetzen wird. Dann kann man sie unmöglich stoppen. Jessica hat das schon oft erlebt. Als sie klein war, fand sie es schrecklich, wenn Solveig zu Besuch kam und ihr und der Großmutter so unendlich viel Zeit stahl.

Solveig scheint Anlauf zu nehmen und beugt sich vor.

»Trotzdem hat Viola entschieden, dass sie bestimmte Dinge nicht mit ins Grab nehmen wollte. Sie hat alles aufgeschrieben, was sie loswerden wollte, um es weiterzugeben.«

Solveig erhebt sich schwerfällig, geht zu der alten Vitrine aus dunkler Eiche und schließt die mittlere Schublade auf.

»Ich habe dieses Buch für dich aufbewahrt. Sie hat es für dich geschrieben«, sagt Solveig und dreht sich um.

Sie hält Jessica das Buch hin, das gut zu ihrem Kostüm passt, was wohl kaum ein Zufall sein kann. Jessica nimmt es andächtig entgegen, als sei es ein neugeborenes Baby. Oder ein Karton voll Nitroglyzerin.

Omas Geheimnisse nur für mich.

Das in türkise Kunstseide mit aufgestickten chinesischen Mustern eingebundene Notizbuch sieht nicht danach aus, als ob die Großmutter es sich ausgesucht hätte. Vermutlich musste Solveig es für sie kaufen, als es der Großmutter schon zu schlecht ging.

»Weißt du, was drinsteht?«, fragt Jessica, während sie mit der Hand über den weichen Einband streicht.

Sie hat den Verdacht, dass Solveig es heimlich gelesen hat, denn ehrlich gesagt, wie sollte man dieser Versuchung widerstehen?

»Nicht genau natürlich. Aber ich weiß, was sie erzählen wollte.«

Ein Hauch von Trauer huscht über Solveigs Gesicht, wie ein Strom kaltes Wasser in einem Waldsee.

»Lass dich nicht abschrecken«, sagt sie.

»Wie meinst du das?«

»Vieles ist nicht so, wie es scheint. Gewisse Geheimnisse haben die Zeit überdauert… sie waren damals notwendig, und wenn sie jetzt möglicherweise aufgedeckt werden, weiß ich nicht, wie die Reaktionen ausfallen. Zu viele sind nach so vielen Jahren darin verwickelt.«

Solveig verstummt. Sie setzt sich auf die Sofakante und streicht den Rock glatt, ehe sie hinzufügt:

»Deine Großmutter hatte Angst, dieses Buch könnte eher Schaden anrichten. Als sie sich entschlossen hat, hat sie sich das sehr gut überlegt, das kannst du mir glauben.«

»Nimm es mir nicht übel, aber ich muss fragen, warum du für Oma dieses Buch verwahren solltest. Wäre es nicht einfacher gewesen, es in Solbacka zu deponieren?«

Solveig deutet ein Lächeln an. Sie ist jetzt nicht mehr die bunt schillernde Persönlichkeit, die in der Öffentlichkeit alle Aufmerksamkeit an sich reißt.

»Bei mir war es sicher.«

»Aber…«

»Andere sehen keinen Grund darin, längst Vergangenes ans Licht zu zerren. Es wäre natürlich viel einfacher für alle Betroffenen, wenn alles so bliebe, wie es ist. Unter den Teppich gekehrt. Klappe zu.«

»Meinst du Viktor oder Opa? Oder Papa?«

»Lies das Buch, Herzchen. Ich soll dir das nicht erzählen. Das will deine Großmutter selbst tun.«

Jessica verflucht die schlechte Sicht. Große Regentropfen klatschen auf die Fensterscheibe. Die Welt draußen ist ein grauer Nebel. Es hat schon am Vormittag angefangen. Als sie am Strand ihren Morgenspaziergang machte, hatte sie das Gefühl, dass jemand vor ihr herlief und ihr mit einer Sprühflasche ins Gesicht spritzte. Nun hat der Himmel sich sperrangelweit geöffnet.

Jessica biegt auf die Abfahrt nach Solbacka ab, die jetzt rutschig und schlammig ist. Die Scheibenwischer arbeiten effektiv, aber ohne Erfolg. Sie fährt auf den Hofplatz, zieht den Zündschlüssel heraus und lässt sich auf dem Sitz zurücksinken, massiert ihre verspannten Nackenmuskeln. Der Regen prasselt immer härter auf die Windschutzscheibe, er donnert auf das Dach.

Sie kann mit dem Aussteigen durchaus noch warten.

Auf dem Beifahrersitz, in einer Plastiktüte aus dem Supermarkt in Borrby, liegt das Buch von Solveig.

Jessica kann es nicht mehr abwarten. Sie zieht das Buch heraus, öffnet es und blättert die weichen Seiten durch, bedeckt mit der eleganten Schrift der Großmutter, die niemals achtlos wirkt oder von Müdigkeit zeugt.

»Liebe Enkelin« steht in der ersten Zeile auf der ersten Seite. Liebe Enkelin, das ist sie.

Teil 2

Jessica und Viola

14

Liebe Enkelin. Wie berichtet man von der Wahrheit, wenn man so viele Jahre lang seine Geheimnisse bewahrt hat? Es heißt, man soll ganz einfach am Anfang beginnen. Aber das Leben hat die Neigung, nicht sonderlich geradlinig zu verlaufen. Kein Strich, der direkt in die Vergangenheit führt und einem mitteilt, dass ein neuer Akt angefangen hat. Es ist fast sechzig Jahre her, dass Viktor und ich am Esstisch in der Wohnung unserer Eltern saßen, umgeben von der Familie und Fremden. Sechzig Jahre ist es her, dass wir auf ihre Forderungen eingegangen sind: den Rest unseres Leben als Lüge zu leben. Wir fingen an, eine Mauer zu bauen, um die doppelte Schande zu verbergen, die unsere Familie sonst getroffen, den feinen Namen besudelt hätte, an den meine Eltern sich so verzweifelt klammerten.

Aber ist das tatsächlich der Anfang der Geschichte? Kannst du wirklich das verstehen, was passiert ist, wenn du nicht zuerst verstehen lernst, wie unsere Welt aussah, wie eng und muffig sie war? Warum es so leicht für sie war, uns einzureden, diese Lüge sei unsere einzige Alternative? Die Zeiten haben sich in diesen sechzig Jahren entscheidend verändert. Von Frauen in meinem Alter wird erwartet, dass sie die Ansicht vertreten, dass früher alles besser war. Ich verstehe diejenigen nicht, die das behaupten. Haben sie ein so schlechtes Gedächtnis? Oder verwechseln sie vielleicht den Zustand der Welt mit dem Zustand ihres eigenen Körpers?

Ja, es ist schwer zu entscheiden, wo ich anfangen soll. Ehrlich gesagt hatte ich gehofft, ich bräuchte nur den Stift aufs Papier zu setzen, und er würde von selbst schreiben. Wie von Zauberhand würde sich die richtige Tür ins Labyrinth öffnen. Simsalabim. Sesam, öffne dich! Wie du merkst, ist das nicht der Fall.

Vielleicht zögere ich alles hinaus, weil ich noch immer nicht weiß, ob es richtig ist, am Ende die Wahrheit zu sagen. Aber ich kann nicht unbegrenzt lange wie die berühmte Katze um den heißen Brei herumschleichen. Ich habe ja nicht alle Zeit der Welt.

Ich sollte vielleicht noch sagen, dass ich dieses Buch für dich schreibe, da ich das Gefühl habe, dass dein Papa die Wahrheit nicht wissen will. Sicher hat er sie geahnt, aber er hat nie gefragt, und immer hat er meine Versuche ignoriert, wenn ich zu einem Geständnis angesetzt habe. Vielleicht war ich zu diskret, aber das bezweifle ich. Du kannst natürlich machen, was du willst, wenn du alles gelesen hast, aber für den Moment soll dieser Bericht unter uns bleiben.

Morgen schreibe ich mehr.

Jessica, heute Nacht ist mir aufgegangen, dass ein großer Teil der Schwierigkeiten, einen Anfang zu finden, darin liegt, dass ich diese Aufzeichnungen als meine Memoiren ansehe. Das lässt das ganze Projekt übermächtig wirken, und außerdem ein wenig vermessen. Stattdessen werde ich versuchen, es als eine Serie von Briefen zu betrachten. Die ersten Worte »Liebe Enkelin«, deuten vielleicht an, dass ich das im tiefsten Herzen schon die ganze Zeit gewusst habe.

Ich schreibe diesen »Brief« in meinem Bett. Viktor hat mir geholfen, mich aufzurichten. Nun kann ich, auf viele Kissen gestützt, in den Garten sehen. Ich sehne mich hinaus, tröste mich aber damit, dass es sicher nicht so warm ist, wie es aussieht. Die Sonne scheint zwar durch die ungeputzten Fenster, aber die beiden Jungs tragen noch immer Winterjacken, wenn sie hinausgehen. Und in der Zeitung sind auch noch keine Ohrenkneifer aufgetaucht. Ich verstehe nicht, was dieses widerliche Ungeziefer Jahr für Jahr in unserem Briefkasten zu suchen hat, aber sie sind das erste Anzeichen dafür, dass es Frühling wird.

Obwohl der Winter 1949, als ich achtzehn Jahre alt war, so weit zurückliegt, kommt er mir so nah vor. Er soll mir, ebenso gut wie jeder andere auch, als Anfangspunkt dienen.

Jeden Morgen war die Luft klar, und es herrschte eine klirrende Kälte. Die Wintersonne ließ das Eis von Nybroviken funkeln, und die Straßenbahnen glitten wie riesige Schlitten über den Strandväg.

Ich, Viktor und unserer älterer Bruder, Henrik, wuchsen bei unseren Eltern in einem Haus in der Riddargata auf, das seinerzeit ziemlich berühmt war. In diesem Winter waren es noch zwölf Jahre, bis das Haus abgerissen wurde, um einem U-Bahn-Ausgang Platz zu machen, aber das konnten wir damals natürlich noch nicht ahnen. Damals war diese düstere herrschaftliche Wohnung das einzige Zuhause, das wir kannten, und wir hätten uns trotz der finanziellen Probleme niemals träumen lassen, dass seine Existenz in Frage gestellt werden könnte.

Ebenso wie die alten Schwestern in der Nachbarwohnung konnten wir unmöglich wissen, dass wir einer Welt angehörten, die schon im Verschwinden begriffen war. Die Schwestern, in meinen und Viktors Augen schon damals uralt, ließen sich auf der Rückbank ihres schrottreifen Chevrolets von einem Chauffeur herumkutschieren, der auch als Sherry servierender Butler diente. Unsere Mutter schnaubte immer verächtlich darüber, dass die Schwestern uns so faszinierten. Obwohl wir insgeheim kaum Geld besaßen, waren wir im Besitz von etwas Unschätzbarem, das die Schwestern trotz ihres amerikanischen Autos niemals für sich in Anspruch nehmen konnten: einem Namen mit einem selbstverständlichen Platz im Adelskalender, einem Stammbaum, dessen wohldokumentierte Wurzeln sich so weit in der Zeit zurückstreckten, dass sie den Humus erreichten, aus dem königliche Hoheiten entsprungen waren.

Wir wussten, dass wir ein wenig vornehmer waren als andere, auch wenn wir das natürlich niemals laut ausgesprochen hätten. Meine Eltern nutzten dieses Wissen als eine Art Schmusedecke, als Krücke für ein angeschlagenes Selbstvertrauen, in den Zeiten, wenn unsere Finanzlage endgültig unhaltbar schien. Dann deutete unser Vater manchmal an, dass wir unser Dienstmädchen entlassen müssten, was unserer Mutter immer anhaltende Kopfschmerzen bescherte. Die restliche Familie ging buchstäblich auf Zehenspitzen, egal, wo wir uns in der Wohnung befanden, um sie nicht zu stören, wenn sie in ihrem verdunkelten Zimmer lag, mit angespannten Trommelfellen, die beim geringsten Geräusch zu platzen drohten. In der Dunkelheit versetzte sie sich in eine Art Dämmerzustand, der bis zu zwei Wochen anhalten konnte.

Ich male nun sicher ein ungerechtes Bild von ihr. Sie hatte Nervenprobleme, aber wenn man bedachte, was sie durchgemacht hatte, dann war sie stärker, als die meisten sich das vorstellen können. Verstehst du, unsere Mutter war, nach Aussagen aller, eine glückliche, schöne und freimütige Frau, bis sie mit fünfundzwanzig Jahren Viktor auf die Welt brachte. Er war ihr drittes Kind, und ihr letztes. Einige Monate nach der Entbindung bekam sie schlimme Blutungen, und nach mehreren Besuchen bei verschiedenen Ärzten wurde Krebs festgestellt, der sich im Unterleib ausgebreitet hatte. Sie musste zu einer Totaloperation ins Krankenhaus, wo die Gebärmutter und die Eierstöcke entfernt und ihr Radiumstäbe eingesetzt wurden, die die letzten Reste der Krankheit wegbrennen sollten. Viktor und ich können uns nicht an Mutters Zeit in der Strahlenklinik erinnern. Henrik war der Einzige von uns, der sie besuchte, und später hat er erzählt, es habe in dem Saal, den sie sich mit vielen anderen betroffenen Frauen teilte, nach verbranntem Fleisch gerochen. Unsere Mutter musste mehr als ein Jahr dortbleiben. Als sie nach Hause kam, war ihr Bauch angeschwollen, und ihre Wechseljahre hatten schon eingesetzt. Damals gab es keine Östrogenpräparate, und sie litt an schlimmen Übelkeitsanfällen und Angstattacken.

In den folgenden siebzehn Jahren musste sie immer wieder zu Untersuchungen in die Strahlenklinik, zuerst jedes halbe Jahr, dann einmal pro Jahr. Vor jedem Besuch bekam sie diesen kalten toten Blick, und ihre Augen sahen aus wie abgenutzte Münzen. Als sie endlich für gesund erklärt wurde, war sie eine sehr alte Frau von zweiundvierzig. Die Runzeln zogen sich über ihr Gesicht wie ein feinmaschiges Netz, und ihre Knochen wurden brüchig. In diesem Winter begegnete ich deinem Großvater zum ersten Mal. Aber ich will den Ereignissen nicht vorgreifen. Ehe ich von deinem Großvater und allem berichte, was dann geschehen ist, sollst du dir ein klares Bild machen können.

Da war also meine Mutter, die bei geselligen Anlässen aufblühte, aber dahinwelkte, wenn sie sich nicht im Glanz von Kerzen, frisch geputztem Silber und fremdem Lachen sonnen konnte. Ich sage das nicht, um sie zu verurteilen. Sie war vom Tod geküsst worden und wollte das Leben jetzt voll auskosten. Sie hatte schon mehr als genug ertragen müssen, und trotz unserer verzweifelten Liebesbezeugungen, die sie ungeduldig abwehrte, glaube ich, dass wir sie an alles erinnerten, was ihr genommen worden war. Das galt vor allem für Viktor, der die entsetzliche Krankheit in ihr Leben gebracht hatte und dem sie deshalb niemals in die Augen blicken konnte.

Da war mein Vater, voller Verbitterung über die Verwandlung seiner Frau. Er war ein selbstsüchtiger Mann, nichts in seiner Erziehung hatte ihm die Möglichkeit gegeben, sich anders zu entwickeln, und außerdem hatte er absolut keine

Ahnung vom weiblichen Körper und den unsichtbaren Spuren, die eine Krankheit wie die meiner Mutter hinterlassen kann. Ich muss zugeben, dass ich mich kaum noch an ihn erinnern kann. Er ist eine Silhouette, ein vages Bild von jemandem, der sich abwendet, der sehnsüchtig die Wohnungstür anstarrt. Verständlicherweise konnte Mutter das düstere Dasein in der Wohnung in der Riddargata nicht ertragen und nahm jede sich ihr bietende Einladung dankend an.

Und dann waren da noch Viktor und ich. Henrik, der lange vor deiner Geburt gestorben ist, war der Liebling unseres Vaters, und als erstgeborener Sohn sollte er den Namen der Familie weitertragen. In diesem Winter, am Ende der vierziger und kurz vor dem Beginn der fünfziger Jahre, hatte er gerade geheiratet und war ausgezogen, und die Wohnung versank noch mehr in Schweigen. Viktor, mittlerweile siebzehn, war abends immer unterwegs. Meine Eltern waren eingeladen oder zogen sich früh in ihre Zimmer zurück, und ich aß meistens allein zu Abend am Küchentisch, auf einem Hocker und mit einem aufgeschlagenen Buch vor mir.

Ich hatte noch nie die Hand eines Jungen gehalten, und schon gar nicht hatte mich jemand geküsst. Ich beugte mich über die Romane (ich hatte eine entsetzlich schlechte Haltung, die nur schlimmer wurde durch die vielen Stunden, in denen ich auf diesem Hocker saß), und ich malte mir meine Zukunft aus, in der ich in einem großen Haus irgendwo auf dem Lande mit einem gut aussehenden Mann lebte, der bei meinen Freundinnen verzweifelten Neid erregte. Als ich das neulich Solveig erzählt habe, lachte sie und sagte, da habe mein Wunsch sich doch genau so erfüllt. Vielleicht hätte ich mich klarer ausdrücken sollen.

Meine Kenntnisse über Männer und Ehe waren gelinde gesagt mangelhaft. Meine Eltern konnten mir nur die Erkenntnis liefern, dass ich keine Ehe wollte, die ihrer ähnelte: tot, gefühlskalt, eine Verbindung zwischen zwei Menschen, die

die Existenz ihres Gegenübers nur mit Mühe ertragen konnten. Da ich keine wirklichen Vorbilder hatte, baute ich meine Träume auf den Romanen auf, die ich las, und auf den Filmen, die ich in den Kinos von Kungsgata und Stureplan sah. Die Männer waren stark, schweigsam und immer bereit, eine in Ohnmacht fallende Frau in ihre Arme zu nehmen. Sie musste nur mit den Wimpern klimpern und dann die Augen sperrangelweit aufreißen, und schon begegneten sich ihre Lippen, und die züchtig geschlossenen Münder drückten sich so hart aufeinander, dass ihnen die Zähne wehgetan haben müssen. Die Musik steigerte sich zu einem Crescendo, und dann wurde sittsam ausgeblendet.

So war mein Bild der Liebe, als ich deinen Großvater kennenlernte.

15

Jessica klappt das Buch zu und bemerkt erst jetzt, dass das Trommeln des Regens auf dem Wagendach verstummt ist. Benommen schaut sie durch die Windschutzscheibe. Die Sonne bricht sich einen Weg durch die Wolken. Das feuchte Gras glitzert.

Sie hat Hunger. Ihre Finger trommeln auf das Buch, sie fährt …

du brauchst es nicht zu lesen, wenn du nicht willst …

mit dem Zeigefingernagel über das aus Goldfäden gestickte Muster.

… vielleicht willst du es nicht wissen …

Sie verschläft noch immer den halben Tag. Angeblich kann man verlorenen Schlaf nicht nachholen, aber die Ringe unter ihren Augen sind verschwunden. Sie beginnt jeden Tag mit einer Tasse starken Kaffee und geht dann am Strand spazieren. Unterwegs macht sie einen Abstecher zum Campingplatz von Borrby, kauft *Dagens Nyheter* und *Aftonbladet*, holt *Sydsvenskan* aus dem Briefkasten und schüttelt sorgfältig die Ohrenkneifer heraus. Sie nimmt ein Buch mit, wenn sie sich zum Mittagessen vor das Haus setzt, aber wenn sie aufgegessen hat, merkt sie, dass sie keine Zeile gelesen hat. Sie schläft abends auf dem Fernsehsofa ein, das Fernsehen ist auf lautlos gestellt, stumme Münder öffnen und schließen sich im Takt. Sie scheint anzukommen, sich auf ihr Leben einzulassen.

Die Großmutter hat über die Wurzeln der Familie geschrieben. Jessica hat sich selbst nie auf diese Weise gesehen. Wurzeln verbindet sie mit Ein- und Auswanderung über Kontinente hinweg. Eher hat sie sich für jemanden gehalten, der vom geringsten Windstoß erfasst werden kann.

Zum ersten Mal geht sie mit ihrer Zoloft-Dosis herunter und nimmt eine Tablette anstelle von anderthalb. Das klappt überraschend gut. Solange sie nicht allzu oft daran denkt – denn das würde zu Panikgefühlen führen –, merkt sie kaum einen Unterschied. Ab und zu wird ihr ein wenig schwindlig, wenn sie zu schnell aufsteht, oder sie hat dieses Ameisenkribbeln im Kopf und das Stechen in den Fingern, aber das kann sie aushalten, weil sie weiß, woran es liegt, und weil es ein vorübergehender Zustand ist. Es liegt sogar ein gewisser Genuss darin. Es ist ein wenig wie Muskelkater, nicht direkt angenehm, aber sie fühlt sich *gesund.* Sie wollte sowieso mit den Tabletten während des Sommers heruntergehen, wenn die Sonne einen Teil des synthetischen Serotonins ersetzt.

Und die Sonne scheint in dieser Woche ungewöhnlich viel. Bei solch einem Sommer heißt man einen Regentag wirklich willkommen. Dann hat man eine Entschuldigung, zu Hause zu bleiben, fernzusehen, zu faulenzen, im offenen Kamin Feuer zu machen.

Sie verbringt die meisten Tage am Strand, aber ab und zu fährt sie mit dem Auto zu Flohmärkten und Antiquariaten. Im Fridens Gård, wo die berühmten Pizzen von einem Mann gebacken werden, der aussieht wie Pippi Langstrumpfs Vater, isst sie zwischen Apfelbäumen zu Abend. Sie übernachtet dort, damit sie nach dem Essen einen Calvados trinken kann. Im Glashaus im Mandelsmann-Garten trinkt sie Kaffee und kauft auf den Bauernhöfen in der Nähe von Solbacka Eier und Spargel. Eines Tages fährt sie nach Sjöbacka, einer Jugendherberge, die einen Internetanschluss hat. Dort schreibt sie in der Bibliothek ihre Texte für die Abendzeitung, isst ein belegtes Brot und legt in der Sonne auf dem Innenhof eine Pause ein.

Als die Woche zu Ende ist, hat sie das Buch der Großmutter noch immer nicht weitergelesen. Sie kann sich noch immer einreden, der Bericht ihrer Großmutter sei belanglos, nur die Überlegungen einer alten Frau über eine Bagatelle, die längst jegliche Bedeutung eingebüßt hat. Wenn sie dagegen weiterliest, wird sie das nie mehr ungeschehen machen können.

Eines Abends telefoniert sie mit Petra und erzählt, dass sie ihre Tablettendosierung reduziert hat.

»Aber du willst doch nicht ganz damit aufhören?«, fragt Petra.

»Nein, das entscheide ich später.«

»Meinst du, das ist eine gute Idee? Solltest du nicht lieber warten, bis du eine ruhige Phase ohne viel Stress hast – deine Oma ist gerade erst gestorben.«

»Ach, komm. Wenn ich warten soll, bis mein Leben perfekt ist, muss ich verdammt lange warten.«

Als sie das Gespräch beendet und aufgelegt hat, hat sie ein seltsames Gefühl im Bauch.

Beruht meine Freundschaft zu Petra darauf, dass sie sich um mich kümmert? Wenn es mir besser geht, werden wir dann überhaupt noch Gesprächsstoff haben?

Jessica schüttelt den Kopf. Beschließt, eine Runde am Strand zu joggen. Mit ihrem iPod und lauter Musik im Ohr, um alle idiotischen Gedanken zu betäuben.

Als sie verschwitzt und müde zurückkommt, greift sie zum Buch der Großmutter. Es ist keine bewusste Entscheidung, es passiert einfach.

16

Zur großen Enttäuschung meiner Mutter vermied ich gesellige Anlässe. Ich glaube, wir hätten eher Zuneigung füreinander empfinden können, wenn wir wenigstens dieses Interesse, das ihr so wichtig war, geteilt hätten. Ich tat so, als könnte mich nichts mehr langweilen als die bloße Vorstellung eines Festes, Balles oder Essens, aber die Wahrheit war, dass mir das alles Angst machte.

In der Welt der Bücher konnte ich die Menschen aus der Entfernung betrachten, ich konnte sie jederzeit weglegen. Die Wirklichkeit war anders. Wenn meine Mutter mich mit zu einer größeren Veranstaltung schleppte, gab ich mir alle Mühe, im Hintergrund zu bleiben und mich unsichtbar zu machen. Ich gehörte dort nicht hin. Ich musste so viele Regeln beachten, und immer schien ich den Ball zu verlieren, sowie jemand mich ins Spiel zu ziehen versuchte. Meine Handflächen wurden schweißnass, mein Gesicht glühend heiß und meine Tanzschritte so zögerlich, dass ihre Unbeholfenheit nur noch vom Versuch meines Mundes übertroffen wurde, kokettierende Phrasen zu drechseln.

Die Heldinnen meiner Bücher begingen zwar auch gelegentlich einen Fauxpas, aber dadurch gewann man sie nur noch lieber. Bisweilen begegnete ich dem Blick meiner Mutter und sah deutlich, dass meine Ungeschicklichkeit nicht im Geringsten bezaubernd war.

Mutter machte natürlich die Bücher verantwortlich und meinte, ich würde niemals heiraten, solange ich lieber zu Hause saß und mich über den Buchseiten in eine andere Welt träumte. Nein, wenn ich weiter so stur bliebe, würde ich unverheiratet bleiben, eine alternde Jungfer mit immer dickeren Brillengläsern werden. Es war ihre Pflicht, mich vor einer so grauenhaften Zukunft zu bewahren. Im Winter 1949 war es ihrer Meinung nach höchste Zeit, mich ernsthaft ins gesellschaftliche Leben zu begeben.

Zu Silvester 1949 waren meine Eltern zu einem Maskenball auf einem Gut in der Nähe von Uppsala eingeladen. Ich gehe nicht näher auf die Lage ein, aus Gründen, die du später verstehen wirst. Nach einem schrecklichen Streit zwischen meinen Eltern, der schon bei den nervenaufreibenden Weihnachtsvorbereitungen begonnen hatte und darin gipfelte, dass meine Mutter ihre Enttäuschung über ihre Weihnachtsgeschenke nicht verbergen konnte, wurde ich nach den Feiertagen zur Stellvertreterin meines Vaters an der Seite meiner Mutter ernannt.

Das Thema des Maskenballs war »Götter und Göttinnen«, und meine Mutter begann die fünfziger Jahre als Aurora, die Göttin der Morgenröte, in einem Kleid, das in einen Sonnenaufgang getaucht zu sein schien. Seine Farben changierten von Purpur an den Füßen über Hellrot und Orange bis zu einem hellen Gelb an ihrem Busen, während Mutters Gesicht unter der weißblonden Perücke aussehen sollte wie die Sonne. Was spielte es da für eine Rolle, dass die Haut der Sonne frühzeitig trocken und rissig geworden war? Ihre Augen strahlten, und ihre warme Ausstrahlung zog alle Blicke auf sich.

Als dilettantisch verkleideter Amor kam ich mir neben dieser strahlenden Dämmerung wie ein Trampel vor. Unser Dienstmädchen hatte mir ein römisch anmutendes Kostüm aus zwei Laken genäht und außerdem Henriks alten Bogen golden angemalt, und ich glitt in den drei Nummern zu großen Sandalen meines Vaters in den Ballsaal.

Ich hatte mit dem Schlimmsten gerechnet, wurde aber bald von der festlichen Stimmung angesteckt. Es war nicht irgendein Silvesterabend. Endlich würden wir die vierziger Jahre hinter uns lassen und damit alle Erinnerungen an Lebensmittelkarten und die Kriegsgefahr, die über uns geschwebt hatte. Das neue Jahrzehnt verhieß Fortschritt und Wohlstand für alle, als ob alle Ungeheuer unter den Betten angesichts der neuen Jahreszahl ihre Zähne verloren hätten. Außerdem war Mutter soeben für gesund erklärt worden, und die Besuche in der Strahlenklinik würden endlich ein Ende nehmen. Auch der Krebs gehörte nun der Vergangenheit an, solange wir uns nicht anmerken ließen, wie viel älter meine Mutter aussah als andere Frauen in ihrem Alter.

Deshalb überkam mich nach einigen Gläsern Champagner ein weinseliger Beschützerinneninstinkt, und dabei war meine Mutter vermutlich die Letzte, die beschützt werden wollte. Ich sagte es natürlich nicht laut, aber ich sorgte dafür, dass die Wege meiner Mutter sich nicht mit denen von Idun kreuzten, der rosenwangigen Göttin der ewigen Jugend, die Zauberäpfel in ihrem Korb verbannten das Alter von der Schwelle von Walhalla.

Der Champagner machte es leichter, zu tanzen und zu plaudern. Meine Wangen glühten, nicht weil ich wie üblich Selbstzweifel hatte, sondern eifrig das Tanzbein schwang. Ich holte nur Luft, um noch mehr von diesem Zaubertrank hinunterzukippen oder einem Wildfremden einige geistreiche Worte zuzuwerfen. Es war, als wäre ich mitten in eines meiner Bücher gestiegen, doch hier konnte ich mein eigenes Drehbuch schreiben. Einmal zog Mutter mich zur Seite und fauchte mich an, ich solle vorsichtig mit dem Champagner sein, und abermals überkam mich dieses überschäumende Mitgefühl mit meiner armen Mutter – ich glaubte zu verstehen, dass sie die ersten Stiche des Neides gegenüber ihrer jungen Tochter verspürte, die zusehends aufblühte und das Leben noch vor sich hatte. Ich streichelte zärtlich ihre Wange und stolperte weiter. Die Tanzenden um uns herum drehten sich immer schneller, und ich empfand plötzlich eine unerklärliche Übelkeit, die ich zu vergessen versuchte, indem ich zu meinem letzten Tanzpartner zurückkehrte und mich herumwirbeln ließ.

Ja, du kannst dir sicher vorstellen, was dann passierte. Bald stürzte ich durch das riesige Haus, auf der Suche nach einer Toilette, während ein lauter Stimmenchor im Ballsaal die Sekunden bis zwölf mitzählte.

Am Ende wusste ich mir keinen anderen Rat, als im Foyer an den Männern im Frack vorbei in den Garten zu stürzen. Kaum verborgen von den kahlen Zweigen, kotzte ich heftig hinter einen Busch an der Auffahrt. Meine Füße in den Sandalen gefroren langsam zu Eis, während drinnen Jubel ausbrach und die Champagnerkorken knallten.

Als ich wieder im Haus war, versuchte ich, in dem Gewimmel meine Mutter zu finden. Ich war wieder ich selbst, war wieder mit beiden Beinen auf der Erde gelandet, und es gefiel mir überhaupt nicht. Am liebsten wäre ich nach Hause gefahren, und ich legte mir schon die Worte zurecht, die sie so beeindrucken würden, dass ich ein Taxi nach Hause nehmen durfte (es war natürlich nicht daran zu denken, sie von dem Fest wegzulocken, das gerade seinen Höhepunkt erreicht hatte), als ich gegen einen großen weißen Körper stieß.

Stell dir meinen Zustand vor, dann weißt du sicher, wie ich auf die Erscheinung vor mir reagierte. Eine Figur mit runden Formen aus grauem Pappmaché ragte vor mir auf. Im Gesicht einen orangefarbenen spitzen Schnabel. Aus zwei Löchern unten im Rumpf ragten zwei dünne Beine in gelben Strümpfen heraus, und die Füße steckten in Vogelfüßen im gleichen

Gelbton. Die große Taube wackelte bedenklich, und ich bemerkte, dass über dem Kopf ein messinggelber Heiligenschein schräg in einem brüchigen Gestell hing.

»Gurr«, sagte die Taube, während ich sie sprachlos anstarrte.

Ich brachte eine Entschuldigung heraus und wollte mich an dem großen Vogel vorbeizwängen, was angesichts der sich dicht drängenden festlich gekleideten Menge unmöglich war. Ich versuchte, die Taube auf der anderen Seite zu umrunden, aber auch da blieb ich stecken. Ich stellte mich auf die Zehen (sie taten noch immer weh, weil ich draußen zwischen den Sträuchern im Schnee versunken war), um eine Öffnung zu finden. Hilflos stand ich da und brach in hemmungsloses Schluchzen aus.

»Sie brauchen etwas Starkes zu trinken«, sagte die Taube mit sanfter, dunkler Stimme, die fürsorglicher klang, als das starre Vogelgesicht hatte ahnen lassen.

»Danke, aber das ist wirklich das Letzte, was ich jetzt brauchen kann«, brachte ich heraus und merkte, wie mein Gesicht sich verzog, so ganz anders als bei meinen Filmheldinnen, deren stumme Tränen sich ihren Weg über die glatten Wangen suchten. Ich bemerkte das Getuschel in meiner Nähe sehr wohl und hoffte inständig, dass niemand wusste, wer ich war. Ich wollte Mutter nicht blamieren, schon gar nicht zu Silvester.

»Dann besorge ich Ihnen wenigstens einen starken Kaffee«, sagte er. Ein weiß gekleideter Arm schoss plötzlich aus dem Vogelrumpf heraus und bot mir an, mich einzuhaken. Ich wurde durch dunkle Räume ins Innere des Hauses geführt, und mehrere Male stolperte ich über seine großen platten Vogelfüße.

Am Ende landeten wir in der Küche, wo gerade ein Imbiss zum Ausklang des Festes vorbereitet wurde. Ich ließ mich auf einen harten Stuhl sinken, während er sich an den Tisch lehnte.

»Ich kann in diesem verdammten Kostüm nicht sitzen. Ich weiß wirklich nicht, was ich mir dabei gedacht habe«, sagte er mit verärgertem Schnauben und nahm langsam und vorsichtig den Vogelkopf ab. Sein Gesicht war hochrot von der Hitze. Ich war plötzlich verlegen. Als er sein Gesicht zeigte und zu einem Menschen wurde, wurde die Situation viel intimer.

»Wenn Sie die Frage verzeihen ... aber was hat Ihr Kostüm mit Göttern und Göttinnen zu tun?«, fragte ich, als er mir eine Tasse dampfend heißen Kaffee hinstellte. Er seufzte, als habe er diese Frage an diesem Abend schon viel zu oft gehört.

»Ich bin der Heilige Geist«, sagte er und wartete geduldig, bis mir aufging, was er meinte. »Es war eine blödsinnige Idee«, fügte er hinzu, und ich wagte, ihn mir etwas genauer anzusehen. Das Erste, was mir auffiel, waren seine langen schönen Finger. Dann die fülligen blonden Haare, das längliche Gesicht. Die Nase, die er sich offenbar einmal gebrochen hatte. Ich erwiderte seinen Blick.

Wir stellten uns vor. Er war der Gastgeber, der prominente Anwalt, von dem sogar ich schon gehört hatte. Er war mit Idun verheiratet. Er sollte mein Leben verändern.

17

Jessicas Haare sind steif vom Salzwasser. Sie sind bereits trocken, als sie an der kleinen Tankstelle anhält, wo man Sonnenbrillen und Spielzeugautos aus den siebziger und achtziger Jahren in Originalverpackung kaufen kann. Heute will sie nur tanken. Sie öffnet den Tankdeckel und nimmt die Zapfpistole. Atmet den Benzingeruch ein, den sie schon als Kind geliebt hat, ebenso wie den Geruch aller starken Verdünnungsmittel wie Chlor, Azeton und Terpentin.

Sie bezahlt in bar. Der dunkle kleine Laden scheint einer anderen Zeit entsprungen zu sein, einer Zeit, bevor es grell ausgeleuchtete Gemüseregale mit langsam weich werdenden Gurken und labyrinthartige Gänge voll Süßigkeiten gab.

Als sie sich wieder ins Auto setzt, ist der Sitz unter ihren nackten Oberschenkeln warm, sie trägt ein kurzes Strandkleid. Hinter ihr fährt ein weinrotes Auto auf den Parkplatz. Der Fahrer steigt aus, sie wirft einen Blick in den Rückspiegel. Zuerst registriert sie nur seinen grünen Overall, der sie verschwommen an etwas erinnert. *Einen Müllmann. Oder? Nein, die ziehen sich sicher nach der Schicht gleich um. Sonst würden sie doch ihre Privatwagen vollstinken. Ihr Privatleben.*

Ihre Gedanken kreisen planlos um die Alltagsgewohnheiten von Müllmännern – *und Müllfrauen. Wenn es überhaupt welche gibt?* Als sie die Straße erreicht, sieht sie für einen Moment sein Gesicht.

Ihr Herz macht wie jedes Mal einen Sprung.

Jakob!

fährt es ihr durch den Kopf, bevor sie diesen Gedanken bewusst wahrnimmt. Sie schaut auf die Straße, hält links, dann rechts und wieder links nach kommenden Fahrzeugen Ausschau, weiß, dass es nicht Jakob ist, wie jedes Mal, wenn sie ihn zu sehen glaubt. Aber jedes Mal ist es wie beim ersten Mal, sie wird sich nie daran gewöhnen. Ihre Augen wandern unvermeidlich wieder zu dem Fremden, sie erwartet nichts anderes als die übliche Mischung aus Erleichterung und Enttäuschung, wenn ihr klar wird, dass es sich abermals um einen Irrtum handelt.

Und sie schaut wieder in seine Richtung.

Jakob!

Aber der Mann ist dünner als Jakob. Sie sieht nur sein Profil. Die Haare sind kurz geschoren, und die Stoppeln sehen heller aus als Jakobs schwarze Strähnen. Dennoch, ihr Gehirn versucht, der heftigen Reaktion ihres Körpers Einhalt zu gebieten. *Er ist es nicht. Es besteht nur eine sehr große Ähnlichkeit.*

Dann schaut sie wieder hin.

Natürlich ist er es nicht.

Die Mischung aus Erleichterung und Enttäuschung will sich nicht einstellen. *Aber wie groß ist die Wahrscheinlichkeit, dass eure Wege sich noch einmal kreuzen, und dann ausgerechnet hier?*

Sofort antwortet ein anderer Teil ihres Gehirns. *Aber was für eine Rolle spielt der Faktor Wahrscheinlichkeit bei allem, was sonst auf der Welt geschieht? Wenn man es sich richtig überlegt, ist doch nichts wahrscheinlich, und doch geschieht es.*

Der Mann ist in der Tankstelle verschwunden und weiß nicht, was er in einem silbergrauen VW einige Meter weiter angerichtet hat. Ein Wagen hält hinter ihr und hupt ungeduldig. Sie fährt auf die Straße.

Es kann nicht Jakob gewesen sein.

Und trotzdem bin ich mir sicher.

Aber ist das nicht das erste Zeichen von Wahnsinn, wenn man der Überzeugung ist, dass man recht hat?

Das Wasser ist so heiß, dass sie sich fast verbrüht. Ihre Haut pocht. Sie lässt sich tiefer gleiten, bis sie vollkommen von Hitze umgeben ist. Taucht den Kopf unter Wasser. Das Gesicht ist empfindlicher als der restliche Körper, aber sie bleibt unter Wasser, bis sie keine Luft mehr bekommt.

Dann gleitet sie langsam wieder hoch. Lehnt den Nacken an ein zusammengerolltes Handtuch auf dem Badewannenrand. Sie blinzelt. Als sie krankgeschrieben war, badete sie fünf-, sechsmal am Tag. Nur so konnte sie den Kontakt zu einem vor Anspannung betäubten Körper aufnehmen. Durch die glühend heißen Bäder spürte sie wieder ihren Körper, und ihre Gedanken wurden langsamer, geronnen in der Hitze. Sie atmet tief und lange ein. Petra hatte vielleicht doch recht. Sie hätte die Zoloft nicht herunterfahren dürfen. Niemand hier würde bemerken, wenn sie verrückt würde und anfinge zu halluzinieren. Ihr Magen verkrampft sich. Sie versucht, sich auf das Atmen in ihrem heißen Kokon zu konzentrieren.

Tiefer. Ruhiger.

Ihr Rücken schmiegt sich an Jakobs Bauch. In regelmäßigen Abständen lässt er heißes Wasser nachlaufen. Er massiert ihre Kopfhaut, sie wird im Wasser so schwer und entspannt, dass sie das Gefühl hat zu fallen. Sie lehnt den Nacken an seinen Brustkorb, gleitet abwärts, bis ihr Kinn die Wasseroberfläche berührt. Er streichelt ihre Arme. Im Wasser ist noch ein wenig Badeöl, und seine Finger gleiten über ihre Haut. Ihre Brust verschwindet in seinen Händen. Sie drückt sich fast unmerklich an ihn. Bewegt sich langsam hin und her. Ein wenig Wasser spritzt über den Badewannenrand. Seine Hände wandern nach unten, aber ein Gefühl des Unbehagens stiehlt sich in ihr Bewusstsein. Sie weiß, dass etwas geschieht, ehe sie …

nein

… sie hört ein Geräusch aus der Wohnung über ihnen. Jemand schleicht klammheimlich dort oben herum. Etwas geht kaputt. Schritte auf der Treppe. Schwere Absätze donnern gegen das Holz. Sie hat Angst, aber das Schlimmste ist, dass Jakob nichts merkt.

Sie erwacht mit dem Mund voll lauwarmem Wasser. Sie setzt sich in der Badewanne auf und spuckt es energisch aus.

Jessica läuft ungeduldig durch das Haus. Sie knallt unnötig laut mit den Türen. Als würde sie mit jemandem Streit suchen. Die Begegnung mit dem Mann an der Tankstelle hat alles in ihr wieder aufgerissen. Der grüne Overall lässt ihr keine Ruhe, sie weiß sehr gut, dass sie ihn erkannt hat, nur kann sie dieses Puzzlestück nicht aus ihrem Unterbewusstsein fischen.

In der ersten Zeit nach seinem Verschwinden hat sie oft an ihr letztes Gespräch gedacht und versucht, Hinweise zu finden, indem sie Wörter und Tonfall bis ins kleinste Detail rekonstruierte. Es war ebenso sinnlos wie alles andere.

Eines Tages meldete er sich einfach nicht mehr, weder zu Hause noch auf dem Mobiltelefon war er zu erreichen. Sie rief bei seiner Arbeit an und erfuhr, dass er gekündigt hatte. Dann wurde sie ernsthaft nervös. In den Nachrichten wurde von einem Schusswechsel in einer Kneipe in Göteborg berichtet, zwei Tote. Sie rief die Krankenhäuser an und erfuhr, dass keine Auskünfte erteilt werden dürften. Am nächsten Tag standen die Namen der Toten in den Zeitungen, und sie atmete erleichtert auf. Und dann dieser verbotene Gedanke: Wenn er einer der Erschossenen gewesen wäre, wüsste sie wenigstens, wo er wäre. Zu sterben, auf diese Weise zu verschwinden, wäre ein akzeptabler Grund gewesen.

Sie mietete einen Wagen und fuhr voller Panik nach Göteborg und und hämmerte an seine Haustür. Auf der anderen Seite blieb alles still. Sie sprach mit der Polizei, die ihr mitteilten, dass sie keine Auskünfte über ihn erteilen dürfe, und sie wusste, dass etwas Schreckliches passiert war. Auch beim Finanzamt bekam sie keine Informationen.

Auf der Rückfahrt nach Stockholm war sie wie betäubt. Ein Nicht-Gefühl, das sie noch immer nicht loslassen wollte. Der Brief lag auf ihrer Fußmatte, als sie nach Hause kam.

VERZEIH MIR. ICH KANN NICHT SAGEN, WARUM. SUCH MICH NICHT. HASS MICH NICHT.

Eine neue Zeitrechnung begann in ihrem Leben, alles wurde eingeteilt in das Leben vor und nach Jakob.

Als selbstständig denkender Mensch kann sie sich kaum eingestehen, dass sie sich, seit er verschwunden ist, wie ein halber Mensch fühlt.

18

Durch das gekippte Fenster strömt zum ersten Mal dieses Jahr der Duft von gegrilltem Fleisch herein, und es riecht nach der Zigarre, die Billy im Garten raucht. Mein Ehemann, William Wilcox. Als alter Mann sieht er jetzt wie jeder andere alte Mann aus. Aber einer der Vorteile einer so langen Ehe ist, dass man sich den anderen noch immer als jung und schön vorstellen kann. Ich werde mich immer an den eleganten Amerikaner erinnern, den Diplomatensohn mit dem kräftigen Kinn, der für mich der Inbegriff der Männlichkeit war. Nicht im üblichen Sinn (er hat eine ungewöhnlich tiefe Stimme und ein Talent, das zu erforschen, was sich unter einer Motorhaube befindet), sondern er besaß etwas Undefinierbareres. Nie zuvor war ich solch einem maskulinen Mann begegnet. Ich kann es nicht erklären, ich kann nur sagen, dass ich seine Anwesenheit in einem Zimmer immer stärker gespürt habe als die von anderen. Als ob sein Körper auf irgendeine Weise eine höhere Dichte besäße, ließ er andere als leichtgewichtig, flüchtig erscheinen. Ich war sehr verliebt in ihn, dieses Gefühl ist in den Jahren in Wellen gegangen und gekommen.

Aber ich greife den Ereignissen schon wieder vor. Doch während ich in dieses Buch hier schreibe, das ich so sorgsam vor ihm und Viktor geheim halte, versetzt der vertraute Duft seiner Zigarre meinem Herzen einen Stich. Es kommt mir vor wie ein Verrat, gegen uns und unser gemeinsames Leben. Ich weiß noch immer nicht, ob ich dir das Buch geben werde, wenn ich alles aus mir herausgeholt habe.

Um zu jener Silvesternacht zurückzukehren, die jetzt in die ersten Stunden des Jahres 1950 übergegangen war: Ich hatte also auf dem Maskenball soeben den Heiligen Geist kennengelernt. Ich schreibe seinen Namen hier nicht auf. Er ist schon lange tot und das alles nicht mehr von Bedeutung.

In jener Nacht war er zweiunddreißig Jahre alt und ich mit meinen achtzehn Jahren um einiges jünger. Ich sage, »um einiges jünger«, denn die vielen Bücher, die ich verschlang, statt mich mit Gleichaltrigen zu treffen, hatten mich längst zu einem ziemlich unerträglich altklugen Mensch gemacht. Oder, um es wohlwollender auszudrücken, mir wurde oft gesagt, ich sei »ungewöhnlich reif für mein Alter«. Im Grunde war ich jedoch, sicher wegen der erwähnten übermäßigen Lektüre, viel unerfahrener als die meisten meiner Altersgenossinnen. Ich hatte noch dazu eine Mutter, die sich nie die Mühe gegeben hatte, irgendwelche Lebensweisheiten an ihre Tochter weiterzugeben, außer (womit sie im Grunde recht hatte): »Lass dir in einer emotionalen Krise nie eine neue Frisur schneiden.« Ich hatte wenige Freundinnen, keine beeindruckende Ausbildung und keinerlei Berufserfahrung, abgesehen von Wohltätigkeitsbasaren und solchen Dingen.

Der Heilige Geist schien direkt den Buchseiten, der Filmleinwand entstiegen zu sein. Er war ungeheuer elegant und erfolgreich und hatte traurige Augen. Ich hatte keine Chance.

Er meinte, durch kleine Risse in seinem Leben gefallen und ohne eigenes Verschulden an einem Ort gelandet zu sein, dem er nicht entrinnen konnte: Er fühlte sich bei seiner Arbeit nicht wohl, verabscheute seinen Chef (der gleichzeitig sein Schwiegervater war) und liebte schon längst nicht mehr seine Frau. (Aber natürlich konnte er sich unmöglich von ihr scheiden lassen. Dann würde er sein Zuhause und seine Arbeit verlieren.) Ich nahm sofort die schwere Aufgabe auf mich, seinem Leben einen neuen Sinn zu geben. Im Winter und beginnenden Frühling 1950 aßen wir in den stimmungsvollen Lokalen des Klara-Viertels zu Mittag und machten Spaziergänge durch die Straßen von Södermalm, in die ich vorher nie einen Fuß gesetzt hatte. Wir trafen uns an den Abenden, wenn er die Betriebswohnung nutzen konnte (und die ahnungslose Gattin sich auf dem Gut bei Uppsala aufhielt). Vor einem solchen Treffen konnte ich den ganzen Tag damit verbringen, dass ich mir neue Dinge ausdachte, die ich ihm sagen könnte, um ihn in bessere Stimmung zu versetzen. Ich hörte mir seine Klagelieder an, stimmte ihm zu, dass sein Schwiegervater ein Vollidiot sei, ermutigte ihn, sich den Gemeinheiten seiner Frau zu widersetzen, und überschüttete ihn mit Komplimenten, die er verlegen, aber dankbar annahm. Endlich hatte ich den Sinn meines Lebens gefunden: seinem Leben einen Sinn zu geben.

Ab und zu frage ich mich, woher ich diesen Instinkt hatte und wusste, wie man das Herz eines Mannes durch Schmeicheleien gewinnt. Es war ganz natürlich für mich, und wenn ich jetzt daran denke, muss ich annehmen, dass ich ihm einfach das sagte, was ich selbst am liebsten gehört hätte: dass ich schön, stark, mutig sei, mit einem Leben voller ungeahnter Möglichkeiten, nach denen ich nur meine Hand auszustrecken brauchte.

Das Verbotene unserer Treffen machte sie nur noch spannender. Ich wusste natürlich, dass es nicht richtig war, mich mit einem verheirateten Mann zu treffen (auch wenn wir bisher nur Händchen gehalten hatten). So etwas tat ein anständiges Mädchen nicht. Und doch war es leicht, solche Gedanken wegzuschieben. Was wir erlebten, erinnerte durchaus nicht an die vielen skandalösen Geschichten über »die andere Frau«, die ich so oft gehört hatte. Ich glaubte daher, dass wir etwas Einzigartiges erlebten, eine leidenschaftliche Liebe, die noch leidenschaftlicher war, da sie keine Zukunftsaussichten hatte. Ach ja, Romeo und Julia waren wir wahrlich nicht.

19

Jessica will sich an diesem Abend volllaufen lassen. Es ist Mittsommer, und sie muss in ihrem Kopf Ordnung schaffen. Sie ist auf dem richtigen Weg.

Petra füllt die Champagnergläser nach jedem zweiten Schluck auf. Ihr Gesicht glüht, sowohl vom prickelnden Alkohol als auch von den Pirouetten, die sie zwischen dem Herd und dem Backofen dreht. Bisher hat sie eine Pastete mit Västerbotten-Käse, neue Kartoffeln mit Dill und mit Feta-Käse gefüllte Sojafrikadellen aufgetischt. Frisch gepflückte Zucchiniblüten liegen in einer Schüssel, um in Öl frittiert zu werden.

Jessica zerpflückt den obligatorischen grünen Salat.

»Meine Oma war eine gute Köchin, allerdings war es unmöglich, ihr ein Kompliment zu machen«, sagt sie. »›Aber die Kartoffeln sind doch zerkocht‹, sagte sie manchmal. Oder: ›Nein, das ist mir wirklich nicht sehr gut gelungen.‹«

»Das ist typisch für ältere Frauen«, sagt Petra, aber Jessica glaubt, dass sie nicht zugehört hat.

Petra ist mental vollauf mit dem Kochen beschäftigt und überlegt sich ihren nächsten Schritt. Das ist in Ordnung, denn eigentlich führt Jessica kein Gespräch, sondern denkt laut. Sie leert ihr Glas. Sie hat mit dem Gedanken gespielt, Petra von dem Buch zu erzählen, aber damit würde sie das Vertrauen der Großmutter brechen.

»Mein Gott, dieser Garten ist unglaublich«, sagt Petra,

während sie sich die Hände wäscht und einen Blick aus dem Fenster über dem Spülbecken wirft.

»Ich weiß. Ich habe irgendwann nicht mehr zugehört, wenn Oma sich über ihre Samen ausließ, aber jetzt kann ich sie verstehen. Am Ende war das doch ihre Welt. Natürlich wollte sie so viel wie möglich daraus machen.«

Petra nickt zerstreut. Irgendetwas kocht auf dem Herd, aber Jessica hat keinen Überblick mehr.

»Ab und zu kommt es mir geradezu schön vor, alt zu werden«, sagt Petra.

Sie schüttet sich Salz in die Handfläche und lässt es in den Kochtopf rieseln, geht zum Kühlschrank und nimmt die Heringsdosen und den in Wachspapier eingeschlagenen kaltgeräucherten Thunfisch heraus.

»Weißt du, alt zu werden, macht mir eigentlich keine Angst. Solange man gesund bleibt, meine ich. Im mittleren Alter zu sein, ist viel nerviger. Und ich werde doch bald *vierzig.* Aber in Rente zu gehen und mir ein paar exzentrische Interessen zuzulegen … das klingt richtig verlockend.«

»Und was für exzentrische Interessen?«, fragt Jessica.

»Ich weiß nicht. Das ist doch gerade das Spannende. Aber stell dir vor, du musst dich nicht mehr die ganze Zeit vorwärtskämpfen, sondern kannst auf ein Leben voller Erfahrungen zurückblicken und dich entspannt zurücklehnen. Hoffentlich haben wir dann gelernt, mit all unseren albernen Launen zu leben.«

»Seit wann hast du Launen?«

Petra schnaubt.

»Übrigens habe ich meine Rentenzahlungen zweimal pro Jahr erhöht«, sagt sie, schenkt Champagner nach und lässt einige Erdbeeren in die Gläser fallen.

»Das mit den älteren Frauen ist seltsam«, sagt sie. »Dass sie nie ein Kompliment für ihre Kochkünste annehmen können. Wie bei den Japanern: Wenn man seine eigene Geschicklichkeit zu sehr hervorhebt, muss man dafür um Entschuldigung bitten.«

Offenbar hat sie doch die ganze Zeit zugehört.

»Glaubst du, wir werden auch so, wenn wir alt sind?«, fragt Jessica.

»Nein. Ich glaube, Frauen in dem Alter waren ihr Leben lang so.«

Wie immer scheint Petra ihrer Sache sicher zu sein. Ihre Art, niemals zu zweifeln, hat etwas Beruhigendes. Aber hat Petra diesmal wirklich recht? Was immer die Großmutter in ihrem Buch ans Licht bringen will, es ist ihr ungeheuer wichtig. Hat sie je das Gefühl gehabt, dass sie sich verirrt und ihr richtiges Leben verpasst hat? Und wer wäre sie sonst gewesen?

»Erzähl von der Beerdigung«, sagt Petra.

»Es war schön. Oma hatte alles selbst geplant, wir brauchten ihren Wünschen nur Folge zu leisten. Sie hatte sogar die Choräle ausgesucht.«

»Mein Gott, was für eine Vorstellung.«

»Hast du dir nie überlegt, welche Musik du bei deiner Beerdigung haben willst?«

»Nein, das nun wirklich nicht. Du vielleicht?«

»Als ich klein war, wollte ich, dass sie ›Forever young‹ spielen. Ich fand den Text so phantastisch. ›Youth is like diamonds in the sun, and diamonds are forever …‹«

Jessica zuckt mit den Schultern.

»Aber ich werde mir jetzt wohl etwas anderes aussuchen müssen. Ich bin zu alt, um jung zu sterben.«

Petra kichert und füllt ihre Gläser.

»Habe ich ›Prost‹ gehört?«

Petra kichert wieder, als die Gläser gegeneinanderklirren.

»Wäre es nicht scharf, wenn ich sehen könnte, wie sie meinen Sarg zu ›Highway to Hell‹ in den Ofen schieben?«, fragt sie und prustet los.

Jessica lacht ebenfalls, so hat sie schon lange nicht mehr gelacht.

Als das Essen fertig ist, ist Jessica bereits angetrunken und hat keinen Hunger mehr. Aber sie stellt brav alles auf den Tisch, was Petra auf die Anrichte geräumt hat. Es ist fast sechs und genau solch ein schwedischer Sommerabend, den man an einem dunklen Februarmorgen herbeisehnt.

Das Essen fällt ihr trotz allem überraschend leicht. Petra erzählt von ihren pheromongesteuerten frühsommerlichen Abenteuern in Stockholm. Da gibt es einen Banker aus Rom, den Marketingchef eines Streichkäsefabrikanten, dessen letzte Kampagne Petra gestylt hat, und irgendeinen Prinzen aus Mitteleuropa, der eine Suite im Grand Hotel gemietet hat, nur weil er so gern in Stockholm ist. Die Schauplätze sind Hotelbars und Straßencafés, hypermoderne Büros und exklusive Boutiquen, die man nur findet, wenn man die Adresse kennt.

Ein Leben, sehr weit weg von Solbacka, und Jessica hört sich belustigt die Berichte aus einer Welt an, in die Petra ganz selbstverständlich gehört, in der Jessica sich aber niemals zurechtfand, ohne sich selbst zu verlieren.

»Es scheint nur zwei Sorten von Typen zu geben«, sagt Petra. »Entweder gehirntote Stecher mit öden Jobs oder wichtige weltgewandte Künstlerseelen, die nichts anderes wahrnehmen als ihren eigenen Bauchnabel. Und auf die Dauer kann man beide nicht ertragen. Wo stecken denn die normalen Typen?«

»Du würdest doch einen normalen Typen gar nicht aushalten. Der wäre viel zu durchschnittlich.«

»Ähm, auf der Fahrt hierher habe ich die Lösung gefunden. Ein Architekt wäre der perfekte Liebhaber. Die unschlagbare Kombination: künstlerisch und kreativ, aber mit erforderlicher Ausbildung und respektabler Garderobe. Und Geld.«

»Gunnar, der beste Freund von meinem Vater, ist Architekt. Ich kann ihn dir bei Gelegenheit vorstellen.«

»Sieht er gut aus?«

»Nein, aber er würde deine Theorie widerlegen.«

»Ach, verdammt.«

Abermals dieses dringende Bedürfnis, Petra zu sagen, dass sie sie liebt. Sie hofft, dass auch die Großmutter eine Freundin hatte, mit der sie sich betrinken und über idiotische Dinge lachen konnte.

Sie schütten Unmengen von Kaffee in sich hinein, damit sie nicht vor dem Nachtisch einschlafen. Petra drückt Kleckse aus Mandelmasse auf ein Backblech und schiebt es in den Ofen. Die Kleckse kommen auf magische Weise als frisch gebackene Mandelplätzchen wieder heraus, und als Petra Vanilleeis dazugibt, werden sie weich und knusprig. Sie trinken noch mehr Champagner. Ihnen fällt ein, dass sie den Schnaps total vergessen haben, und holen das sofort nach. Jessica sagt, der Schnaps sehe aus und schmecke wie der Hodenschweiß des bärtigen Fischers auf dem Etikett. Daraufhin muss Petra fast kotzen und Jessica sich vor Lachen beinahe übergeben.

Fünfzehn Minuten später schlendern sie nur mit einem Morgenrock bekleidet und mit der letzten Champagnerflasche zum Strand hinunter. Das Wasser ist eiskalt, aber da ihr Kopf und ihr gesunder Menschenverstand völlig benebelt sind, lassen sie die Morgenröcke fallen und springen in die Wellen.

Die Sonne steht tief am Himmel, als sie sich in ihre Morgenröcke kuscheln. Sie lassen sich in den Sand fallen und den Korken der Champagnerflasche knallen.

»Auf Mittsommer«, sagt Petra und trinkt zuerst.

Sie ist außer Atem.

»Prost«, sagt Jessica und nimmt die Flasche.

Champagnerschaum füllt ihre Mundhöhle, vermischt sich mit dem leichten Beigeschmack von Salzwasser auf ihren Lippen.

Sie schweigen und schauen auf das Wasser hinaus.

»Ich habe Jakob gesehen«, sagt Jessica.

Petra starrt sie an.

»Was?«

»Ich habe Jakob gesehen«, wiederholt Jessica und trinkt aus der Flasche.

Von dem salzigen Beigeschmack wird ihr schlecht.

Petra kneift die Lippen zusammen. Jessica ist dieser Blick nur zu vertraut.

»Diesmal wirklich«, fügt sie eilig hinzu.

»Wo denn?«

»An einer Tankstelle. Ich habe es natürlich selbst kaum geglaubt, aber ...«

»Jessica«, sagt Petra.

Nur ein Wort. Aber der müde Tonfall klingt, als ermahnte sie ein starrköpfiges Kind.

»Ich weiß, was du denkst. Mir ging es genauso. Glaub mir. Aber ich bin sicher.«

»Ist es nicht ein wenig seltsam, dass er gerade hier auftaucht? Gerade jetzt?«

»Alles ist doch seltsam! Dass er verschwunden ist, war verdammt merkwürdig! Warum sollte es da ...«

Jessica unterdrückt einen Rülpser. Sie hofft, dass Petra es nicht bemerkt. Der Horizont schwankt plötzlich wie eine Wippe, auf und ab. Es ist besser, wenn sie ihre Füße anstarrt, die durch den feinkörnigen Sand ganz weich geworden sind. Die Zehennägel heben sich hell von dem ersten Sonnenbrand in diesem Jahr ab.

»Ich will nur nicht ...«, setzt Petra an, aber plötzlich muss Jessica sich übergeben, und damit ist die Diskussion beendet.

Jessica nuschelt, begräbt die hellbraune Kotze im Sand und macht sich dabei die Finger schmutzig.

»Nicht hinschauen«, zischt sie.

Sie beißt die Zähne zusammen, um einen weiteren Kotzanfall zu unterdrücken.

20

Es war an einem Samstagnachmittag Ende April, als ich mich endlich bereit erklärte, mit ihm in das Schlafzimmer der Betriebswohnung zu gehen. Ich sehe keinen Grund, die Einzelheiten zu schildern (das möchte ich uns beiden ersparen), aber er bestand darauf, die Vorhänge offen zu lassen, sodass ich im Sonnenlicht auf dem Bett lag, unter mir ein Handtuch, für den Fall, dass ich bluten würde.

Meine Erwartungen haben sich nur teilweise erfüllt. Wie befürchtet hatte es entsetzlich wehgetan, und ich hatte schreckliche Angst, es könnte die gleiche unaussprechliche Krankheit wie bei meiner Mutter auslösen. Aber eine große umwälzende Veränderung meiner Psyche hatte nicht stattgefunden, was der eigentliche Grund gewesen war, dass ich mich darauf überhaupt eingelassen hatte. Als alles vorüber war und ich endlich wagte, die Augen zu öffnen, war ich immer noch ich. Keine Frau war zum Leben erwacht und an die Stelle des Mädchens getreten. Ich war so enttäuscht, dass ich in Tränen ausbrach, und er versuchte, mich zu trösten, sagte, dass es beim nächsten Mal netter für uns sein würde.

In diesem Zusammenhang eine durchaus witzige Wortwahl. Wir trafen uns weiterhin so oft wie möglich. Der Schmerz verschwand, aber ich hielt es für eine ziemlich unbegreifliche Angelegenheit und musste mich einige Male in die Wange beißen, um nicht loszulachen, wenn er über mir keuchte und schwitzte. Trotzdem gefiel es mir, denn danach fühlte ich mich ihm so nahe. Wir blieben liegen und redeten, sahen einander tief in die Augen, schmiedeten Zukunftspläne, von denen wir wussten, dass wir sie niemals in die Tat umsetzen würden.

Und ich fing wirklich an, mich als Frau zu fühlen. Als erwachsene, reife Frau. Ach, wie ich mich da irrte.

Noch mal: Ich möchte nicht ins Detail gehen (ich habe schon viel mehr preisgegeben, als ich vorgehabt hatte), aber wir griffen zu gewissen Vorsichtsmaßnahmen. Ich kam nie auf den Gedanken, dass ich schwanger werden könnte. Im Frühsommer war ich schließlich gezwungen zu erkennen, was es mit meinen schmerzenden Brüsten und der Übelkeit auf sich hatte, ebenso wie mit der leeren Stelle im Kalender, wo ich normalerweise einmal pro Monat ein geheimnisvolles Symbol an den Rand kritzelte.

Ich bekam am Ende meine Strafe, wie alle Mädchen, die nicht anständig blieben. Es hatte mich erwischt.

Der Heilige Geist hatte mich befruchtet.

21

Es regnet wieder, und Solbacka ist ganz anders als gestern an Mittsommer. Alle Farben sind verblichen, und die Welt ist eine verwässerte Kopie ihrer selbst. Die Vögel sind verstummt. Die Zeit scheint stillzustehen.

Petra liegt erschöpft im Gästezimmer, während Jessicas Kater sich anfühlt wie Entzugserscheinungen. Sie schwitzt, ist nervös, zittert. Ein Eisenring hat sich um ihre Brust gelegt und macht das Atmen schwer.

Das Buch zieht sie an. Stück für Stück nähert sie sich gemeinsam mit der Großmutter der Wahrheit.

Sie setzt sich mit einer Tasse Kaffee auf die Vortreppe. Fröstelt, macht die Tür auf, streckt sich und zieht eine alte Fleecejacke von der Garderobe. Der Geruch der Großmutter hängt in dem weichen Stoff.

Die grauen Regenwolken bewegen sich dicht über dem Boden und umgeben das Haus wie eine Mauer aus Nichts. Die Großmutter ist ihr näher als die unsichtbare Umgebung, wirklicher als die Wirklichkeit. Jessica will sich über die Zeit hinweg ausstrecken und der Großmutter als junger Frau begegnen.

Jetzt ist es an ihr, Trost zu spenden und zu sagen, dass sich alles finden wird. Es ist in Ordnung. Es ist nicht deine Schuld. Du hast es nicht besser gewusst. Bald wirst du einen wunderbaren Mann kennenlernen, den du heiraten wirst.

Wir hätten Freundinnen sein können, Oma und ich.

22

Schwanger. Ich konnte einfach nicht verstehen, dass ich in dieselbe Falle getappt war wie so viele junge Frauen vor mir. Wie hatte ich nur übersehen können, dass ich denselben ausgetretenen Weg eingeschlagen hatte? Mein Leben war zu einem Klischee geworden, und ich gehörte jetzt zu denjenigen, die ich bisher mit einer Art mitleidiger Verachtung betrachtet hatte: zu der Gruppe von schamlosen Geliebten, die zu unverheirateten Müttern wurden. Ich kann mich sehr gut an die Statistiken jener Zeit erinnern, die eifrig diskutiert wurden. Viele sahen es als Beweis für den moralischen Verfall der schwedischen Gesellschaft an. Eins von zehn Kindern in Schweden wurde außerhalb der Ehe geboren, und sechs von zehn erstgeborenen Kindern kamen früher als neun Monate nach der Trauung zur Welt. Für dich klingt das natürlich wie graue Vorzeit. Aber in dieser Welt bin ich aufgewachsen. War es eine Klassenfrage, der Zeitgeist oder einfach typisch für unsere Familie? Ich glaube, von jedem etwas. Meine Eltern fanden jedenfalls sehr deutliche Worte über die Bedeutung von hoher Moral. Der gute Charakter, eng verknüpft mit Selbstbeherrschung, die wiederum dem Willen zur Selbstbeherrschung entsprang.

Aber wie sich herausstellen sollte, war in Wirklichkeit die Moral längst nicht so wichtig wie die Illusion des Fehlens von Moral.

Ich redete mir ein, ich müsste über meinen nächsten Schritt nachdenken. Mir Bedenkzeit gewähren. In Wahrheit war das nur eine Umschreibung dafür, dass ich den Kopf in den Sand steckte. Natürlich gab es auch damals Abtreibungen, aber es waren ganz besondere Umstände vonnöten, damit man diese auf legalem Wege vornehmen konnte. Ich wusste nicht, wie ich vorgehen sollte, wen fragen, was sagen. Es war so entsetzlich peinlich, so wahnsinnig abgeschmackt. Ich hatte nicht nur nachweislich Sex gehabt, sondern war dazu noch dumm und nicht geistesgegenwärtig genug gewesen, mich ordentlich zu schützen.

In meiner Erinnerung verschwimmt der Frühsommer zu einem Sammelsurium von unangenehmen Eindrücken. Meistens hielt ich den Kopf gesenkt. Alle grellen Farben stachen mir in die Augen. Der Verkehr dröhnte, die Menschen lachten zu laut, der durchdringende Klang der Kirchturmglocken betäubte meine Ohren. Der Geruch von Dieselöl und Abgasen, Parfüm, Zigarettenrauch, Bratenfett war unerträglich. Ich sehnte mich nach einem kühlen, stillen, sterilen Zimmer.

Plötzlich konnte ich es nicht mehr ertragen, mich mit dem Vater meines Kindes zu treffen. Von der bloßen Vorstellung seiner Berührung bekam ich eine Gänsehaut. Ich ekelte mich, wenn ich an seinen feuchten Mund dachte. Wie hatte ich mich nur freiwillig mit ihm einlassen können? Auch er hatte einen widerwärtigen Geruch an sich, und ich machte einen großen Bogen um ihn.

Er wurde immer unvorsichtiger in seinen Versuchen, mich zu erreichen, und am Ende brach er die goldene Regel und rief bei mir zu Hause an. Stell dir vor, bei meinen Eltern zu Hause! Viktor war am Telefon. Er sah leicht belustigt aus, als er an meiner Zimmertür anklopfte und mir mitteilte, dass der Anruf für mich sei.

Ich presste mir den Hörer ans Ohr und hielt die eine Hand

vor den Mund, während wir flüsternd ein Treffen bei Kungsbron verabredeten. Besser, ich bringe die Sache hinter mich, dachte ich und schminkte und frisierte mich sorgfältig, ehe ich aus dem Haus ging. Es gab keinen Grund, so billig und heruntergekommen auszusehen, wie ich mich im tiefsten Inneren fühlte.

Ich war zuerst da, setzte mich auf das Brückengeländer aus Beton und ließ mich von den Bewegungen des Wassers unter meinen baumelnden Füßen hypnotisieren. Ich stellte mir vor, was es für ein Gefühl sein würde, mich fallen zu lassen. Nicht weil ich selbstmordgefährdet war, vielmehr hatte ich die Vorstellung, dass Kälte und Wasser mich läutern und ich als neuer Mensch an die Oberfläche kommen würde und alle Sorgen tief unten zurücklassen könnte.

Ich kann mich an unsere Unterredung kaum erinnern. Eigentlich seltsam. Während wir miteinander sprachen, hielt ich noch immer meinen Blick fest auf die Bewegungen des Wassers und das Sonnenlicht gerichtet, das spielerisch über den Wasserspiegel glitt. Am Ende drehte er mit einer brüsken Bewegung mein Gesicht in seine Richtung, aber meinen Blick konnte er nicht lenken, ich sah zu Boden.

Ich sagte ihm, er solle sich keine Sorgen machen. Unser Geheimnis werde ein Geheimnis bleiben. Das schien ihn nicht zu beruhigen. Er bot an, für eine Abtreibung zu sorgen, und ich hatte das Gefühl, dass er sich nicht zum ersten Mal in dieser Situation befand. Das verstärkte nur meinen Trotz. Ich wollte ihn nie mehr wiedersehen und noch viel weniger seine Hilfe annehmen.

Ich kann nicht sagen, dass ich je den Entschluss gefasst hätte, das Kind zu behalten. Das Ganze war niemals durchdacht.

Es ist so lange her. Fast schon sechzig Jahre! Vielleicht schreibe ich dem jungen Mädchen auf der Brücke im Nachhinein andere Gefühle zu. Fülle ihre Konturen mit Erfahrungen, die ich seit damals gemacht habe. Oder vielleicht ist sie gar nicht so weit weg, und ich rede mir das alles ein, weil ich Angst davor habe, mich ihr zu nähern, ich will ihre Erfahrungen nicht wieder teilen. Ich kann es nicht sagen. Ich sollte mich wohl an die nackten Tatsachen halten, und das hier ist eine Tatsache: Es dauerte sehr lange, bis ich ihn wiedersah.

Natürlich wohnten Viktor und ich unter einem Dach, aber er hatte ein Leben, von dem ich nichts wusste. Was ihn betraf, hatten meine Eltern schon lange die Hoffnung aufgegeben. Er war in ihren Augen ein charakterloser verwöhnter Bengel, und in gewisser Hinsicht hatten sie recht.

Genau wie unsere Mutter war auch Viktor ein Partylöwe, immer war er auf dem Weg zu irgendeiner aufregenden Party oder geheimen Essenseinladung. Nicht selten fand ich ihn morgens, wie er in einer unbequemen Stellung schlafend auf dem unmodernen Jugendstilsofa im Salon lag, neben sich einen überfüllten Aschenbecher, den Schlips achtlos auf den Boden geworfen.

Viktor kam und ging, wie es ihm beliebte, und er genoss eine Freiheit, von der ich und Henrik nur träumen konnten. Während ich ein Mädchen war, war Henrik der älteste Sohn, unser aller Kronprinz – seine Zukunft war längst festgelegt. Wenn ich Viktor über seine nächtlichen Abenteuer ausfragte, wurde er ärgerlich und tat geheimnisvoll, machte Andeutungen über aufsehenerregende Skandale und gab mir zu verstehen, dass er am Abend einige unanständige Gerüchte aufgeschnappt hatte, ohne jedoch konkreter zu werden. Ich hätte gern gewusst, woran das lag. Wir hatten uns immer nahegestanden, und ich wollte glauben, dass das noch immer der Fall war. Außerdem wusste er sehr gut, dass ich den Klatsch nicht weitertragen würde. Ich hatte keine Freundinnen, denen ich davon erzählen konnte. Die wenigen, die ich regelmäßig traf, waren an so etwas nicht interessiert.

Obwohl ich keine Details kannte, zweifelte ich nie daran, dass Viktors heimliches Leben aufregend war, aber ich hatte Angst, dass es uns trennen könnte. Vor allem, da auch ich jetzt ein geheimes Leben hatte, das kleine Leben, das in mir heranwuchs und bald zu sehen sein würde.

Am Ende brachte uns gerade das wieder zusammen, denn Viktor erfuhr als Erster, was geschehen war.

Ich war in der siebten oder achten Woche, als sich die schmerzhaften Krämpfe einstellten. Ich saß auf der Toilette und sah das Blut, das das Wasser in der Schüssel rot färbte. Ich sah das Leben, aus dem niemals etwas werden würde, aus mir herausfließen.

Wie soll ich beschreiben, was in diesem Moment mit mir geschah? Ich hatte alle meine Gefühle auf Distanz gehalten, aber diese jämmerlichen, dilettantischen kleinen Mauern, die ich in mir errichtet hatte, stürzten in Sekundenschnelle ein. Das, was jetzt über mich hereinbrach, hatte in seinem zufälligen Exil ungeahnte Kräfte sammeln können.

Natürlich hatte ich Angst, der physische Schmerz könne eskalieren, das Blut könne nicht mehr versiegen oder dass ich Mutters Krankheit bekommen würde. (Wie du merkst, war diese Angst immer in der Nähe). Aber am meisten hatte ich Angst, entlarvt zu werden. Dieser Gedanke löste bei mir eiskaltes Entsetzen aus. Ich wollte nicht, dass die Wahrheit auf diese Weise ans Licht kam.

Ich muss zugeben, ein Teil von mir empfand auch Erleichterung. Jetzt war es vorüber. Dieses Kind war ein entsetzlicher Fehler, und nun hatte die Natur alles geregelt, ehe mein Leben zerstört wurde. Ich wollte das Kind nicht. Es wäre unerwünscht auf die Welt gekommen.

Aber ich schämte mich auch, weil ich erleichtert war, weil ich mich überhaupt in diese Lage gebracht hatte.

Und ich war wütend auf den Mann, der mich geschwängert

hatte, der niemals das erleben musste, was ich durchmachte, obwohl er ebenso schuldig war wie ich.

Ich wurde von einem Kampf der Gefühle erfasst. Das eine Gefühl führte zum nächsten, sie verschmolzen miteinander zu einem dritten und gebaren ein viertes, und so weiter. Als das Blut zu versiegen schien, ich weiß nicht, wie lange es gedauert hatte, schützte ich mich, so gut ich konnte, mit Toilettenpapier und Stoffbinden und versteckte mich in der Dunkelheit meines Zimmers, wo ich mich von den Gefühlen vollständig überwältigen ließ, bis ich glaubte, den Verstand zu verlieren. Ich heulte in mein Kissen, weinte so sehr, dass es mir den Atem verschlug. Am Ende weinte ich nicht nur um mich, sondern auch um meine Mutter und ihre Krankheit, um meinen Vater, den ich niemals richtig kennenlernen würde, um Viktor, der zu einem Fremden wurde, und um Henrik, der schon einer war.

Ja, du verstehst. Es war das vorletzte Mal in meinem Leben, dass ich es mir erlaubte, auf diese Weise zu weinen. Als es vorbei war, fühlte ich mich restlos erschöpft. Mein Hals tat weh, meine Augen brannten. Ich hatte mir soeben die Decke über meinen nackten Körper gezogen, als ich ein vorsichtiges Klopfen an meiner Tür hörte. Sie wurde geöffnet, noch ehe ich etwas sagen konnte.

Eine stumme Silhouette glitt ins Zimmer, ließ sich leise auf meine Bettkante sinken, streichelte meine Haare. Es war Viktor.

»Was ist denn passiert, Kleines?«, fragte er.

An diese Worte kann ich mich deutlich erinnern. Ich fing wieder an zu schluchzen, wegen seiner Anteilnahme, weil er da war, weil er mich gehört hatte und ich ihm etwas bedeutete.

Es fällt mir (noch immer) schwer, die Geschehnisse aus ausreichender Distanz zu betrachten und sachlich und in chronologischer Reihenfolge davon zu berichten. Erst jetzt, während ich das hier schreibe, geht mir zum Beispiel eins auf. In jenem Frühling und Sommer glaubte ich, dass ich ein ganz besonderes Talent dafür entwickelte, mich unsichtbar zu machen, so konnte ich in Ruhe über meinen Geheimnissen brüten. Eigentlich brauchte ich mir keine große Mühe zu geben. Denn schon lange nahmen wir uns in unserer Familie nicht mehr wahr. Wir waren füreinander nur vorbeihuschende Schatten.

Als also Viktor plötzlich da war, fürsorglich und bereit zuzuhören … dieses Streicheln über meine Haare brachte mich dazu, ihm alles zu erzählen. Ich plapperte immer schneller, darum bemüht, alles loszuwerden, während ich zugleich Angst davor hatte, wie er reagieren würde, wenn ich am Ende meiner Geschichte angelangt war. Doch er drückte nur meine Hand. Keine Vorwürfe, keine banalen Beteuerungen, dass sich schon alles finden, keine leeren Drohungen, dass der betreffende Mann es bereuen werde.

»Was soll ich tun?«, fragte ich, die Frage war ebenso an mich wie an Viktor gerichtet.

»Vor allem musst du gesund werden. Ich bleibe zu Hause, bis es dir besser geht.«

»Und Mutter und Vater? Was würden sie sagen, wenn sie es wüssten?«

»Warum sollten sie es herausfinden? Sie brauchen niemals etwas zu erfahren«, antwortete Viktor, und ich atmete auf.

Wie er es sagte, hörte es sich so richtig und einfach an. Jetzt frage ich mich natürlich, ob ich in seiner Stimme noch mehr geahnt hätte, wenn ich genauer hingehört hätte.

23

Siebenundneunzig Meter über dem Meeresspiegel hat man einen weiten Blick. Sie sind durch den Laubwald unterhalb von Stenshuvud gegangen. Eiche, Buche, Hasel und Efeu, der sich über den Boden und bis auf die Bäume emporrankt. Alles eingetaucht in ein diffuses Licht, das durch das dichte grüne Blattwerk sickert. Sie sind immer höher gestiegen, bis die Pflanzen kahlen Steinen wichen, und jetzt haben sie die höchste Stelle erreicht, wo die Aussicht weit und der Horizont ungebrochen ist.

Petra setzt sich auf eine Steinplatte und trinkt einen Schluck aus der mitgebrachten Wasserflasche.

»Ich wünschte, Enzo könnte das sehen«, sagt sie atemlos.

»Wann kommen sie zurück?«, fragt Jessica.

Carlo ist mit seinem Sohn zu seiner Familie nach Italien gereist. Jessica weiß nicht mehr, wie das kleine Gebirgsdorf heißt, nur, dass man nach Nizza fliegt und von dort mit dem Auto weiterfährt.

In Enzos letzter SMS steht, dass sie über vierzig Grad im Schatten haben. Er ist erschöpft und Großmutter Francesca seniler denn je.

»In zwei Wochen«, sagt Petra. »Mein Gott, er fehlt mir so sehr.«

»Könnt ihr nicht herkommen, wenn er wieder da ist?«

Petra dreht sich zu ihr um.

»Wie lange willst du eigentlich bleiben?«

»Mein Großvater und Viktor bleiben bis Ende August weg. Und im Moment habe ich das Gefühl, dass ich den ganzen Sommer hier verbringen könnte.«

»Das kann ich verstehen. Es ist wirklich ein kleines Paradies. Aber …«

Petra verstummt. Setzt eine Miene auf, als wollte sie sagen: »Ach, nichts weiter.«

»Was?«

»Es ist nur, jetzt bin ich seit einer Woche hier in dieser Idylle, und schon habe ich das Gefühl, menschenscheu zu werden. Versteh das nicht falsch, es gefällt mir wirklich, es ist nur, dass … wenn du nur nicht in alte Probleme zurückrutschst. Und dich dann nicht mehr nach Hause traust.«

»Diese Gefahr besteht nicht«, sagt Jessica ein wenig zu rasch.

Sie hört selbst, dass sie wie eine nicht überzeugende Schauspielerin klingt, die eine schlechte Lügnerin darstellen soll.

»Wenn sogar ich, die nicht einmal am Stadtrand von Stockholm wohnen könnte, jetzt schon dieses Gefühl habe, dann hoffe ich, dass du nicht …«

»Diese Gefahr besteht nicht.«

Jessica nimmt die Flasche und trinkt in langen Zügen, den Blick auf das weite Meer und den endlosen Himmel gerichtet.

»Ich mache mir nur Sorgen um dich, das verstehst du doch sicher?«, fragt Petra. »Du sagst, du hast Jakob wiedergesehen und …«

Jessica stöhnt laut. Sie hätte nichts sagen sollen. Sie will jetzt nicht einmal daran denken.

»Das hat nichts mit ihm zu tun.«

Sie schweigen, und Jessica fragt sich, ob dieses Schweigen nur auf sie angespannt wirkt. Sie würde gern etwas sagen, um das Schweigen zu brechen, aber in ihrem Kopf ist alles still.

Eigentlich hat sie in den vergangenen Tagen nur an ihre Großmutter und Jakob gedacht.

Etwas anderes hat in ihrem Kopf nicht Platz. Und sie will nicht über die beiden sprechen.

»Pass nur gut auf dich auf«, sagt Petra endlich.

24

In den folgenden Wochen glaubte ich, dass das Leben sich wieder normalisiert hätte. Ich hatte eine zweite Chance bekommen, die ich nutzen würde. Ich spielte mit dem Gedanken, ein Studium aufzunehmen. Mit den Träumereien aufzuhören und den Sinn meines Lebens zu finden.

Wenn mir das gelänge (und eigentlich zweifelte ich nicht daran, ich war noch immer naiv genug zu glauben, dass ich eines Tages über den Sinn des Lebens stolpern würde), wäre diese Episode nicht umsonst gewesen. Sie wäre ein Zeichen, eine wichtige und nicht zu teuer erkaufte Lektion gewesen.

Zu diesem Zeitpunkt begegnete mir zum ersten Mal ein hochgewachsener eleganter Amerikaner namens Billy Wilcox. Ich lag im Salon und las ein Buch (da der Sinn des Lebens so leicht zu finden war, eilte es mit der Suche nicht), als Viktor zusammen mit einem Unbekannten hereinkam. Ihre Haare waren tropfnass und in einer perfekt synchronisierten Geste schoben sie sich die Strähnen aus dem Gesicht. Ihre Mäntel rochen nach feuchter Wolle.

»Wir wollten nur schnell etwas Geld holen. Und einen Regenschirm, obwohl das jetzt eigentlich keine Rolle mehr spielt. Nasser können wir kaum werden«, sagte Viktor und stellte uns beiläufig einander vor. Er hatte schon lange keinen Freund mehr mit nach Hause gebracht, und es war deutlich zu spüren, dass sie schnell weiterwollten.

William »Billy« Wilcox stellte sich auf stockendem Schwedisch vor, und sein amerikanischer Akzent ließ mich allen Ernstes erröten. Heute kann man sich das vielleicht nur schwer vorstellen, aber damals waren die USA die großen Helden. Sie hatten uns vor den Nazis gerettet, und jetzt sollten sie die Russen in Schach halten. Als ich Billy kennenlernte, war ich wie meine Altersgenossen ungeheuer fasziniert von allem, was mit diesem großen Land im Westen zu tun hatte. Wir fühlten uns mit ihm auf eine besondere Weise verbunden, da so viele Schweden in die USA ausgewandert waren. Die bittere Wahrheit war natürlich, dass die Amerikaner sich für uns nicht sonderlich interessierten. Sie waren gewiefte, aber gefühlskalte Verführer, die durch ihre Gleichgültigkeit unsere Schwärmerei noch steigerten. Es sollte noch einige Jahre dauern, bis wir zum ersten Mal Coca-Cola trinken, »Rock around the clock« hören und Elvis' Hüftschwung und James Deans traurige Augen kennenlernen sollten, bis wir eine eigene Teenagermode bekamen und in amerikanischen Diners Pommes frites aßen, aber das Fundament war gelegt. Als der Teenagerkult dann explodierte, war es für mich zu spät, aber ich hatte schon seine Verlockungen erfahren. Und nun stand er hier in unserer Diele, ein quicklebendiger, durchnässter Amerikaner, der mir die Hand schüttelte. Er hatte eine breite Kieferpartie, die für mich so typisch amerikanisch war. Ich wurde wieder rot.

Viktor war aus seinem Zimmer zurückgekehrt, noch ehe wir unsere Hände wieder losgelassen hatten. Er sah ungeduldig aus, aber Billy fragte, ob sie eine Zigarette rauchen könnten, bevor sie wieder hinaus in den Regen gingen, und Viktor konnte wohl kaum Nein sagen. Sie zogen ihre Mäntel aus, und wir setzten uns in den Salon. Sie steckten sich jeder eine Boy an (ich rauchte damals noch nicht, denn in meiner Welt galt eine rauchende Frau noch immer als ziemlich vulgär), und ich versuchte, aus der Situation so viel wie möglich herauszuschlagen, indem ich den armen Billy mit Fragen nach Amerika und seinen Eindrücken von Schweden überfiel. Er erzählte, dass er schwedische Hausmannskost liebte, was ich kaum glauben mochte, und dass er das schwedische System mit der Krankenversicherung und dem kostenlosen Schulbesuch für alle bewunderte.

Er war ein Diplomatensohn und hatte früh gelernt, sich auf das Positive zu konzentrieren. Ich fühlte mich persönlich sehr geschmeichelt, weil ein Amerikaner wie er Schweden als Land schätzte.

Als sie gerade ihre Zigaretten ausdrückten und gehen wollten, fasste ich mir ein Herz und fragte Billy, was er von den schwedischen Mädchen halte. Viktor prustete los, und ich starrte verlegen auf meine Füße. Aber Billy überraschte mich mit seiner Antwort.

Er sagte, es sei allgemein bekannt, dass die schwedischen Frauen die schönsten auf der Welt seien, aber dadurch seien wir verwöhnt. Wir wüssten, dass wir uns nicht anzustrengen brauchten. Unsere Kleidung sei vor allem praktisch und ohne sonderlich tiefe Ausschnitte oder deutliche Konturen. Das Wichtigste sei offenbar, ganz allgemein hübsch zu wirken. Anders als die Frauen, die ihm in Amerika und Frankreich begegnet seien, interessierten die Schwedinnen sich nicht sonderlich für das Diktat der Modehäuser. Das sei sicher vernünftig, sagte er, aber es nehme den Frauen auch ein wenig von ihrer geheimnisvollen Aura, vor allem, da sie anscheinend solche Angst davor hätten, sich von der Menge abzuheben.

»Ich war in Restaurants, wo fast die Hälfte aller Frauen genau die gleichen Kleider trug. So eine Shame sollten die Peacocks in Paris mal erleben! Hier scheint das für nobody eine Rolle zu spielen«, sagte er zum Schluss, und ich nickte nur.

Ich hatte, trotz meiner schlechten Englischkenntnisse, das meiste verstanden, und mir war peinlich bewusst, dass ich alles andere als geheimnisvoll und interessant war. Ich folgte einfach dem allgemeinen Strom.

Sie gingen wieder hinaus in den Regen. Durch das Fenster sah ich Viktors Regenschirm und ihre davoneilenden Füße. Ihr Lachen drang bis zu unserer Wohnung hinauf und ich hoffte, dass dieses Lachen nicht mir galt.

Wie du sicher verstehst, nähern wir uns dem Augenblick, in dem unsere große Lüge entstanden ist. Ich glaube, dass es Billy immer leichter gefallen ist, damit zu leben. Vielleicht, weil er Amerikaner ist.

Denn ist nicht eine der wichtigsten Voraussetzungen für den amerikanischen Traum, dass man sein Leben von Grund auf neu gestalten und immer wieder von vorne anfangen kann, bis man Erfolg hat, egal, woher man kommt? Wir dagegen haben tiefe Wurzeln, die uns in der Vergangenheit festhalten, vor allem unsere Familie mit ihrem adeligen Nachnamen und den unverrückbaren Traditionen.

Obwohl seine Familie in Amerika viel mehr Geld hatte, als wir uns je hätten erträumen können, war Billy im Vergleich zu uns relativ geschichtslos, und das machte es für ihn vielleicht leichter, sich auf seine Rolle in diesem Spiel einzulassen.

Immer häufiger dachte ich an Billy Wilcox. Ich bombardierte Viktor mit Fragen und bekam nur kurze Antworten, die jedoch genug Stoff enthielten, dass ich ein Luftschloss für Billy und mich bauen konnte. Abermals glaubte ich, den Sinn des Lebens in einem Mann gefunden zu haben.

Billy und seine Familie hatten vor dem Zweiten Weltkrieg in Frankreich gelebt, und du kannst dir sicher vorstellen, was das in meiner Phantasie auslöste. Billys Silhouette vor der Ruine eines prachtvollen Hauses. Billy in einer verdunkelten Wohnung, wo er im flackernden Kerzenlicht seine Bücher las. (Denn natürlich musste er Bücher lieben, genau wie ich.)

Billy, der einen weinenden kleinen garçon tröstete, und … ja, du kannst es dir sicher vorstellen.

Ich fing an, an das Schicksal zu glauben. Hormone können jede zur romantischen Fatalistin machen, und ich spürte deutlich, dass wir uns nicht zufällig begegnet waren. Wenn Billys Vater kein Diplomat gewesen und nicht ausgerechnet im kleinen Schweden gelandet wäre, wenn Billy sich nicht mit Viktor angefreundet hätte, wenn es an jenem Tag nicht angefangen hätte zu regnen, dann … vielleicht hatte ich wegen Billy das Kind verloren. Damit er und ich heiraten konnten. Ich schrieb seinen Namen in meine Notizbücher, und immer häufiger meinen zukünftigen – Viola Wilcox. Ich glaubte sogar (und entschuldige bitte meine Offenherzigkeit), dass mir Sex gefallen könnte, mit Billy als zärtlichem und geduldigem Lehrer.

Viktor hatte meine Fragen bald satt und bat mich, damit aufzuhören. Er lachte spöttisch, als er einige Zettel mit meinem neuen Namenszug fand. Ich hasste ihn deshalb natürlich, aber ich schluckte meinen Stolz hinunter und gestand meine Verliebtheit. Ich versuchte, ihn dazu zu überreden, Billy wieder zu uns einzuladen. Oder besser noch, dass ich eines Abends mit ihnen in irgendein Lokal gehen dürfte (er weigerte sich). Ich lieh mir Schallplatten mit einem englischen Sprachkurs aus und übte einige Höflichkeitsfloskeln, mit denen ich Billy bei unserer nächsten Begegnung beeindrucken wollte.

Ich war überzeugt davon, dem Mann meines Lebens begegnet zu sein. Und in gewisser Weise hatte ich ja auch recht.

Viel später, als ich Billy davon erzählte, wollte er sich ausschütten vor Lachen. Es war natürlich ein freundliches Lachen, sein übliches dröhnendes Gelächter. Und auch ich konnte endlich darüber lachen.

Mir ging es weiterhin schlecht. Meine Brüste spannten. Ich dachte, dass mein Körper vielleicht noch eine Weile brauchte, bis er verstanden hatte, dass ich nicht mehr schwanger war. Diese Theorie hatte ich selbst entwickelt, denn es gab niemanden, den ich fragen konnte.

Am Ende ging ich zu einem Arzt. Ich war so nervös, dass jemand mich auf dem Weg in seine Praxis sehen könnte, dass ich fast eine halbe Stunde den Häuserblock umrundete, bis ich auf die Tür zustürzte und einen ängstlichen Blick über meine Schulter warf, ehe ich die Tür hinter mir zuschlug – aber natürlich war niemand zu sehen.

Als ich die Praxis verließ, hatte ich erfahren, dass ich noch immer schwanger war. Ich kam mir vor wie eine vollkommene Idiotin. Ich war so sicher gewesen, dass ich eine Fehlgeburt gehabt hatte. Und tatsächlich hatte ich zur Hälfte wohl recht gehabt. Als ich dem Arzt die Blutungen und Krämpfe schilderte, meinte er, ich hätte vermutlich Zwillinge erwartet. Mein erster Gedanke war irrational, aber entsetzlich: »Was, wenn der falsche Zwilling überlebt hat?«

Ich war in der zwölften Woche, bald würde man es mir ansehen. Ich musste meine Eltern informieren.

Meine Eltern waren nicht religiös. Ihre Religion bestand aus ihrem adligen Namen und der Welt, den dieser repräsentierte. Um der seelischen Stärke willen konnten sie sich an ihn klammern wie an einen Gott im Himmel. Ihn konnten sie preisen, wenn nichts anderes für sie sprach. Wie schon gesagt, wir hatten nicht viel Geld. Unser Status war unser Name und unser guter Ruf, und gewisse Dinge waren einfach nicht akzeptabel.

Schon seit Neujahr hatte ich meine schändlichen Geheimnisse gehabt, zuerst meinen Liebhaber, dann das Kind, das ich erwartete. Für mich war alles, was geschehen war, umwälzend, dramatisch, obwohl es sich in gewisser Weise unter der Oberfläche abspielte. Bisher war meine Geschichte nur meine eigene. Ich wusste, dass ich von dem Moment an, in dem das Geheimnis ans Licht kommen würde, nichts mehr zu sagen haben würde. Ich war achtzehn, damals noch nicht mündig, ohne eigenes Einkommen und ohne Ausbildung. Und schlimmer noch, niemand in meiner Jugend hatte mir das nötige Rüstzeug für ein selbstständiges Leben an die Hand gegeben.

Als der Sturm losbrach, stellte er alles auf den Kopf. Unsere Familie, die es immer sorgfältig vermieden hatte, über Gefühle zu sprechen, war plötzlich dazu gezwungen, über intimste Dinge zu reden. Wir mussten das tun, damit es später niemals wieder notwendig sein würde. Wir würden überaus konkret mit etwas so Abstraktem wie der Liebe verfahren. Und meine private Geschichte würde ein Teil dessen werden, was nun alle anging: der Lüge.

25

Ich beschloss, alles in einem Brief an meine Eltern niederzuschreiben, den sie in Ruhe lesen und hoffentlich verarbeiten konnten, ehe wir uns gegenübertraten. Nur fand ich niemals eine Gelegenheit, diesen Brief zu hinterlegen. Ich war ja immer zu Hause, immer nur wenige Schritte entfernt. Also plante ich mein Verschwinden, das nur einige Tage dauern sollte. Vorher wollte ich den Brief auf den Esszimmertisch legen. Meine Eltern würden sich Sorgen machen. Bei meiner Rückkehr würden sie hoffentlich so erleichtert darüber sein, dass ich unversehrt war, dass der Inhalt des Briefes angesichts meiner dramatischen Heimkehr in den Hintergrund treten würde. Das war mein Plan.

Eine Woche lang schlief ich mit dem Brief unter meiner Matratze und versuchte, Mut zu sammeln. Ich bezweifelte, dass ich es wirklich wagen würde. Und wenn, dann war es mehr als fraglich, ob ich nach Hause zurückkehren würde.

Mutter und ich hörten eines Abends Radio, als sie plötzlich von einem gewissen jungen Mann sprach, den sie für den Richtigen für mich hielt. Ich versuchte, dem Thema auszuweichen, aber meine Mutter war keine, die sich so leicht geschlagen gab. Ihre Tochter sollte verheiratet werden, und es war keine Zeit zu verlieren. Noch immer spukte vor ihrem inneren Auge das Schreckensbild der alten Jungfer herum. Soviel sie wusste, war ich ja noch immer ungeküsst, und wenn es nach ihr ging, sollte ich das auch bleiben. Ich lauschte ihrer eifrigen Kampagne, während in mir die Panik wuchs. Sie sprach über ein Leben, das ich niemals führen würde. Und im denkbar ungünstigsten Augenblick (ist das nicht immer so?) hörte ich mich schließlich die Worte sprechen: »Ich kriege ein Kind.«

Mir hatte so lange vor diesem Geständnis gegraut, dass es fast etwas Tröstliches hatte. Ich war sicher, dass ich mir das Schlimmste vorgestellt hatte. Das hatte ich nicht. In frostigem Tonfall sagte meine Mutter, ich solle in mein Zimmer gehen und dort bleiben. Sie schloss die Tür von außen ab. Erst nach einigen Stunden kam mein Vater nach Hause, und ich versuchte verzweifelt, die gedämpften Stimmen auf der anderen Seite der Tür zu verstehen.

Als ich den Schlüssel im Schloss hörte, ließ ich mich auf das Bett fallen und stellte mich schlafend. Mein Vater kam ins Zimmer und rief mich mit ruhiger Stimme in den Salon.

Ich hatte mit Tränen meiner Mutter gerechnet und mir vorgestellt, wie sie fragte, was sie getan habe, um nach allem Leid nun auch noch so etwas durchmachen zu müssen. Ich hatte geglaubt, dass mein Vater wütend werden und brüllen würde, dass sie mich doch so nicht erzogen hätten. Stattdessen hatten sie schon angefangen, nach einer Lösung für das Problem zu suchen, und ihre methodische Berechnung war viel schlimmer.

Die Reaktionen, die ich gefürchtet hatte, hätten wenigstens von irgendwelchen Gefühlen für mich gezeugt. Das hier war viel erniedrigender. Ich war nicht in erster Linie ihre Tochter, sondern eine Handelsware. Ein Gegenstand, der beschädigt worden war, eine Zukunftsinvestition, die sich als wertloses Katzengold entpuppt hatte. Sie verlangten den Namen des angehenden Vaters. Jedes Mal, wenn ich mich weigerte, setzte es eine Ohrfeige. Sie sagten, wir müssten heiraten, ehe das Kind käme, und ich brachte heraus, dass der Vater bereits verheiratet sei. Die nächste Ohrfeige war so heftig, dass ich glaubte, meine Wange sei geplatzt.

Aber ich weinte nicht.

Mutter stellte resigniert fest, dass es zu spät für eine Abtreibung sei. Die einzige Lösung sei, mich bis zur Geburt des Kindes wegzuschicken. Danach sollte ich allein zurückkehren.

Sie fragten beide nicht, wie es hatte passieren können und wie es mir eigentlich ging. Ich wurde wieder auf mein Zimmer geschickt und blieb dort zwei Tage. Mutter verließ mehr als eine Woche nicht ihr Zimmer. Kaum erschien sie wieder, kam Viktors Geheimnis ans Licht. Und es stellte sich heraus, dass es noch etwas Schlimmeres gab, als von einem verheirateten Liebhaber ein Kind zu erwarten.

26

Nachdem sie Petra verabschiedet hat, schleppt Jessica den Filmprojektor und das Stativ mit der Leinwand vom Dachboden herunter.

Sie braucht eine Weile, um zu verstehen, wie der Projektor funktioniert, aber schließlich gelingt es ihr, den schmalen braunen Super-8-Streifen einzulegen.

Die Filme, von Mitte der siebziger bis Mitte der achtziger Jahre, liegen wild durcheinander in einem riesigen Korb aus Birkenrinde, die meisten in knallgelben wattierten Papiertüten mit dem Kodak-Logo. Jessica nimmt den Film mit der Aufschrift »Jessica als Neugeborenes, Frühling 1976«.

Das Licht auf der weißen Leinwand blendet erst, dann kommen das vertraute Flimmern und die roten Striche, ehe der Film beginnt.

Sie sieht sich, nur wenige Wochen alt. Sie liegt in einem braunen Strampelanzug aus Plüsch auf einem Wickeltisch und streckt ihr Babyhändchen der Kamera entgegen. Ihre Augen versuchen, etwas zu erkennen.

Dann ein hastiger Kameraschwenk, ein sonniger Frühlingstag auf Djurgården, und ihre Mutter und ihre Großmutter spazieren mit dem Kinderwagen am Wasser entlang. Ihre Mutter hat lange in der Mitte gescheitelte Haare, die ziemlich ungewaschen aussehen. Die Großmutter trägt eine weiße Jacke aus Webpelz. Beide schauen mit zusammengekniffenen

Augen in die Sonne, die sich im Rücken des Filmenden befindet. Der Kinderwagen schaukelt ein wenig auf dem Kiesweg. Die beiden Frauen reden miteinander und schauen in den Wagen, die Großmutter streckt eine Hand hinein und lacht, redet mit dem Kind. Aber der Film ist stumm, nur das Rattern des Projektors ist zu hören. Sie gehen an der Kamera vorbei, man sieht sie noch einige Sekunden lang von hinten.

Vermutlich war Viktor der Kameramann. Er plant jede Aufnahme genau, die Super-8-Filme sind nur wenige Minuten lang, die Entwicklung teuer. Als die Großmutter und die Mutter um eine Ecke biegen, wird die Kamera ausgeschaltet, und in der nächsten Szene kommen die beiden aus der anderen Richtung um die Ecke und setzen ihren Spaziergang fort. Jessica versucht, sich vorzustellen, wie Viktor sie dirigiert: »Zurück jetzt, dann gehe ich um die Ecke und filme von da aus.« Er läuft vorweg, der Kies knirscht unter seinen ledernen Schuhsohlen. »Jetzt bin ich so weit. Aufgepasst, jetzt geht's los! Viola, nicht in die Kamera schauen!« Und dann ein neuer Schnitt, das Gartenrestaurant Hasselbacken. Die Mutter hat Jessica im Arm, in der anderen Hand hält sie sorglos eine brennende Zigarette. Die weichen Wangen des Babys sind unter den ultravioletten Rauchkringeln nur zu erahnen. Jessica kann dieses Wesen nur mit Mühe mit sich selbst in Verbindung bringen. Wie konnten sich nur aus diesen Knubbelfingerchen die Pianistinnenfinger entwickeln, auf die sie so stolz ist?

In der nächsten Szene unterhalten sich die Großmutter und die Eltern miteinander. Der Großvater lacht über irgendetwas, und Jessica wünschte, sie könnte sie hören. Dann wird die Leinwand wieder weiß. Der Film ist zu Ende.

Jessica folgt ihrer frühen Kindheit in chronologischer Ordnung. Das erste Weihnachtsfest, Jessica kriecht über den Boden und interessiert sich viel mehr für das Einwickelpapier als für die Geschenke, aber zwischen den Stapeln aus Spielzeug ist ein Kuscheltier zu sehen, ein sehr großer, schmaler Affe, der zu einem ihrer Lieblingstiere wird und den Namen Scherflein erhält. Die Großmutter sitzt in einem Sessel und lacht ein wenig verlegen in dem grellen heißen Licht der Lampe, die der Fotograf auf seine Opfer richtet. Danach eine Szene, in der der Vater Jessica in einer orangefarbenen Plastikwanne badet. Er hat einen buschigen Siebziger-Jahre-Bart. Dann Ferien in Halmstad, die Küste sieht aus wie in Solbacka, Jessica ist zwei Jahre alt und stolpert über eine verbrannte Sanddüne. Ihr Gesicht ist mit Eis verschmiert, plötzlich bleibt sie stehen, beugt sich vor und zeigt auf etwas im Sand. Der Großvater trägt eine schwarze Badehose, die er bis weit über seinen Nabel hochgezogen hat. Die Großmutter in ihrem Bikini ist noch immer schön. Viktor schwenkt Jessica hin und her, bis sie vor Lachen fast erstickt. Im Hintergrund bekommt die Mutter Sand in die Augen.

Sie sehen aus wie eine glückliche Familie. Eine ganz normale Familie. Eine Familie, deren Leben aus Wochenenden, Lachen und sonnigen Urlaubswochen besteht.

Jessicas Gesicht zeigt im flimmernden Licht der Leinwand keinerlei Regung.

In der Nacht wacht sie auf. Das Haus ist stumm. Jessicas heißer Atem berührt ihr Gesicht, weil sie sich die Decke über die Nase gezogen hat. Aber das Gefühl von Gefahr ist kalt, es breitet sich langsam in ihren Beinen und Armen aus. Etwas hat sie geweckt. Sie tastet nach der Nachttischlampe, und als sie endlich den Schalter findet, ist sie geblendet, als hätte jemand von dem Zimmer ein Foto mit einem viel zu hellen Blitz gemacht. Sie blinzelt, während ihre Augen sich an das Licht gewöhnen. Niemand steht am Fußende. Sie müsste erleichtert sein

aber sie stehen vor dem Fenster

die Panik will sie nicht loslassen, das Gefühl der Bedrohung, dass sie jemand beobachtet, verschwindet nicht *und schauen herein*

sie steht auf, öffnet vorsichtig die Tür und geht hinaus auf den Kellergang. Sie

wird beobachtet, sie schauen von draußen herein

will losrennen, aber ihre Beine sind wie betäubt. Unsicher geht sie auf die Treppe zu. Ihr Körper gehorcht ihr nicht. Mit den schweren Beinen kommt sie kaum die Stufen hinauf.

Endlich erreicht sie das Erdgeschoss, kriecht über den Boden, vermag sich noch nicht aufzurichten.

Die Zimmer in Solbacka haben die Plätze getauscht, sind nach eigenem Belieben gewachsen oder geschrumpft.

Die Küche ist ein schmaler Gang, der mit jeder Sekunde länger zu werden scheint. Sie zwingt sich auf die Knie, dann hockt sie sich hin, die Luft ist wie Schaumgummi, durch den sie sich hindurchpressen muss. Sie muss sich beeilen. Ihre Verfolger sind schon im Haus.

Sie wirft sich gegen die Haustür, fällt in den Garten. Dreht sich auf den Rücken. Hört jemanden keuchen. Etwas bewegt sich an der Hausecke.

Die Großmutter.

Sie kriecht auf allen vieren durch das Gras. Ihr Kleid ist zerfetzt und mit Erde verschmiert. Und Jessica versteht.

Sie hat sich nach oben gegraben, sie war lebendig begraben und ich hätte sie retten müssen.

Jessica erwacht von ihrem eigenen ängstlichen Wimmern.

Sie tastet nach der Nachttischlampe, der Schalter klickt, und sie schaut mit zusammengekniffenen Augen ins Licht. Die Fensterscheiben sind schwarz. Niemand wartet draußen auf sie. Sie wirft die Decke beiseite und reißt sich das durchnässte T-Shirt vom Leib, das an ihrem Körper klebt und sie zu ersticken droht. Die Ziffern des alten Radioweckers zeigen 03:47. Es hat keinen Zweck, sich wieder hinzulegen. Auch die Bettwäsche ist schweißnass, und sie steht auf, zieht das Bett ab und geht mit der Wäsche in die Waschküche.

Als der Kaffee fertig ist, setzt sie sich, in zwei Decken eingewickelt, vor das Haus und sieht zu, wie über ihrer kleinen Welt die Sonne aufgeht.

Ihre Gedanken drehen und wenden sich im Kreis, wälzen sich in ihrem Kopf hin und her. Jakobs Doppelgänger geistert in seinem grünen Overall umher. Und die Geschichte der Großmutter… sie kann immer nur kurze Abschnitte lesen, weiß nicht, wie sie damit umgehen soll. Hat Angst davor, wie es weitergeht, sie ahnt es bereits. Spielt das überhaupt eine Rolle?

Ja, doch. Wenn ihr Verdacht stimmt, wird alles auf den Kopf gestellt. Die Großmutter, der Großvater und Viktor waren ihre Koordinaten. Sie waren immer für sie da, unverändert, während ihr Leben sich stetig gewandelt hat. Wenn ihr Leben auf einer Lüge aufbaut, wenn sie das Bild der drei revidieren muss, dann wird Jessica von Grund auf erschüttert. Ihre Perspektive auf die Vergangenheit ist bereits ins Wanken geraten.

27

Was wusste ich über Homosexuelle? Ich hatte von den alten Griechen gehört und von dem skandalösen Kinsey-Report, der einige Jahre zuvor erschienen und in dem die Rede von verheirateten Männern war, die heimlich Sex mit anderen Männern hatten. Es gab Gerüchte über Männer, die sich in Humlegården herumtrieben und sich für die Nacht die Gesellschaft eines Soldaten kauften (nicht weit von unserer Wohnung entfernt!). Ich hatte Wörter wie »Tunte« und »warmer Bruder« gehört. Augusta, eine ältere Witwe und Kusine meines Vaters, teilte ihre Wohnung mit einer angestellten Gesellschafterin, und ich hatte aus der Art, wie meine Eltern sich ansahen, wenn sie über diese beiden Frauen sprachen, gewisse Schlüsse gezogen. Aber ich kann nicht behaupten, dass ich das alles verstanden hätte. Ich besaß nicht genug Phantasie, um mir ein klares Bild zu machen. Eine »Tunte« war für mich ein ebenso unwirkliches Wesen wie ein Einhorn.

Aber offenbar hatte einer dieser Homosexuellen mit mir unter einem Dach gewohnt. Viktor. Er war jung, verliebt und unvorsichtig, und als er und sein »Bekannter« entlarvt wurden, wie, darauf will ich ohne ihre Zustimmung nicht eingehen, aber die meisten wären unter der Schwere der Schande in die Knie gegangen, verkündete mein Bruder trotzig, dass er sein Leben auf seine Weise leben wollte.

Zusammen mit Billy Wilcox.

Das waren große Worte, aber in Wahrheit hatte Viktor nur äußerst wenig zu sagen, wenn es um sein Leben ging, so wenig wie ich. Wir waren beide nicht mündig, und auch er hatte keinen Beruf. Alle hatten Viktor gewähren lassen, überzeugt davon, dass er eines Tages genug von den nächtlichen Eskapaden bekommen und sich am Riemen reißen würde, und diesen Umstand hatte er ausgenutzt.

In gewisser Hinsicht waren Viktor und ich ja selbst schuld. Wir waren unseren Eltern vollständig preisgegeben. Und ich wünschte, ich hätte sagen können, ich hätte Viktor verstanden und begriffen, wie ähnlich wir uns waren. Stattdessen setzte ich mich aufs hohe Ross, in der Hoffnung, dass seine Schandtaten angesichts meiner Vergehen verblassen würden. Ich war angeekelt. Ich hielt das, was er machte (mit meinem Billy!) für ganz und gar falsch, und niemals zog ich die selbstverständliche Parallele, dass viele dasselbe über mein Verhalten sagen könnten.

Ich werde nie vergessen, wie Viktor eines späten Abends hereinkam und sich wieder auf meine Bettkante setzte. Ich kehrte ihm den Rücken zu und klammerte mich noch immer an mein hohes Ross. Als ich von seinen Erklärungen genug hatte, fauchte ich ihn an:

»Du hast wenigstens eine Wahl! Du kannst dich noch immer ändern und normal werden! Warum kannst du nicht einfach wieder so sein, wie du immer gewesen bist?«

Es dauerte lange, bis Viktor antwortete:

»Aber das ist es doch gerade. So bin ich immer gewesen.«

Aber nicht einmal da begriff ich.

Und dann saßen wir am Esstisch, Viktor und ich, umgeben von der Familie (Mutter, Vater und Henrik), Fremden (Billys Eltern) und Billy, und wagten nicht, uns in die Augen zu sehen. Meine Eltern waren bei ihren Berechnungen am Ende zu einem Ergebnis gekommen, bei dem der eine Faktor den anderen neutralisierte. Wenn ein Unglück selten allein kommt, hat es vielleicht auch Vorteile, zwei Probleme am Hals zu haben. Sie brauchten mich also doch nicht wegzuschicken.

Die Wohnung war tagsüber geputzt und gelüftet worden. Die Räume, die sonst im Dämmerlicht versunken waren – Vater hielt es für lebenswichtig, Strom zu sparen –, waren lichtdurchflutet. Mutter in ihrem sommerlichen Kleid sah aus, als würde sie zu einer Cocktailparty gehen. Sie wollten auf die angehende Verwandtschaft Eindruck machen.

Laut meinen Eltern hatten sie die einzig einleuchtende Lösung gefunden. In schlechtem Englisch (Billy musste für seine Eltern als Dolmetscher fungieren, wenn die Unterhaltung zu kompliziert wurde) erklärten sie ihren Plan. Zwei »peinliche Situationen«, von denen die eine beide Familien betraf. Was könnte da logischer sein, als zwei Fliegen mit einer Klappe zu schlagen? Ich würde Billy heiraten. Das Kind würde einen »Vater« bekommen (es würde natürlich darüber getuschelt werden, dass das Kind sich nicht neun Monate bis nach der Trauung Zeit gelassen hatte, aber damit musste man eben leben) und Billy eine »Ehefrau«. Das war die einzige Möglichkeit (für alle Beteiligten), um aus dieser Sache herauszukommen, ohne die eigene Ehre zu beflecken. Denn was würde es für einen Eindruck machen, dass der erfolgreiche Diplomat einen Perversen aufgezogen hatte? Billy und ich sollten nach der Hochzeit zusammenziehen. Was sich danach hinter verschlossenen Türen abspielen würde, wäre dann weniger wichtig.

Was meine Eltern nicht auf den Tisch brachten, was Viktor und ich aber nur zu gut wussten, war der zusätzliche Vorteil, den dieser Handel meinen Eltern bringen würde. Wir hatten zwar den Namen, aber sie hatten das Geld. Ich würde meinen Namen gegen Billys tauschen, im Gegenzug würde das Geld der Familie Wilcox in unsere Familie fließen.

Ich bin noch immer empört, wenn ich daran denke, und doch kann ich den Erwachsenen keine Vorwürfe machen. Sie waren Produkte ihrer Zeit, und die Zeit trägt die Schuld.

Immer, wenn in der Mode oder in einer nostalgischen Fotoreportage die idyllischen fünfziger Jahre erwähnt werden, denke ich an all das andere, was damals unsichtbar bleiben musste. Wie schwer es für alle (uns alle) war, die nicht in diese Zeit der Gleichmacherei passten. Jeder Haushalt sollte nach einem bestimmten Maßstab standardisiert werden, und alles, was angeblich dort nicht hingehörte, wurde sorgfältig abgeschliffen, weggeschnitten, unter den Teppich gekehrt.

Ich erinnere mich an jenen Abend so gut, aber damals, als ich dort saß, war ich gar nicht richtig anwesend. Es war so entsetzlich peinlich, und ich wäre vor Scham fast gestorben. Nicht nur wegen meiner Taten oder wegen der Unternehmungen von Viktor und Billy, sondern weil so offen darüber gesprochen wurde.

Ich wäre so gern einige Stunden in die Zukunft geflogen, wenn alles endlich vorüber sein würde. Ich hätte alles gesagt und getan, um diese grauenhafte Unterredung hinter mich zu bringen. Auf den Rest meines Lebens verzichten? Kein Problem, wenn ich nur nicht hier sitzen muss!

Der gut aussehende, elegante, maskuline Billy, der mein Ehemann werden, aber niemals mir gehören sollte, hatte bereits aufgegeben. Er war über einundzwanzig, bereits mündig und damit der Einzige von uns, der in dieser Angelegenheit etwas zu sagen hatte. Aber seine Eltern hatten klargestellt, dass er weder finanziell noch emotional mit ihrer Unterstützung rechnen könnte, wenn er weiterhin die Karriere seines Vaters auf diese »selbstsüchtige« Weise aufs Spiel setzte.

Nur Viktor stellte sich quer. Denn wie passte er in diesen Plan? Ich weiß nicht, woher er den Mut nahm, aber er weigerte sich mitzuspielen, wenn für ihn nicht gleich neben unserer eine Wohnung gefunden würde, sodass er und Billy zusammenleben könnten. Und so wurde in letzter Sekunde auch für Viktor eine Rolle entworfen. Der ewige Junggeselle, der niemals eine warme Mahlzeit bekäme, wenn er nicht jeden Abend von seiner treu sorgenden Schwester zu Tisch gebeten würde.

28

Erinnerungen schweben in Jessicas Bewusstsein an die Oberfläche.

Als sie auf einem Hocker balanciert, um eine Dose Bohnen aus dem obersten Fach in der Speisekammer zu holen.

Ich war fünf, sechs Jahre alt und bin in ihrer Küche in der Wohnung in Gamla stan von einem Stuhl gefallen und weinte laut, vor allem, um Aufmerksamkeit zu erregen, glaube ich, und Opa kam aus dem Gästezimmer gestürzt, nur im Morgenrock, und als die Tür geöffnet wurde, glaubte ich, drinnen Viktors Stimme zu hören.

Als ein Stück von Nina Simone während einer Sommersendung im Radio läuft.

Es war zu Silvester, und ich war acht und durfte lange aufbleiben, und Opa und Viktor tanzten in der Küche miteinander, sie müssen geglaubt haben, dass niemand sie sah. Sie waren beschwipst und drängten sich aneinander und lachten laut und dröhnend. Ich dachte natürlich, dass sie nur herumalberten. Aber ich hatte ein komisches Gefühl im Bauch. Als ob es nicht für meine Augen bestimmt gewesen wäre.

Als sie eine alberne romantische Komödie im Fernsehen sieht.

Ich habe mich nie gefragt, warum Oma und Opa sich nie geküsst oder sich im Vorübergehen auch nur berührt haben. Ich bin einfach davon ausgegangen, dass ihr Sexualleben irgendwann nach Papas Geburt oder jedenfalls lange vor meiner Geburt ein Ende genommen haben musste. Sie waren mein ganzes Leben lang alt. Ich habe sie mir nie als sexuelle Wesen vorstellen können.

Sie kämpft mit den Bildern in ihrem Kopf, die Körper der alten Männer, die sich aneinanderdrängen, die schlaffe Haut, die von den Schultern hängt wie ein zu weit gewordener Anzug, die runzligen Münder, die sich bei stummen Umarmungen in der Dunkelheit begegnen.

Wie lange hat Oma ohne Liebe gelebt? Hat sie jemals wieder Sex gehabt? Oder war das schon nach dieser ersten Beziehung zu dem verheirateten Mann ein abgeschlossenes Kapitel in ihrem Leben?

Solbacka hat vor ihren Augen abermals seine Gestalt geändert. Das gute Service, ein Hochzeitsgeschenk für die Großeltern. Das erste Sofa, das sie gemeinsam gekauft haben, hat nicht ein frisch verliebtes Paar ausgesucht. Sie steht in der Türöffnung zum Schlafzimmer der Großeltern, mustert das ordentlich gemachte Doppelbett. Nichts sieht noch so aus wie bisher. Rein gar nichts.

29

Ich wusste, dass der Rest meines Lebens nach meiner Hochzeit festgelegt sein würde. Gattin eines Mannes, der niemals meiner sein würde. Gefangen in einer Scheinehe mit einem Fremden, der mich niemals so lieben würde, wie ich es mir erträumt hatte. Ein Fremder, der noch dazu anstelle meiner Eltern mein Vormund sein würde, bis ich mündig wäre.

Es klingt vielleicht widersprüchlich, aber ich fand es schön, mich in die Planung und die Vorbereitungen für die Hochzeit zu stürzen und mich darin zu vergraben. Die folgenden Wochen waren erfüllt von Aktivitäten. Nachdem die Pläne entworfen worden waren, mussten sie so schnell wie möglich in die Tat umgesetzt werden. Zum ersten Mal sah ich meine Familie an einem Strang ziehen, und bei allem, was erledigt werden musste (von der Wohnung bis zum Brautkleid), hatte ich keine Zeit nachzugrübeln.

Nach all diesen Vorbereitungen ging die Trauung im Rathaus in Minutenschnelle über die Bühne. Viktor, Henrik und unsere Eltern waren die einzigen Anwesenden, und die Stimmung war gedrückt, als Billy und ich uns das kurze Versprechen gaben. Als alles vorüber war, drückte er seine Lippen auf meine, zum ersten und zum letzten Mal, und wir waren verheiratet.

Heute liebe ich meinen Ehemann, aber ich kann es nicht mehr ertragen, unser Hochzeitsfoto anzusehen. (Ich habe es viele Jahre später, beim Umzug nach Schonen, »verschwinden« lassen.) Jedes Mal, wenn ich es sah, erinnerte es mich an den Moment, in dem mir wirklich aufging, was geschehen war, worauf wir uns eingelassen hatten. Da standen wir im Sonnenschein vor dem Rathaus, der Wind trieb mir Tränen in die Augen, und der Fotograf musterte uns mit einer Miene, die ich, paranoid, wie ich war, für Misstrauen hielt. Er forderte uns immer wieder auf, uns näher nebeneinanderzustellen und ein fröhliches Gesicht zu machen. Ich hatte das Gefühl, dass er uns mit seinem routinierten Blick durchschaute. Und wenn wir nicht einmal auf glaubwürdige Weise auf einem Foto zusammen posieren konnten, wie sollten wir dann diese Maskerade für den Rest unseres Lebens aufrechterhalten?

Dann betraten wir unser neues Heim. Billy versuchte, mit aufgesetzter Fröhlichkeit, mich hochzuheben und über die Schwelle zu tragen. Ich weigerte mich. Wir hatten die beliebte Institution, die Ehe genannt wird, schon genug durch den Kakao gezogen.

Viktor begleitete uns, und schweigend gingen wir durch das Haus. Meine Absätze klapperten über den harten Holzboden, das Geräusch hallte in den noch leeren großen Räumen wider. Ich wäre am liebsten ins Bett gegangen, und mir ging auf, dass wir das Schlafzimmerarrangement noch nicht besprochen hatten.

Nicht einmal als unser Hochzeitsfoto in *Dagens Nyheter* und *Svenska Morgonbladet* veröffentlicht wurde, wollte ich es sehen. Billy schlug die Zeitungen sorgfältig auf und legte sie auf den Küchentisch, wo wir frühstückten. Er lächelte strahlend.

»Ich hatte immerhin die schönste Braut«, sagte er, aber ich war verlegen und verscheuchte sein Kompliment wie eine lästige Fliege. Als ich wagte, von meiner Kaffeetasse aufzuschauen, sah er mich noch immer an.

»Das ist mein Ernst«, sagte er und aß weiter.

Zum ersten Mal in meinem Leben hatte jemand mich als schön bezeichnet. Ich wusste nicht, wie ich damit umgehen sollte.

»Er hat recht«, sagte Viktor, der zwischen uns saß. Aber er sah mich nicht an, sondern griff über den Tisch nach Billys Hand. Ich wandte mich wieder ab, jetzt noch verlegener.

Wir waren ein schönes Paar, Billy und ich. Ich kann es jetzt auf den alten Bildern erkennen. Schönheit ist vergeudet, wenn junge Leute es nicht wagen, ihr zu vertrauen, bevor sie verschwunden ist.

30

Die Tage vergehen langsam in dem großen weißen Haus, während Jessica ihre Reise durch die Vergangenheit fortsetzt. Sie liest das Buch der Großmutter und geht die alten Super-8-Filme durch. Die siebziger Jahre auf den flimmernden körnigen Bildern gehen allmählich in die frühen achtziger Jahre über. Die Jeans des Vaters haben keinen Schlag mehr. Sein Schnurrbart wird immer energischer gestutzt und verschwindet dann ganz. Die Brille der Mutter wird zu einem Feuerwerk aus buntem Kunststoff. Die Schulterpolster bei ihr und der Großmutter werden immer breiter, bis die beiden aussehen wie Eishockey-Torwarte. In den Filmen erkennt sich Jessica nun wieder, kann ihre Erinnerungsbilder mit dem verknüpfen, was sich außerhalb des Kamerablickfeldes abspielt. Sie jagt in Halmstad über eine Wasserrutschbahn. Ein minzgrünes Kostüm und kanariengelbe Turnschuhe bei ihrem zweiten Schulabschlussfest. Sie hat sich Ohrlöcher stechen lassen, als sie in einem Sommer auf Gotland sind, und neonrosa Sprühfarbe im Pony. Sie wird immer selbstbewusster vor der Kamera, ist immer mehr auf der Hut, während sie wie ein Güterzug auf die Vorpubertät zurast.

In den letzten Filmen ist Solbacka zu sehen, das die Alten gekauft haben. Opa und Viktor streichen mit nacktem Oberkörper die Fassade, die Großmutter wäscht unter dem kalten Wasserhahn hinter dem Haus frisch ausgegrabene Kartoffeln ab. Jessica liegt in der Hängematte, sie trägt eine herzförmige Sonnenbrille und spielt Donkey Kong. Sie schaut gereizt in die Kamera und widmet sich wieder dem Spiel.

Das waren die letzten Filme. Jessica hat sie alle gesehen. Sie hat nach Zeichen dafür gesucht, was das Buch der Großmutter bloßlegt, nach Anhaltspunkten in den Blicken, nach entlarvenden Sitzordnungen beim Weihnachtsessen, Geburtstags-Kaffeeklatsch oder Osterfest. Aber alles scheint im Verborgenen abzulaufen. Als die Filme zu Ende sind, leben die Alten seit fast vierzig Jahren mit dieser Lüge.

Das Bild der lebendig begrabenen Großmutter lässt sie nicht los.

Sie muss so einsam gewesen sein. Und ich habe die ganze Zeit geglaubt, Viktor und ich verstünden uns am besten. Wir wüssten, wie es ist, sein Leben mit niemandem zu teilen.

Sie läuft am Strand entlang, treibt sich noch mehr an, wenn sie müde wird, die Musik dröhnt in den Kopfhörern, dass ihre Ohren wehtun. Aber vor ihrer Wut kann sie nicht davonlaufen. Sie füllt ihren Körper aus wie die Kohlensäure eine Limonadenflasche, die tagelang geschüttelt worden ist.

Bald wird sie explodieren.

Sie kümmert sich für den Rest des Tages um den Garten. Pflückt Erdbeeren und friert die Hälfte ein, erntet zum zweiten Mal Mangold und kocht ihn ab. Als es dämmert und kühler wird, mäht sie den Rasen.

Danach ist sie schweißnass. Sie geht zum Meer, taucht in die Wellen, lässt sich treiben, hin- und herwiegen. Es ist fast dunkel, als sie wieder aus dem Wasser kommt. Weiter hinten am Strand feiern einige Campinggäste. Sie haben ein Feuer gemacht, Jessica hört, wie sie sich mit betrunkener Stimme etwas zurufen.

Sie zieht ein Strandkleid über den Bikini. Geht barfuß zurück zum Haus, die Sandalen in der einen Hand.

Als sie den Morgenrock um ihren nackten Körper gewickelt hat, setzt sie sich in der Küche auf die Anrichte und trinkt langsam ein Glas Wein. Obwohl ihr das Gespräch, das vor ihr liegt, eine Heidenangst macht, reizt sie der Moment, an dem es kein Zurück mehr gibt.

Wie erwartet meldet Viktor sich. Der Großvater telefoniert nicht gern, seit sein Gehör so schlecht geworden ist. Sie reden eine Weile über das Wetter und Solbacka, Jessica hält das Gespräch in Gang, um Zeit zu gewinnen.

»Wir freuen uns so, dass du dich wohlfühlst«, sagt Viktor. »Du kannst bei uns wohnen, sooft du willst.«

Im Hintergrund ist leise Jazzmusik zu hören. Jessica mustert im schwachen Licht der Poul-Henningsen-Lampe ihre Hände, vermutlich ein DNA-Fragment eines Fremden in einem Vogelkostüm, niemand in der Familie hat solche Hände. Wird sie je erfahren, was sie sonst noch von ihm geerbt hat?

Ich kann mich noch immer entscheiden, nichts zu sagen. Mit der Lüge weiterleben.

»Ich weiß alles«, sagt sie.

Etwas anderes fällt ihr nicht ein.

»Was meinst du, Herzchen?«, fragt Viktor.

»Über dich und Opa.«

»Was ist mit uns? Ich verstehe nicht, was du meinst.«

»Ich weiß«, sagt sie nur.

Ein gespanntes Schweigen jagt durch die kilometerlange Telefonleitung, und Jessica überlegt kurz, ob das Kabel durchweg unter der Erde verläuft. Wann sind eigentlich die Telefonmasten verschwunden? Wird ihr Gespräch über den Meeresboden transportiert?

»Oma hat alles aufgeschrieben.«

Weit in der Ferne verklingt die Jazzmusik. Ist das Lied zu Ende, oder hat jemand die Lautstärke heruntergedreht, um das Gespräch mitzuhören?

Die Tränen kommen lautlos, fließen ungehindert. Obwohl sie allein ist, hält sie sich die Hand vor die Augen, damit niemand sieht, dass sie weint.

»Jessica?«, sagt der Großvater, der den Hörer übernommen hat.

Wegen seines schlechten Gehörs spricht er zu laut. Sie hält den Hörer weg.

»Es tut mir so leid, dass du es erfahren hast«, sagt er. »Das wäre nicht nötig gewesen.«

»Geht es euch gut? Trauert ihr überhaupt um Oma? Oder seid ihr froh, dass ihr die Fassade nicht mehr aufrechterhalten müsst? Jetzt könnt ihr euch so richtig austoben.«

Sie weiß, dass sie ihn verletzt, das ist befriedigend und gleichzeitig auch wieder … nicht.

»Aber Jessica!«, sagt der Großvater.

»Ich kann es einfach nicht fassen. Ihr hättet es mir schon lange erzählen können. Gerade deswegen widert es mich so an.«

»Sag das nicht. Es war schwer für uns alle …«

»Ach ja? Was du nicht sagst. Ihr hattet doch euch. Oma hatte niemanden, den sie mit all ihrer Liebe überschütten konnte. Außer Papa, und …«

Jessica will sagen, dass Papa diese Liebe nicht wollte, aber wenn er ein schlechter Sohn war, so war sie eine verdammt schlechte Enkelin. Natürlich hat sie die ganze Zeit gewusst, dass ihre Großmutter sterben würde. Sie war alt und krank. Und auch wenn die Großmutter kerngesund und Jessica eine gute Enkelin gewesen wäre, wäre sie trotzdem zu Besuch gekommen.

»Sie hatte niemanden, kapiert ihr das nicht?«, schreit sie.

Diese Worte treffen sie selbst auch.

»Wir haben als Familie gelebt. Auf unsere Weise«, murmelt er.

Sein Mund scheint trocken zu sein, als klebte die Zunge am Gaumen, während er redet.

»Na, dann macht doch weiter so, genießt den letzten Rest eurer scheinheiligen kleinen Scheißfamilie. Aber ich will nicht mehr dazugehören.«

»Das ist nicht dein Ernst.«

»Wenn du nur wüsstest, wie ernst ich das meine. Und warum interessiert dich das überhaupt? Das war doch von Anfang an alles nur eine einzige große Lüge. Und dann saßen Papa und ich euch auch noch auf der Pelle, oder etwa nicht?«

Opa

nein, Billy

schweigt, während die Tränen auf ihren Wangen trocknen. Sie hört Viktor im Hintergrund etwas murmeln. Billy brummt eine Antwort, vermutlich hat er nicht gehört, was Viktor gesagt hat.

»Du musst mir glauben, dass du für mich immer meine Enkelin warst, und dein Vater mein Sohn. Wir waren nicht perfekt, aber Viktor und ich lieben dich, genau wie Oma. Was immer geschehen ist, das war keine Lüge. Verstehst du?«

Er redet rasch, als habe er immer schon gewusst, dass er genau diese Worte sagen müsste, sollte es je zu diesem Gespräch kommen.

»Aber ihr seid nicht die, für die ich euch gehalten habe. Das könnt ihr gar nicht sein. Der Opa und der Viktor, an die ich geglaubt habe, hätten Oma niemals in einer verdammten Scheinehe eingesperrt. Ihr hättet sie längst gehen lassen können, ohne dass …«

»Jetzt hör endlich auf, in diesem verdammten melodramatischen Ton mit mir zu reden«, brüllt er sie plötzlich an.

Jessica tritt einen Schritt zurück, als stünde er vor ihr.

»Oma ist geblieben, weil dieses Arrangement uns allen passte. Sie war kein willenloses Ding. Und so wollte sie auch nie gesehen werden. Das wüsstest du, wenn du dir die Zeit genommen hättest, sie wirklich kennenzulernen.«

Ihr Magen krampft sich zusammen. Jessica kann nur mit Mühe atmen, presst die Luft in ihre Lungen und aus der Luftröhre.

»Du verdammtes Arschloch«, sagt sie und hasst ihre Stimme, in die sich eine kleinlaute Note geschlichen hat.

»Wir können weiter darüber reden, wenn du dich beruhigt hast. Aber vergiss nicht, deine Großmutter ist aus freien Stücken geblieben. Es ist immer leichter, auf vertrautem Terrain zu bleiben, als sich ins Unbekannte zu stürzen. Das ist das Einzige, was sie daran gehindert hat, nicht Viktor und ich.«

Jessica atmet schwer, sie beugt sich über den Küchentisch. Sie hat keine Worte mehr.

Und legt auf.

31

Gamla stan war eine ganz andere Welt als Östermalm. Es war wie ein Umzug ins Ausland. Ein Zusammenstoß der Kulturen. In meinem alten Wohnviertel waren die Häuser diskret, grau und zum Verwechseln ähnlich. Hier sah kein Haus aus wie das andere, und alle waren so bunt, dass sie ein wildes Mosaik bildeten. Die Häuser spiegelten sich in den Menschen wider, die dort wohnten. Zu dieser Zeit war Gamla stan wie ein Dorf, aufgrund der vielen Holzöfen eingehüllt in einen leichten Dunst. Hier wurde man von Fremden angesprochen, hier gingen gewisse Frauen im Morgenrock in die Bäckerei, und die Kinder rannten unbeaufsichtigt auf der Straße herum. Hier wurde man rasch zu einem bekannten Gesicht, ob man es wollte oder nicht.

Mit meinem immer umfangreicher werdenden Leib war es natürlich unmöglich, Kommentaren, neugierigen Fragen und fremden Händen auszuweichen. Ich habe nie die Leute verstanden, die schwangere Frauen für Allgemeingut halten und fremde Bäuche betatschen müssen. Auf mich wirken sie fast wie Geisteskranke, oder zumindest würde man sich sexuell belästigt fühlen, wenn man nicht schwanger wäre. Ach, ich werde so wütend, wenn ich daran denke.

In dieser Zeit sah ich Viktor und Billy nur selten. Ich glaube, sie waren wie berauscht, weil sie endlich in Viktors kleiner Wohnung nebenan zusammenleben konnten. Manchmal hörten wir zusammen Radio, aber Billy war unruhig, und er hatte noch immer Sprachprobleme, wenn er seine Wissenslücken nicht füllen konnte, indem er Mienen oder Körpersprache deutete. Wir aßen zweimal in der Woche zusammen, aber meistens waren die Jungs unterwegs oder blieben drüben bei Viktor. In den wenigen Nächten, die Billy in »unserer« Wohnung verbrachte, schlief er im Gästezimmer, und morgens machte er sorgfältig das Bett, denn es sollte unbenutzt aussehen, wenn wir unerwartete Gäste bekamen.

Ich wohnte zum ersten Mal in meinem Leben allein, und alles war neu für mich. Zum Beispiel hatte ich noch nie mit Geld umgehen müssen, und jetzt musste ich einen Haushalt führen und planen. Anfangs machte mir das Angst. So war es auch mit der Freiheit. Plötzlich konnte ich essen, was ich wollte und wann ich wollte. Niemand wies mich zurecht, wenn ich mich den ganzen Tag in ein Buch vertiefte. Ich konnte schlafen gehen und aufstehen, wann es mir passte. Meine Wahlmöglichkeiten kamen mir so grenzenlos vor, dass es mich fast lähmte. Wie konnte ich jemals wissen, ob ich mich richtig entschieden hatte, wenn ich bei jedem Entschluss, den ich traf, auf etwas anderes verzichtete?

Aber ich lernte, allein zu sein. Natürlich las ich und redete stundenlang mit meinem Bauch, sang ihm leise etwas vor. Wir entwickelten eine Beziehung, ich und das unbekannte Leben in mir, und ich fing an, mich nach dem Anblick der kleinen Person zu sehnen, die sich dort verbarg. Natürlich hatte ich auch Angst und fragte mich, auf wie viel Hilfe ich von Viktor und Billy hoffen konnte. Würde ich, hinter der sittsamen Familienfassade, in Wirklichkeit eine alleinstehende Mutter sein? Und wie sollte ich unser Arrangement dem Kind erklären? Was sollte ich sagen?

Ungefähr in der Mitte der Schwangerschaft fühlte ich mich stärker denn je, fast unbesiegbar, und ich putzte wie wahnsinnig die Wohnung. Ich benutzte all die neuen Putzmittel, die den Markt überschwemmten, und focht einen schweißtriefenden Krieg gegen Staubteilchen und Sandkörner aus. Ich war besessen von Ordnung, Übersicht und Reinlichkeit, und da du so viel über Psychologie gelesen hast, kannst du daraus sicher deine eigenen Schlüsse ziehen.

Erst im Spätherbst lernte ich unsere Nachbarin kennen, Solveig, und glaub mir, wenn ich sage, dass ich versuchte, mich diesem Schicksal zu entziehen. Man kann vielleicht meinen, ich hätte für die Möglichkeit einer neuen Bekanntschaft dankbar sein sollen, aber Solveig war genau die Art Frau, die ich verabscheute und vor der ich mich ein wenig fürchtete. Sie war eigensinnig, laut und grenzenlos. Außerdem war sie urweiblich mit ihren starken Parfüms und ihren schweren Brüsten und den Haaren, die nach Haarfestiger stanken.

Heute würde man sie vermutlich als fett bezeichnen, so wie auch Marilyn Monroe. Solveig war füllig, sie war kurvenreich und schön und natürlich eine von den Frauen, die ohne Verlegenheit ihr Haus im Morgenrock und mit Lockenwicklern verließen, während der Sohn Gunnar schreiend auf ihrer wogenden Hüfte saß.

Diese eigensinnige Frau kam immer wieder bei uns vorbei, wenn sie wusste, dass ich zu Hause war. Sie wollte zwei Eier oder eine Tasse Mehl haben, und irgendwie landete sie dann immer in der Küche und erwartete, dass ihr Kaffee angeboten wurde.

Sie war irritierend aufdringlich und konnte nie den Mund halten. Lautstark ihren Kaffee schlürfend, klatschte sie über die Frauen in der Nachbarschaft und deren rotzige Gören und lachte über ihre eigenen Geschichten. Ich bekam noch größere Angst vor ihr, war sicher, dass sie über mich ebenso eifrig klatschte, sowie ich außer Hörweite war.

Damals verstand ich nicht, dass Solveigs Gerede meistens gutmütig war und dass die Einzige, über die sie schonungslos herzog, sie selbst war. So eingeschlossen war ich in meiner eigenen Angst. Viktor und Billy konnten laut und unvorsichtig sein, wenn sie in den frühen Morgenstunden nach Hause kamen. Und was, wenn mein Kind aussähe wie sein wirklicher Vater, so anders als Billy, und darüber geklatscht würde? Ich befürchtete, dass eine Frau wie Solveig die Wahrheit über meine Ehe herausfinden würde. Ich wagte nicht, auch nur einen einzigen ihrer Besuche abzulehnen, aus Angst, auf der schwarzen Liste zu landen, die sie in Gedanken bestimmt eifrig pflegte und immer auf den neuesten Stand brachte.

Ja, Solveig war eine unvergleichlich nervtötende Frau. Vor allem verabscheute ich ihre Art, Selbstverständlichkeiten herauszuposaunen wie einzigartige Beobachtungen oder Beweise dafür, dass sie eine Person mit ungewöhnlich komplexen Charakterzügen war. Eine banale Bemerkung über das Wetter konnte sie auf eine Weise vortragen, als ob sie damit rechnete, dass man völlig erstaunt war, über was für eine sprudelnde Fontäne aus meteorologischem Wissen sie verfügte. Eine ebenso banale Äußerung über ein kratzendes Wollkleid wurde durch ihren selbstzufriedenen Tonfall zur Expertise einer überaus kenntnisreichen Rezensentin. Als ob nicht alle Gewitter in der Luft spürten. Als ob nicht alle Kleider vorzögen, die nicht kratzten.

Ab und zu ging ich bei meinen Sticheleien ziemlich weit, aber es spielte keine Rolle, ob ich sie spitz wie eine Nadel schliff. Solveig bemerkte sie gar nicht.

»Ja, ich bin nun mal ein Mensch, der sich nicht gern langweilt«, sagte ich zum Beispiel, und als Antwort kam ein eifriges »Ich auch nicht«.

»Ein Glück, dass Gläser rund sind, denn das passt so gut zur Form des Mundes«, philosophierte ich ein andermal und erhielt als Antwort ein nachdenkliches Nicken.

Vor allem ärgerte ich mich über ihre langen Vorträge, was Gunnar doch für ein wunderbares Kind sei. In meinen Augen hatte der Bengel überhaupt nichts Besonderes an sich. Er war weißblond und hatte wässrig blaue Augen, die träge aus einem nichtssagenden Gesicht glotzten. Das Interessanteste an ihm war, wie er überhaupt entstanden war. Auf irgendeine Weise hatte Solveig Gunnars lebensmüden Vater dazu gebracht, genügend Enthusiasmus für eine so anstrengende Aufgabe wie die Zeugung eines Kindes aufzubringen.

Solveigs anämischer Gatte arbeitete als Ingenieur, aber ich sah ihn niemals in wachem Zustand, und wenn, war ich vor allem über seine resignierte Miene überrascht. Seine Gesichtsmuskeln schienen schon vor langer Zeit zu diesem Ausdruck erstarrt zu sein. Sein Mangel an Ausstrahlung und Energie war wirklich aufsehenerregend. Sie waren ein ungleiches Paar, er und Solveig. Vielleicht passten sie gerade deshalb so gut zueinander. Ihre Ehe musste wie ein langer Soloauftritt gewesen sein, mit Solveig allein im Scheinwerferlicht und dem Gatten als ermüdetem, aber geduldigem Publikum. Wenn ich Solveig ein seltenes Mal besuchte, während ihr Mann zu Hause war, war immer sein leises Schnarchen im Hintergrund zu hören. Er nickte überall ein, wo er gerade war, wenn die Müdigkeit ihn überwältigte: auf dem Küchensofa, im Wohnzimmersessel, vollständig angezogen im Bett.

Ich fragte mich, wie es eigentlich möglich gewesen war, dass er und Solveig sich ineinander verliebt hatten und ob er zu diesem Zeitpunkt irgendwelche Anzeichen von Leben gezeigt hatte. Ich stellte mir vor, wie Solveig wie ein eifrig schwatzender Vampir langsam alle Lebenskraft aus ihm herausgesaugt hatte. Nach nur wenigen Stunden in ihrer Gesellschaft fühlte ich mich häufig vollständig ausgetrocknet. Solveig sprach nur selten über ihren Mann, und erst nach seinem Tod begriff ich, dass sie ihn wirklich geliebt hatte. Solveig redete über alles andere, über Dinge, über die ein gescheiter Mensch lieber schweigen sollte, und ich deutete ihre Unlust, über ihren Mann zu sprechen, als Desinteresse, während er in Wirklichkeit das Einzige war, das ihr heilig war.

Auch ihre Begeisterung für Billy, aus der sie keinen Hehl machte, trug zu meinem falschen Bild von Solveigs Ehe bei. Wenn sie sich in unserer Küche begegneten, verdrehte sie hinter seinem Rücken manchmal verzückt die Augen oder stupste mich am Arm an, sowie er das Zimmer verlassen hatte, und bezeichnete mich als »verdammten Glückspilz«. Ich fand das überaus respektlos, und das Schlimmste war, dass sie Billy zu gefallen schien. Er lachte über ihre einfältigen Kommentare und ihre hemmungslosen Schmeicheleien.

Solveigs aufdringliche Fragen schockierten mich nicht nur, sondern steigerten meine Anspannung bis zum Äußersten. Sie wollte alles wissen, wann, wo und wie ich Billy kennengelernt hatte, was ich von meinen Schwiegereltern hielt (die um diese Zeit ihre Rückkehr nach Washington vorbereiteten) und ob wir gemeinsam nach Amerika fahren würden. Wo unsere erste Begegnung stattgefunden hatte. Und in welchem Augenblick genau mir aufgegangen war, dass ich ihn liebte. Sie fragte, warum wir nur standesamtlich geheiratet hätten, und deutete an, dass sie herausgebracht hatte, dass ich bei der Trauung keinen Schleier hatte tragen dürfen.

Ich wand mich vor Unbehagen, beantwortete ihre Fragen, so gut ich konnte, tastete mich blind vor. Wir hätten uns besser darauf vorbereiten müssen, dachte ich immer wieder. Bisweilen lag ich nachts wach und versuchte, mir vorzustellen, was Solveig als Nächstes fragen würde und was dann als akzeptable Antwort gelten könnte. Aber wenn Solveig kichernde Fragen nach dem »Nest« und »amerikanischen Fertigkeiten« stellte, sagte ich Stopp. Diese Fragen hätte ich auch dann nicht beantwortet, wenn ich es gekonnt hätte. Solveig lachte nur und nannte mich prüde.

Trotzdem ertappte ich mich immer häufiger dabei, dass ich

hoffte, Solveig werde auftauchen. Sie machte einen auf seltsame Weise süchtig, vielleicht weil nicht einmal ein I-Ah wie ich mich in düsteren Gedanken begraben konnte, wenn sie in der Nähe war. (Denken war ja ohnehin unmöglich.) Die Entbindung rückte näher, und auch meine geliebten Bücher konnten mir die Angst vor diesem Tag nicht nehmen. Als sich meine Gebärmutter senkte, bombardierte ich Solveig mit all den Fragen, die ich meiner Mutter nicht stellen konnte.

Außerdem entdeckte ich Risse in Solveigs glatter Fassade. Es hatte seine Gründe, dass sie sich so verzweifelt nach Gesellschaft sehnte. Ich behalte die Details für mich, ich will hier schließlich meine Geschichte erzählen, aber auf jeden Fall gefiel sie mir besser, als sie anfing, mir leidzutun. Und als die Wehen einsetzten, hätte ich mich am liebsten von Solveig ins Krankenhaus begleiten lassen. (Aber ich fragte sie nicht.)

32

Jessica ertappt sich manchmal dabei, wie sie sich über den Bauch streicht, wenn die Großmutter über das Kind schreibt. Ihre Leben verschwimmen. Die Großmutter, die bald Jessicas Vater auf die Welt bringen wird. Jessica, die nie das Kind bekommen hat, das sie erwartete. Wenn sie nicht eine Fehlgeburt erlitten hätte, hätte sie jetzt ein Kind von fünf Jahren. Wäre sie dann weniger labil? Glücklicher? Oder würde sie überhaupt nicht damit klarkommen?

Ab und zu ist die Trauer um die Großmutter so stark, dass sie das Gefühl hat, zu zerbrechen. Das Buch scheint ihre eingefahrenen Rollen aufzulösen. Die Großmutter ist mehr als eine Großmutter, Jessica mehr als eine Enkelin.

Jessica spricht manchmal laut mit ihr, spürt aber nichts, niemand scheint zuzuhören, nur ihre eigene Stimme hängt noch in der Luft. Sie ist verlegen und sucht etwas, mit dem sie sich beschäftigen kann.

33

Bei seiner Geburt hatte dein Vater in meinen Augen eine umwerfende Ähnlichkeit mit seinem biologischen Vater. Aber niemand schien etwas zu bemerken, als Billy den Kleinen in seine großen starken Arme nahm.

Er wurde Robert getauft, nach Billys Vater, der diesen Namen seinerseits seinem Großvater verdankte.

Ich war nicht so hin und weg von Robert, wie ich es erwartet hatte (wie ich fand, dass es von mir erwartet wurde). Ich hatte Angst, zu einer Kopie meiner eigenen Mutter zu werden, selbstsüchtig und distanziert. Da ich nicht sofort spürte, wie mein Mutterinstinkt zum Leben erwachte, schienen meine Befürchtungen sich zu bestätigen. Dieses neue kleine Wesen kam mir so unwirklich und fremd vor. Eben noch war er in meinem Bauch gewesen, und ich hatte ein Band zwischen uns gespürt, als könnte die Nabelschnur Gefühle und primitive Gedanken übertragen. Jetzt mussten wir einander neu kennenlernen.

Erst als wir nach Hause kamen, wurde ich ein wenig lockerer. Ich ging davon aus, dass ich zumindest die praktischen Aufgaben einer Mutter bewältigen konnte. Unser stummes, leeres Zuhause war wie verwandelt und plötzlich von Leben erfüllt. Meine Eltern kamen zu Besuch. Billys Eltern schauten ein letztes Mal vorbei, ehe sie sich nach Amerika einschifften. Solveig tauchte auf, die Arme voll mit Gunnars Kleidungsstücken, aus denen er herausgewachsen war, und abgenutzten Spielsachen. Alte Schulkameradinnen meldeten sich, nachdem sie die Anzeigen in den Zeitungen gesehen hatten. Aber am schönsten war, dass Viktor und Billy fast jeden Abend zu Hause verbrachten. Ich hätte die erste Zeit ohne ihre Hilfe niemals bewältigen können, und ich nahm die Hilfe dankbar an.

Und schließlich geschah es. Als ich aufhörte, nervös auf diese instinktive, unmittelbare Mutterliebe zu warten, stellte sie sich ein. Bisher hatte ich die Vorstellung, dass Gefühle im Herzen wohnen, nie verstanden. Wenn überhaupt, schienen sie den Bauch zu beeinflussen. Aber jetzt begriff ich, denn ich spürte, wie mein Herz vor Stolz auf Robert überlief. Und im Herzen stellten sich sofort alle meine Ängste ein, sowie ich mit Robert allein war.

Ich fuhr vorsichtig mit den Fingern über die Fontanellen und schauderte bei dem Gedanken, wie zerbrechlich dieses Leben war, für das ich die Verantwortung trug. Ich stellte mir vor, wie er auf den Boden fiel. Wie ich beim Kochen einen Topf fallen ließ und ihn mit kochendem Wasser verbrühte oder wie mir Messer auf unerklärliche Weise aus der Hand fielen und ihn, während sie durch die Luft segelten, durchbohrten.

Ich liebte Robert mehr, als ich in meinem Leben jemanden oder etwas anderes geliebt hatte. Es gab einfach keinen Vergleich. Ich liebte ihn so sehr, dass es mir Angst machte, und ich schwor mir, dass ich ihn bei allem, was er wollte, ermutigen und ihn immer bedingungslos lieben würde.

Ich konnte nicht genug von ihm bekommen. Wenn er wach war, drückte ich ihn an mich, wenn er schlief, überprüfte ich nervös seine Atemzüge und sehnte mich danach, dass er aufwachte. Ich konnte mich an ihm nicht sattsehen, konnte nicht aufhören, an seinem Nacken zu schnuppern. Robert war ein ungewöhnlich schönes Kind (ich war schon fast so selbstzufrieden wie Solveig, mit dem einzigen Unterschied, dass ich allen Grund dazu hatte), und als er ein halbes Jahr alt war, wusste er genau, wie er alle Welt bezaubern konnte. Die Lachgrübchen, das gurgelnde Lachen … ich beobachtete atemlos jeden Schritt seiner Entwicklung, seine Gesichtszüge und die Persönlichkeit, die heranzuwachsen begann.

Wenn ich auf diese Zeit zurückblicke, hinterlässt das bei mir einen bittersüßen Nachgeschmack (bittersüß, ein Wort, das ich eigentlich verabscheue, das aber als einziges dieses Gefühl korrekt wiedergibt). Es kam mir damals so vor, als sei Robert ein Teil von mir, das Beste in mir habe sich zu einem neuen, perfekten Wesen geformt. Das neue Band zwischen uns war so stark, dass ich mir nicht vorstellen konnte, dass etwas es jemals zerreißen könnte.

Heute ist dein Vater in vieler Hinsicht ein Fremder für mich. Mit den Jahren entwickelte er sich zu jemandem, den ich nicht verstand.

1968 waren er und Gunnar schon kleine Spießer, konservative junge Studenten, die sich der Naivität und der regelwidrigen Ansichten ihrer Altersgenossen schämten, die, wenn sie ihren Willen bekommen hätten, den Verfall der Gesellschaft verursacht hätten. Ironischerweise sind Robert und ich beide zur falschen Zeit geboren worden. Auf genau solch ein Kind wie er hatten meine Eltern gehofft. Viktor und ich dagegen hätten ganz andere Möglichkeiten gehabt, wenn wir gegen Ende der sechziger Jahre jung gewesen wären, als die alten Konventionen zum ersten Mal ins Wanken gerieten.

Es war vielleicht nicht so sehr eine Ironie des Schicksals als pure Logik: Konservativ zu werden, war die Revolte deines Vaters gegen seine Kindheit.

Aber das alles wusste ich damals ja noch nicht. Ich war nur eine frischgebackene Mutter, die zum ersten Mal bedingungslose Liebe gab und empfing, wie ich es vorher noch nie erlebt hatte.

34

»Mein Gott, was für ein Schicksal«, sagt Petra.

»Und ich habe noch nicht einmal alles gelesen.«

Sie schweigen eine Weile. Petra kam ihr nie weiter weg vor, Jessica kann im Hintergrund Enzos schockierend erwachsene Stimme und eine zarte Mädchenstimme hören. Das Klappern von Besteck. Hip-Hop-Beat. Petras Welt ist erfüllt von Leben und Bewegung.

»Ich bin allein und trinke Wein«, sagt Jessica.

»Ach. Ich bin doch bei dir«, antwortet Petra.

Jessica fängt an, entsetzlich zu weinen. Die Limonadenflasche ist am Ende doch explodiert und wird zu einer zischenden Kaskade aus Rotzblasen.

»Ich hätte es schon früher erzählen sollen. Es ist nur, dass … es war wie ein Vertrauensbeweis von meiner Oma, und ich wollte erst herausfinden, was ich eigentlich davon halten sollte, ehe ich darüber sprechen wollte, aber mir wächst das alles über den Kopf, und ich weiß mir einfach keinen Rat mehr, ich weiß gar nichts. Ich kann nicht mehr klar denken, du musst mir helfen.«

Sie fährt sich mit dem Handrücken über die Nase. Zieht den Rotz mit einem widerlichen feuchten Geräusch hoch. Sie will nicht daran denken, wie sich das in Petras Telefonhörer anhört.

»Noch ein paar solcher Abende, und du kannst mich einliefern lassen«, sagt Jessica.

»Ich glaube, da brauchen wir uns keine Sorgen zu machen.«

»Sei dir nicht so sicher. ›Wein trinken‹ war noch schön ausgedrückt, im Grunde nuckele ich die ganze Zeit an der Flasche.«

Jessica versucht zu lachen.

»Erzähl, was das Problem ist«, sagte Petra.

»Außer allem anderen?«

Jessica zündet sich unter der Dunstabzugshaube, die wie ein Düsenflugzeug brummt, eine Zigarette an. Genau bei dieser Frage braucht sie ja Hilfe. Denn was ist eigentlich das Problem?

»Ich habe Billy und Viktor gesagt, sie sollen sich zum Teufel scheren«, sagt sie.

»Na gut.«

Petra klingt abwartend.

»Ich weiß, ich müsste das alles von ihrem Standpunkt aus sehen. Für sie war es ebenfalls nicht leicht, sie hatten sich das auch nicht so ausgesucht, blablabla ...«

»Aber?«

»Aber sie hätten es mir viel früher sagen müssen.«

»Das lag vielleicht nicht nur an ihnen. Deine Großmutter hat es dir ja vorher auch nicht erzählt.«

»Ich weiß. Aber ich kann auf meine Oma nicht wütend sein.«

Jessicas Zwerchfell zittert, weil sie einen neuen Weinkrampf bekommt, aber sie kann das Weinen unterdrücken.

»Ich erkenne mich in ihrem Leben zu sehr wieder. Es ist so schwer zu erklären. Als ob ich meiner Oma jetzt näher wäre als zu ihren Lebzeiten. Ich sehe sozusagen den Menschen. Verstehst du das, oder rede ich wirres Zeug?«

»Nein, ich verstehe das durchaus. Aber wo siehst du die Ähnlichkeiten?«

Jessica schnieft wieder. Legt eine Handfläche auf den

kühlen Marmor der Kochinsel, fährt über die glatte Oberfläche.

»Weißt du noch, wie wir zu Mittsommer darüber gesprochen haben, dass die Frauen in der Generation meiner Oma vielleicht alle so waren?«

»Ja.«

»Ich weiß nicht, ob ich das glaube. Meine Oma hätte vielleicht ein ganz anderer Mensch sein können, wenn das alles nicht passiert wäre. Als sei sie aus der Bahn geworfen und gezwungen worden, jemand anderes zu werden als ursprünglich geplant. Und ich … vielleicht ist mir das auch passiert. Nach Jakob.«

»Ihr habt ganz andere Voraussetzungen«, sagt Petra. »Sie hatte ganz andere Möglichkeiten, ihre Lage zu beeinflussen, und mit ›ganz andere‹ meine ich ›keine‹.«

»Ich habe mich nicht dafür entschieden, Jakob über den Weg zu laufen.«

»Nein, und scheiße, dass dir das passiert ist. Aber es wäre gefährlich, zu glauben, dass du deine Großmutter bist. Du kannst entscheiden, wie alles, was passiert ist, dein Leben beeinflussen soll. Das ist der Unterschied.«

Jessica hört im Hintergrund Enzo nach seiner Mama rufen. Sie hofft, dass Enzo nicht über sie das Gleiche denkt, was sie immer über Solveig gedacht hat, dass sie eine egoistische Zeitdiebin ist.

»Aber ich kann Jakob einfach nicht vergessen! Ich habe wirklich geglaubt, dass ich ihn vor Mittsommer an der Tankstelle gesehen habe. Ich war so sicher, dass er es war, Petra. Er ist wie ein Gespenst, das ich nicht abschütteln kann, egal, wo ich auch bin. Ich bin hier von Gespenstern umgeben.«

»Jessica. Ich finde, du solltest nach Hause kommen. Alles ein wenig aus anderer Perspektive sehen.«

Es klingt seltsam, wenn Petra von »nach Hause kommen« redet, und zu wissen, dass sie Stockholm meint.

»Kannst du nicht lieber herkommen?«

»Enzo ist nächste Woche bei Carlo. Ich kann am Sonntagabend kommen. Aber kommst du so lange zurecht?«

»Aber sicher doch. Ich bin nur ein bisschen müde heute Abend. Es hört sich vielleicht schlimmer an, als es ist.«

Sie versucht, selbstsicher zu klingen. Sie beenden das Gespräch, und Jessica drückt die Zigarette aus, die sich, nach dem ersten Zug unberührt, in eine lange Aschensäule verwandelt hat.

Sie steckt sich eine neue an.

35

Die Vergänglichkeit wurde mir viel deutlicher bewusst, als ich Robert heranwachsen sah. Er erlebte sein erstes Weihnachtsfest und wurde gleich danach ein Jahr alt. Es folgten weitere Geburtstage, Weihnachtsfeste, und Viktor dokumentierte alles mit seiner Kamera. Robert fing an zu sprechen, was ihm eine weitere Möglichkeit gab, mein Herz vor Zärtlichkeit zum Schmelzen zu bringen.

Wir wurden zu einer Familie, während die fünfziger Jahre an uns vorbeirauschten. Stockholm war plötzlich zu einer Baustelle geworden, voller Gruben, die man auf wackeligen, zufällig installierten Brücken überqueren musste. Die Städteplaner drückten ihre Lex Norrmalm durch, die ihnen das Recht gab, Ladenbesitzer zu vertreiben und die Häuser in der Innenstadt abzureißen. Das ohrenbetäubende Schaben der Baggerschaufeln, die unterirdischen Sprengungen und das Dröhnen der Dampframmen waren auch in unserer Wohnung zu hören und zu spüren.

Die meisten, auch Viktor und Billy, waren empört über diese Modernisierung, aber ich sah keinen Grund zur Nostalgie, solange Gamla stan nicht bedroht war. Alle vergaßen in ihrer Hysterie, dass viele der Häuser im Klara-Viertel baufällig, heruntergekommen waren, keine sanitären Anlagen besaßen und dass die Straßen so gut wie unpassierbar waren. Erst als mir aufging, wie viel von der Seele der Stadt verloren gegangen war, bereute ich, dass ich nicht protestiert hatte.

Heute wirken die fünfziger Jahre so idyllisch, aber es war eine Zeit großer Umbrüche, und ich denke oft daran, dass Robert niemals die Zeit vor der Atombombe erlebt hat. Immerzu schwebte der Kalte Krieg über uns wie ein Damoklesschwert, wie eine unterschwellige Bedrohung, eine still vor sich hin schwelende Glut, die sich jederzeit entzünden und die ganze Welt mit sich in das Flammenmeer reißen konnte. Frankreich, Großbritannien, die USA und die Sowjetunion hatten Wasserstoffbomben, die noch entsetzlicher waren als die Bomben, die Hiroshima und Nagasaki vernichtet hatten, und ich las voller Schrecken über die Atomtests in der Wüste von Nevada, über die sowjetischen Panzer, die durch Osteuropa rollten, und die Atom-U-Boote, die unter dem Eis des Nordpols hindurchtauchten. Unter Björns Garten wurde ein gigantischer Luftschutzraum gebaut, der bei Ausbruch eines Atomkrieges der Strahlung angeblich widerstehen konnte. Die Welt schien zum Untergang verdammt.

Und in Stockholm wuchs die Gewalt, es gab Jugendbanden und Krawalle. Trinker jubelten über die Abschaffung des Rationierungsbuches für Schnapseinkauf, und Bankräuber sprengten die Safes mit Dynamit auf. Als eine Reisetasche mit dem Leichnam einer sexuell misshandelten Fünfjährigen gefunden wurde, fragte ich mich wirklich, wo das alles noch enden sollte.

Ich erzähle dir das alles, weil ich es für meine Pflicht halte, dir klarzumachen, dass die Welt nicht unwiderruflich auf dem Weg in die Finsternis ist. Die Finsternis war immer schon da. Und wir müssen uns ihr stellen.

Ich konnte das damals nicht, und das hing sicher auch mit dem Leben zusammen, das ich führte. Ich habe niemals die fünfziger Jahre erleben dürfen, über die viele meiner Altersgenossen heute reden, mit späten Nächten in Tanzlokalen und regelmäßigen Kinobesuchen. In dieser Zeit herrschte ein Zukunftsglaube, der auf technischem Fortschritt, blühender Konjunktur und unendlichen Möglichkeiten beruhte. Stattdessen schrumpfte meine Welt zu einer leicht verwundbaren Blase, die um jeden Preis verteidigt werden musste, damit sie nicht platzte. Während die Welt außerhalb meines Wohnviertels immer fremder und beängstigender wirkte, lebte ich zudem mit der stetigen Furcht, dass unser getroffenes Arrangement auffliegen könnte.

Homosexualität war ein brenzliges Thema, als Robert ein kleiner Junge war. Wenn du die Schlagzeilen von heute für reißerisch hältst, dann hättest du die Überschriften von damals sehen sollen. Sensationslüstern berichteten die Zeitungen von Homosexorgien, Zusammenstößen, Verhören und unhaltbaren Zuständen. Den Homosexuellen wurde vorgeworfen, dass sie Leute mit dem Tod bedrohten, den Teufel anbeteten und Sklavenhandel betrieben. Homosexualität wurde seit Neuestem nicht mehr strafrechtlich verfolgt, und sie galt nunmehr als angeborene Krankheit. Jetzt verbreitete sich die Angst, die Homosexuellen könnten Kinder ins Verderben locken. Eine Vertreterin des schwedischen Mütterverbandes, der gegründet worden war, um dieser entsetzlichen Entwicklung entgegenzutreten, versuchte, mich als Mitglied zu werben. Obwohl ich ablehnte, hatte ich größere Zweifel, als ich zugeben mag, und Angst, dieses »nein danke« könne ausreichen, um mich und meine Familie verdächtig zu machen.

Viktor und Billy sprachen natürlich über diese Entwicklungen, oft sogar mit einem belustigten Lächeln. Sie wirkten vollkommen unberührt, vielleicht, weil die Hetzartikel so übertrieben waren, dass sie sie nicht ernst nehmen konnten. Mir dagegen brach der kalte Schweiß aus, wenn ich beim Fleischer Gespräche zwischen Hausfrauen aufschnappte. Ich hatte Angst, dass ich jederzeit mit Heugabeln, die im Schein der lodernden Fackeln leuchteten, aus meinem Heim vertrieben werden könnte. Zu dieser Zeit entwickelte ich eine schreckliche Angst vor der Dunkelheit, darin kanalisierte sich alles, wovor ich mich bei Tageslicht fürchtete. In manchen Nächten klopfte ich bei Viktor an und bat ihn und Billy herüberzukommen. Billy war in der Bank inzwischen mehrmals befördert worden, saß aber dennoch die halbe Nacht mit uns zusammen, redete und trank Tee.

Wie du weißt, hatte auch ich meine Vorurteile gehabt, aber diese wurden mir nun ausgetrieben, als ich immer mehr »Perverse« kennenlernte. Als Robert alt genug geworden war, um ab und zu bei meinen Eltern zu übernachten (die sich zu meiner Überraschung mit großer Begeisterung in ihre Rolle als Großeltern stürzten), luden Billy und Viktor ihre Freunde zu großen Festen zu uns ein. Dieser bunt zusammengewürfelte Haufen wurde nach und nach auch zu meinen Freunden. Ich gewann Einblick in eine geheime Welt, die, unsichtbar für meine unwissenden Augen, die ganze Zeit existiert hatte. Keiner von ihnen schien über die Fassade unserer Familie zu staunen, und mir ging schließlich auf, dass unsere Verhältnisse durchaus nicht einzigartig waren.

Ein Doppelleben zu führen, war damals einfacher, als du es dir vielleicht vorstellen kannst; die Welten von Männern und Frauen lagen noch immer so weit auseinander, dass man sich peinlichen Fragen sehr leicht entziehen konnte. Aber einige Frauen, die bisweilen bei uns zu Hause auftauchten, wussten wie ich über ihre Männer Bescheid. Obwohl so viel über Homosexuelle gesprochen und geschrieben wurde oder vielleicht gerade weil das Bild, das dabei vermittelt wurde, dermaßen übertrieben war, waren die meisten »normalen« Menschen überraschend ahnungslos, was ihre Nachbarn, Verwandten und Freunde anging.

Du hättest dabei sein sollen, Jessica. Ich glaube, es hätte dir gefallen. Wenn Viktor und Billy in der richtigen Stimmung waren, veranstalteten sie üppige Festmähler, mit Männern im Frack oder übertrieben eleganter Festkleidung. Es war ein Schauspiel, es war Theater, mit einem klaren Unterschied zwischen Tunten und Kerlen. Da ich die Leute ausschließlich bei uns zu Hause erlebt habe, kann ich das auch nur aus dieser Perspektive analysieren, und vielleicht irre ich mich ja, aber in meinen Augen wirkte es, als ob viele die männlichen beziehungsweise weiblichen Attribute nutzten, weil nicht einmal sie sich zwei »männliche« Männer zusammen vorstellen konnten. So grundlegend waren damals die Vorstellungen von den Geschlechtern. Was dagegen fehlte, und das war anfangs für mich mindestens ebenso schockierend, waren deutliche Klassenunterschiede. Zu uns kamen die gut betuchten schnöseligen Schwulen von Östermalm und Arbeiterjungs aus Södermalm. Ihre Beziehungen waren flüchtig, da sie im Verborgenen bleiben mussten, aber intensiv.

Ihr Jargon war herzlich, aber überaus grob, und oft saß ich stumm an meinem Tischende, errötend oder idiotisch glotzend. Ich glaube, dieser besondere Humor diente als Verteidigungshaltung gegen die Welt außerhalb des sicheren Freiraums, den unsere Wohnung bot. Tief versteckt hinter den kessen Sprüchen fand ich eine Schicht aus Trauer, die auch ich in mir selbst wiederfand. Am Ende sah ich ein, dass wir in einem Boot saßen. Die Welt war nicht geschaffen für solche wie uns. Das Einzige, was uns übrig blieb, war, ihr voll ins Gesicht zu lachen.

Der große Unterschied zwischen ihnen und mir war natürlich der Sex. Das heißt, sie hatten ihn und ich nicht. Mit jedem Jahr, das verging, dachte ich weniger an diese Art von Liebe. In meinem Leben gab es nichts, das solchen Gefühlen Nahrung geben konnte, und ich ließ sie verwelken und unbemerkt sterben.

Ich hatte jetzt eine andere Art von Familie, wenn auch eine überaus unkonventionelle. Die Feste waren wie bizarre Familientreffen, bei denen wir uns die Verwandtschaft selbst aussuchen durften.

Der Kontrast zwischen unserem heimlichen und dem alltäglichen Leben, das ich dem Rest der Welt präsentierte, war so stark, dass mir bisweilen schwindlig wurde. Solveig und ich kamen uns immer näher. Manchmal spielte ich mit dem Gedanken, ihr die Wahrheit zu sagen, aber ich hatte keine Ahnung, wie. Früher oder später gab ich den Plan auf, mich »zu outen«. Es war das Risiko nicht wert. Vor allem, da Robert und Gunnar unzertrennlich geworden waren. Gunnar war zwei Jahre älter, und Robert bewunderte ihn fast schon abgöttisch. Sie entwickelten sogar eine eigene Sprache, die sie Schweinedeutsch nannten, ein unbegreifliches Kauderwelsch, mit dem sie auf wundersame Weise kommunizierten.

Wir achteten sehr darauf, unsere Geheimnisse aus Roberts Leben herauszuhalten, aber ich hatte immer wieder gehört, dass Kinder viel mehr begriffen, als wir annehmen, und ich hatte Angst, seine unsichtbaren Antennen könnten Signale auffangen, die wir nicht registrierten. Ich stellte mir vor, wie er in Solveigs Küche mit Gunnar spielte und plötzlich etwas über seinen Papa und Onkel sagte, das Solveigs Verdacht erregen könnte.

Es war schwer, eng mit jemandem befreundet zu sein, vor dem ich wesentliche Teile meines Lebens geheim halten und gegenüber dem ich Geschichten ersinnen musste. Ich war dauernd auf der Hut. Ab und zu glaubte ich, in Solveigs Bemerkungen über Billy einen sarkastischen Unterton oder in einer scheinbar unschuldigen Frage eine versteckte Falltür zu ahnen.

36

Jessicas Hände tun weh, und bestimmt wird sie morgen Blasen haben, sie hätte von Anfang an Gartenhandschuhe tragen sollen. Dennoch setzt sie die Jagd auf den Löwenzahn mit manischer Entschiedenheit fort. Die Rasenfläche um die Beete ist zu einem Schlachtfeld geworden, das aussieht, als wäre es mit Bombentrichtern übersät. Das starrköpfige Unkraut hat seine Wurzeln in ganz Schonen ausgebreitet. Sie kann diesen Krieg niemals gewinnen, es ist eine zum Misserfolg verdammte Vendetta, aber sie hackt weiter im Boden, schüttelt Erdklumpen auseinander, zieht und zerrt an Wurzelfäden. Der Haufen aus hingerichtetem Unkraut wächst in dem babyblauen Plastikkorb, den sie mit sich durch die Kriegszone zieht. Bei jeder neuen Leiche überkommt sie ein Gefühl der Befriedigung. Die Konzentration auf das, was sie gerade macht, ist fast meditativ und hilft ihr, die Gedanken für einige Zeit auf Distanz zu halten.

Jessica wischt sich den Schweiß von der Stirn. Sie hat den ganzen Morgen und den halben Mittag gebraucht, um die Antworten für die Ratgeberspalte für diese Woche zu schreiben. Sie saß in der Jugendherberge Sjöbacka, auf ihrem üblichen Platz in der Bibliothek, und starrte die überbordenden Textmassen auf dem Bildschirm an, während sie ein Gefühl der Sinnlosigkeit überkam.

All diese Probleme. Ja, das hat sie sich schon früher gefragt: Wer ist sie, dass sie anderen Leuten Ratschläge erteilt? Ironischerweise hat sie alles andere als ein gut funktionierendes Privatleben. Die Frage ließ sie nicht mehr los und blockierte sie total. Sie verdient mindestens dreimal so viel wie eine Durchschnittsschwedin – eine Frau, die wirklich arbeiten muss! Und für was bekommt sie das Geld? Für qualifizierte Mutmaßungen, vage Formulierungen, sie gibt Antworten auf die privatesten Probleme anderer Menschen, die so allgemeingültig wie möglich klingen sollen. Sie schickt ihre Texte in den unpersönlichen Äther und erfährt nie, wie es weitergeht.

Jessica hackt wütend auf den Boden ein, gräbt die Grassoden im weiten Umkreis um eine große Löwenzahnansammlung aus. Im Buch ist die Großmutter noch immer jünger als Jessica jetzt, und sie hat schon so viel erlebt. Die Großmutter steckt fest in einer Situation, die nach finsterstem Mittelalter klingt, und doch liegt diese Zeit nur zwei Generationen zurück. Ihr Leben wurde ihr zugeteilt, und sie musste das Beste daraus machen. Auch heute kann das noch passieren. Menschen werden misshandelt, können sich eine Scheidung nicht leisten oder haben Angst, das Sorgerecht für ihre Kinder zu verlieren, wenn sie jemand anderem nicht gehorchen. Aber nur ein kleiner Prozentsatz von ihnen schreibt an Jessica. Die meisten sind moderne Menschen aus der Mittelklasse, die eigentlich niemand zu etwas zwingen kann.

Jessica erhebt sich, ihre Beine sind steif. Sie streckt sich, versucht, Leben in ihre erstarrten Hände zu schütteln. Ihre Schultern sind verspannt. Abends wird sie vor Schmerz schreien.

Sie geht ins Badezimmer, um zu duschen, ehe sie einkaufen fährt. Sie reißt sich die Kleider vom Leib. Im Spiegel sieht sie, dass ihr schweißnasses Gesicht mit Erde verschmiert ist. Ihre Augen leuchten, ihre Haare stehen nach allen Seiten ab. Unter ihren Nägeln hat sich Erde angesammelt, der Knöchel des kleinen Fingers blutet ein wenig. Sie mustert ihren nackten Körper wie den einer anderen. Das, was sie sieht, gefällt ihr zum ersten Mal seit langer Zeit.

Jessica sitzt im Auto, schließt ihren iPod an die Stereoanlage an und tanzt hinter dem Lenkrad zu einem alten Stück von Bruce Springsteen. Es erinnert sie an die erste Disco in der Schule und das diffuse Kitzeln, das die Zeile »This gun's for hire« immer in ihr auslöste.

Als sie durch den Ort Hammenhög fährt, sieht sie auf dem Bürgersteig einen Mann in einem grünen Overall. Ihr Herz macht wie immer einen Sprung. Als hätte ihr jemand eine Adrenalinspritze mitten hinein gegeben. Aber es ist nicht Jakob, dieser Mann hat nicht einmal Ähnlichkeit mit ihm. Er trägt nur einen ähnlichen grünen Overall.

Dieser verdammte Overall. Sie schaut noch einmal in den Rückspiegel und sieht auf dem Rücken den vertrauten Schriftzug: »Gärtnerei«. *Die liegt* – reflexartig blickt sie sich suchend um, während ihr Gehirn zwei Gedanken zu einer Kette verbindet – *auf der anderen Straßenseite.*

Ihr Gehirn versucht verzweifelt, sie aufzuhalten. Die Gedanken jagen wie galoppierende Pferde mit schweren Hufen durch ihren Schädel. Ihr Körper spannt sich an wie in Verteidigungshaltung. Fluchtreflex. *Tu das nicht, tu das nicht* ist die einzige zusammenhängende Botschaft, die die Pferdehufe ihr vermitteln können. Und doch fährt sie auf den Parkplatz der Gärtnerei. Steigt aus dem Auto, schließt es mit dem Funkschlüssel ab, während ihre Beine wie von selbst den Parkplatz überqueren.

Jessica sieht Jakob schon aus der Ferne. Kein Zweifel. Obwohl sie so oft *geglaubt* hat, ihn zu sehen, ist es etwas ganz anderes, ihn wirklich vor sich zu haben. Er hat sich vor die Tomatensträucher hingekniet und bindet sie an Bambusstöcke. Seine Wangen wirken fast hohl, sein Gesicht ist eckiger als früher. Durch die kurz geschorenen Haare kann man sich leicht den Schädel unter der Haut vorstellen. Er hat eine besorgte Falte zwischen den Augen, die sich vertieft, als er jetzt mit seinen groben Arbeitshandschuhen in der Erde herumwühlt. Fast schreckt sie zurück, als sie die frische waagerechte Narbe erblickt, die sich vom Auge

an der Tankstelle habe ich ihn nur im Profil gesehen

quer über die Wange zieht. Jakob sieht furchteinflößend aus. Wenn sie ihm spätabends in der Stadt begegnete, würde sie sofort die Straßenseite wechseln. Aber es ist Jakob, sagt sie sich. Er zieht sie an wie das Buch der Großmutter. Sie muss es wissen. Sie kann nicht anders.

Fast sechs Jahre bis zu diesem Moment.

Ihre Beine steigern ihr Tempo, bis sie in einen Stechschritt verfällt, während alle Gefühle aus ihr herausfließen.

Er hört ihre Schritte, schaut auf, als sie sich ihm ein gutes Stück genähert hat.

Und er *sieht* sie.

37

»Jakob!«, ruft sie.

Er schaut sich mit gespielter Verwirrung um. Sie ruft noch einmal, und dann steht sie vor ihm. Ihr geht plötzlich auf, dass sie keine Ahnung hat, was sie sagen soll. Was sagt man in einer solchen Situation? »Lange nicht mehr gesehen, was«?

Also schweigt sie, während er sich langsam aufrichtet und die Handschuhe abstreift.

»Kann ich irgendwie behilflich sein?«, fragt er, vorsichtig, als sei sie ein tollwütiger Hund, den man nicht erschrecken oder provozieren darf.

»Du kannst ja für den Anfang erzählen, wo du in den letzten fünf oder sechs Jahren gesteckt hast«, sprudelt es auf einmal wütend aus ihr heraus.

Sie braucht keine Anleitung, um zu wissen, was sie zu sagen hat. Nicht sie muss sich schämen.

Wieder flackert sein Blick. Die Verwirrung ist diesmal glaubwürdiger. Ihre Überzeugung gerät ein wenig ins Wanken. Ist es wirklich Jakob?

Ja, er ist es!

»Ich glaube, Sie verwechseln mich mit jemand anderem«, sagt er.

Sie kann seinen Akzent nicht einordnen. Aber seine Stimme ist dieselbe, die kann er nicht verstellen, es gibt keinen Zweifel.

»Hör auf!«, schreit sie.

»Es tut mir leid, aber ich glaube nicht, dass wir uns kennen«, sagt er.

»Du willst also behaupten, dass du gar nicht Jakob bist?«, fragt sie und stampft ungeduldig mit dem Fuß auf.

Sie hat sich diesen Moment unzählige Male vorgestellt, aber nicht so.

Er schüttelt den Kopf.

»Soll das heißen, du erkennst mich nicht wieder? Ich habe doch gesehen, dass du mich wiedererkannt hast.«

»Nur aus dem Fernsehen«, sagt er und klingt jetzt ein wenig verärgert.

Sie schaut ihn frustriert an.

»Was ist denn los mit dir? Wie kannst du abstreiten, dass du *du* bist? Wie kannst du ... Schuldest du mir nicht wenigstens ...«

Jessica kann den begonnenen Satz nicht zu Ende führen.

»Ich bin es doch!«, ruft sie dann.

Ihre Stimme ist schrill, hysterisch.

Er wühlt in den Taschen seines grünen Overalls, fischt eine abgenutzte lederne Brieftasche heraus.

»Hier ist mein Ausweis. Ich heiße Erik Andersson, und ich kann mich nicht erinnern, dass wir uns jemals begegnet wären. Ich bin sicher, dass ich mich daran erinnern würde. Sind Sie jetzt zufrieden? Denn ich wäre dankbar, wenn ich jetzt in Ruhe weiterarbeiten dürfte.«

Sie starrt den Ausweis an. Er sieht jung aus auf dem Foto, blickt mit ausdrucksloser Miene in die Kamera. Erik Andersson wurde 1972 geboren, zwei Jahre früher als Jakob.

»Ich weiß nicht, was ich sagen soll«, murmelt sie.

»Das macht doch nichts«, sagt Erik. »Offenbar hat dieser Jakob Sie irgendwann einmal verletzt. Aber ich kann nur beteuern, dass ich es nicht bin.«

»Sie sehen ihm einfach so ähnlich. Sie haben ja sogar die

gleiche Stimme«, sagt sie, in dem Versuch, ihm – und sich selbst – klarzumachen, dass sie nicht verrückt ist, dass das jedem hätte passieren können.

»Ist schon gut. Aber jetzt muss ich weitermachen.«

Er kniet sich wieder vor die Tomatenpflanzen.

»Es tut mir wirklich leid«, murmelt Jessica.

Sie kehrt Erik den Rücken zu und setzt sich mit schnellen Schritten in Bewegung, fast rennt sie zum Parkplatz. Sie lässt sich auf den Fahrersitz fallen, sucht in der Tasche nach den Tabletten, schluckt eine Atarax hinunter, den bitteren Geschmack im Mund wird sie den ganzen Heimweg über nicht los.

Sie fährt rasch, damit sie zu Hause ist, ehe die Tablette anfängt zu wirken und sie schläfrig macht.

38

Jessica, ich glaube, wenn es der Sinn dieses Buches ist, die Wahrheit zu erzählen, dann muss ich noch etwas gestehen. Ich hatte Gefühle für Billy, die völlig illusorisch waren. Wie töricht meine Träume auch gewesen sein mögen, so war ich doch das erste Mal wirklich verliebt.

Ich wollte mir das zuerst nicht eingestehen, aber manchmal fiel es mir schwerer als sonst, meine Gefühle zu ignorieren. In unachtsamen Momenten konnte ich mich in Träume verlieren. Manchmal sah ich ihn unten auf der Straße nach Hause kommen. Etwas in mir flackerte für einen Moment auf, und ich dachte: »Da kommt mein Mann. Da kommt mein gut aussehender Ehemann.« Andere Male, und das geschah oft, beobachtete ich ihn verstohlen. Ich war fasziniert von seinem Gesicht und versuchte mir einzureden, dass meine Konzentration auf all die Details durchaus nicht romantisch war. Ich betrachtete ihn nur wie ein Kunstwerk, ich wusste Schönheit eben ganz objektiv zu schätzen, das war alles.

Wenn Billy und Viktor abends zu sich hinübergingen oder wenn sie sich auf eine besondere Weise berührten, versuchte ich, mir weiszumachen, dass die Leere und die Wehmut, die mich überkamen, nichts mit Billy zu tun hatten, sondern mit meiner eigenen Einsamkeit.

Es ist schwer, zu erklären, wie es ist, jemanden zu lieben, der so weit weg, so vollständig unerreichbar und doch die ganze Zeit in der Nähe ist, dass man ihn unmöglich übersehen kann. Vielleicht verstehst du, was ich meine, aber um deinetwillen hoffe ich, dass du es nicht tust.

Als Robert in die Schule kam, hatte ich tagsüber größere Freiheiten. Es war ein ereignisreiches Jahr, und ich hatte zum ersten Mal die Möglichkeit, zu ergründen, wer die erwachsene Viola eigentlich war.

Ich fing an, mit Viktor ins Kino zu gehen. Er liebte Filme, vor allem mit Marlon Brando, Montgomery Clift, Rock Hudson und dem unlängst verstorbenen James Dean. Viktor und seine Freunde waren felsenfest davon überzeugt, dass diese Herren hinter den Kulissen Männer vorzogen, was ich nur mit großer Mühe glauben konnte.

Aus irgendeinem Grund galten nur die bestaussehenden Stars als homosexuell (es war ja wohl kaum ein Zufall, dass es über Mickey Roiney keine solchen Gerüchte gab), aber sie beharrten auf ihrer Überzeugung.

Ich selbst war besessen von Audrey Hepburn und schlich mich mehrere Tage hintereinander zu Frühvorstellungen von »Ein Herz und eine Krone«. Ich übernahm zum Teil ihren Stil, den straff gebundenen Pferdeschwanz und die Pullover mit dem breiten U-Boot-Kragen. Zum ersten Mal war ich mir meines Aussehens bewusst.

Solveig hatte inzwischen gelernt, auf Stöckelschuhen zu gehen. Als Marilyn Monroe ihren Durchbruch hatte, blondierte Solveig ihre Haare, bis sie wie steife Zuckerwatte aussahen. Sie hatte die passende Wespentaille, um die bekannten Busenwunder nachzuahmen, und mit Hilfe von Korsetts und Balconettekörbchen verwandelte sie sich in die Marilyn, Jayne, Sophia oder Gina von Gamla stan, und ihre engen Jumper und roten Lippen erregten (natürlich) Aufmerksamkeit. Und das fand sie (natürlich) wunderbar.

Ich zog einen um einiges diskreteren Stil vor, aber auch

ich entdeckte die Magie der Kleider. Dass ich mich dadurch in die verwandeln konnte, die ich sein wollte, dass ich Stimmung und Haltung verändern konnte. Ich klammerte mich daran, dass Billy mich einmal schön genannt hatte, und wagte zum ersten Mal, mit unterschiedlichen Stilen zu experimentieren. Nach und nach fand ich heraus, welche Farben mir standen, und endlich ging mir auf, dass Schuhe und Handtaschen noch andere Funktionen als rein praktische erfüllten. (Anfangs machte ich natürlich Fehler, zum Beispiel achtete ich auf übertriebene Weise darauf, dass Schuhe, Tasche, Hut und Regenschirm zueinanderpassten. Darin war ich unter meinen Altersgenossinnen jedoch nicht die Einzige.)

Je mehr mich das alles interessierte, desto häufiger dachte ich daran, was Billy bei unserer ersten Begegnung über den Stil der Schwedinnen gesagt hatte. Er hatte recht. Es mangelte an Variationen. Die ersten Samen zur Idee einer eigenen Boutique waren gesät worden.

39

Ich bin verdammt noch mal total verrückt. Jetzt knallt es endgültig in meiner Birne … aber ich muss es wissen.

Jessica biegt auf die Straße 9 ab, ihr Blick ist auf den Wagen vor ihr fixiert. Darin sitzt Erik Andersson, der von der Arbeit nach Hause fährt.

Sie kam zurück nach Solbacka, schlief auf dem Sofa ein, fuhr aber nach etwas über zwanzig Minuten aus dem Schlaf auf, mit einem Ruck, der ihr fast ein Schleudertrauma verpasst hätte. Der Stress war in den Schlaf eingesickert und hatte sie geweckt. Noch ehe sie die Augen geöffnet hatte, hatte sie das Gefühl, aus ihrer eigenen Haut zu kriechen.

Sie hörte auf zu denken, stand vom Sofa auf, ging hinaus zum Auto. Fuhr wieder in Richtung Hammenhög. Ihr Gehirn hatte sich ausgeschaltet, sie benahm sich wie eine Schlafwandlerin. Sie ist noch immer nicht ganz sicher, ob sie wirklich wach ist, und doch hat sie sich noch nie so wach gefühlt.

Sie hat den halben Nachmittag auf dem Parkplatz gesessen, den Blick auf die Gärtnerei gerichtet, bis sie sah, wie er in den weinroten Audi stieg, und jetzt verfolgt sie ihn wie eine Amateurdetektivin.

Was glaubst du, was passieren wird, Jessica? Meinst du, du bekommst auf diese Weise eine Antwort?

Sie weiß nur, dass sie nicht länger zu Hause sitzen und sich den Kopf zerbrechen will.

Sie muss etwas unternehmen.

Sie fahren an weitläufigen Äckern vorbei, an ordentlichen Reihen aus Zuckerrüben, Weizen- und Haferfeldern, eingerahmt von leuchtenden Kornblumen. An Kunstwerkstätten, die dicht an der Straße liegen, mit Wimpeln in den Farben Schonens und handgeschriebenen Schildern, die Touristen in die Geschäfte mit mundgeblasenen Vasen, Landschaftsmalereien und bestickten Teewärmern aus Filz locken sollen.

Sie versucht, Abstand zu halten und ihn nicht aus den Augen zu verlieren, gleichzeitig will sie unentdeckt bleiben.

Und wenn ich mich irre und es nicht Jakob ist?

Aber als ich gesehen habe, wie er ins Auto gestiegen ist, war ich wieder ganz sicher. Ich brauchte nicht einmal sein Gesicht unter der tief in die Stirn gezogenen Mütze zu sehen. Auch ein Körper hat Charakter. Ich kenne seinen.

Vor ihr ragen die großen weißen Windräder auf. Sie mag sie und die Sauberkeit, für die sie stehen. Als sie jünger war, hat sie sich vorgestellt, dass diese Räder den gesamten Erdball antreiben, eine gigantische Flugmaschine auf ihrer unvorstellbar langen Bahn, achthundert Stundenkilometer.

Sie wird langsamer, als sie sich dem Kreisverkehr nähern, wo die 9 auf die Straße nach Ystad trifft. Der Audi fährt weiter in Richtung Simrishamn. Jessicas silberfarbener Wagen dahinter, wie ein Speer, der durch die Luft auf sein Ziel zuschnellt. Bald haben sie den Ortskern erreicht, die beiden Autos holpern über die Pflastersteinstraße, die nach Simrishamn hineinführt.

Als sie das Zentrum erreichen, wird der Audi schneller und verschwindet hinter einer Anhöhe.

Jessica gibt Gas, wagt aber nicht, in den engen Gassen schnell zu fahren. Sie versucht, in Gedanken einen Stadtplan zu zeichnen, ihn vor sich zu sehen, klar zu denken. Der Ort ist verwinkelt, voller Einbahnstraßen, Fußgängerzonen und

Wendehämmer. Sie hält fieberhaft in alle Richtungen Ausschau. Sieht sein

Jakobs!

Auto einen Hang zum Parkplatz des Billigladens hinunterfahren. *Verdammt.* Sie hat knapp die Ausfahrt verpasst. Jessica schaut sich um, reißt den Wagen unbeholfen herum und schert auf die andere Fahrspur aus, gibt vorsichtig Gas auf dem Hang, der zum Parkplatz hinunterführt.

Ihr Herz hämmert.

Auf dem Parkplatz stehen überraschend wenige Autos.

Es ist zu heiß, alle wollen am Strand liegen.

Sie hält an, schaut sich um. Kein Audi. Hat er den Parkplatz überquert und ist weitergefahren? Ihre Finger trommeln wütend auf das Armaturenbrett. Sie späht in das halbdunkle Parkhaus. Dreht das Lenkrad.

Dort stehen die Wagen dichter nebeneinander, geschützt im kühlen Schatten. Sie reißt sich die Sonnenbrille herunter und fährt in das Parkhaus hinein. Ihre schweißnassen Hände rutschen über das Lenkrad.

Ein übergewichtiger Mann mit bloßem Oberkörper und Strandlatschen steht bei einem Volvo Kombi, packt prall gefüllte gelbe Plastiktüten in den Kofferraum und wirft einen missbilligenden Blick auf ein Auto, das mit laufendem Motor zwischen ihm und Jessica steht. Sie holt Luft, kneift die Augen zusammen. Der Audi.

Sie fährt langsam näher.

Der Mann lässt sich auf den Fahrersitz seines Volvos fallen. Zieht die Tür hinter sich zu.

Als der Volvo langsam im Rückwärtsgang aus der Parknische herausfährt, macht der Audi einen Satz nach vorne und stößt fast mit dem Volvo zusammen. Dieser kommt abrupt zum Stillstand, der Fahrer drückt auf die Hupe, und sein Gebrüll wird von den Betonwänden zurückgeworfen, aber der Audi kann sich vorbeizwängen, fährt mit quietschenden Reifen hinaus in den Sonnenschein und ist verschwunden.

Jessica schreit wütend auf, als der Volvo ihr den Weg verstellt. Der Fahrer schaut sie ebenso wutentbrannt an und scheint Gift und Galle zu spucken, während er rückwärts aus seiner Parklücke fährt. Jessica hinter ihm fühlt sich in die Enge getrieben.

Sie atmet schwer, hat das Gefühl, sie erwacht aus einem Traum, hört, wie sie in dem engen Auto schnauft. Ihre Arme fangen an zu zittern, und sie gleitet mit dem Wagen in die Parklücke, wo zuvor der Volvo gestanden hat. Sie traut sich nicht, weiterzufahren.

Sie schließt die Augen und lässt sich auf dem Sitz zurücksinken.

40

Ich entdeckte nach und nach, dass die neue, erwachsene Viola mutiger war, als ich gedacht hatte. Es gibt Grenzen, wie lange man in Angst leben kann. Am Ende hat man die Wahl, unter- oder weiterzugehen. Ich glaubte, mein heimliches Leben mache mich weltgewandter als die meisten anderen. Diejenigen, deren Meinungen ich bisher so gefürchtet hatte, betrachtete ich jetzt mit herablassendem Bedauern.

Ich fing sogar an zu rauchen, als die neuen Filterzigaretten auftauchten, eine Reaktion auf die ersten Berichte, dass Tabakrauchen gefährlich sein konnte. Meine Wahl fiel auf John Silver, und ich rauchte trotzig jeden Tag zwei Zigaretten. Ich schloss die Augen und stellte mir vor, dass ich Jeanne Moreau ähnelte, dem blasierten französischen Filmstar, der neben Hepburn mein großes Idol war.

Jetzt weiß ich natürlich, dass ich in vieler Hinsicht weiterhin ein Kind war. Aber gerade fünfundzwanzig geworden, fühlte ich mich als reife Frau, bereit, die nächste Lebensphase anzugehen. Das Einzige, was mein neues erwachsenes Selbstbild erschütterte, war die Woche im November, als die Hündin Laika mit Sputnik II ins All geschickt wurde. Eine Rückkehr des Satelliten war nicht vorgesehen. Ich dachte an Laikas Leichnam, der in der Kapsel unter stummen Sternen schwebte, und ich hätte wie ein kleines Mädchen weinen mögen, erlaubte mir das aber nicht.

Es war nur eine Frage der Zeit, bis Solveig zwei und zwei zusammenzählen würde, und es war naiv von mir gewesen, etwas anderes zu erwarten.

Ich glaube, dass ich Solveig über lange Phasen unserer Freundschaft hinweg unterschätzt habe, auf jeden Fall ihre Intelligenz. Das vergisst man leicht, denn Solveig ist eine Meisterin darin, sich kleinzumachen. Sie ist abhängig davon, ihr Publikum zum Lachen zu bringen, und wenn sie sich über sich selbst lustig macht, kann sie die anderen am leichtesten auf ihre Seite ziehen. Im Laufe der Jahre habe ich ihre Loyalität, ihr Mitgefühl und vielleicht vor allem ihre Rolle in meinem Leben unterschätzt. Jetzt, wo ich dabei bin, dieses Leben zu verlassen, geht mir auf, dass ich sie ebenso sehr vermissen werde wie die alten Jungs.

Solveig hatte natürlich gemerkt, dass wir oft Besuch hatten, und sie fing an, Fragen zu stellen. Ich begriff, dass sie im Grunde wissen wollte, warum sie nie eingeladen wurde. Ich beeilte mich zu sagen, dass wir vor allem Billys Geschäftspartner zu Gast hätten.

»Das sind ja äußerst ausgelassene Arbeitsessen«, murmelte Solveig, und mir war klar, dass das eine fadenscheinige Lüge gewesen war.

»Aber ab und zu kommen auch Freunde seiner Familie und Bekannte aus den Schwedischkursen. Und er und Viktor haben ja so viele gemeinsame Bekannte …«, fügte ich zögernd hinzu.

»Ja, wie haben die beiden sich eigentlich kennengelernt? Ich finde, sie sind ein reichlich ungleiches Paar«, sagte Solveig.

Ich zuckte bei dem Wort »Paar« zusammen und tat so, als würde ich überlegen.

»Das ist so lange her, ehe Billy und ich geheiratet haben, weißt du.«

Solveig nickte nur. Dass sie lächelte und schwieg, machte

mich viel nervöser, als wenn sie mich wie üblich mit Fragen bombardiert hätte. Dann wusste ich zumindest, was ich abzuwehren hatte. Dieses neue Schweigen kam mir viel bedrohlicher vor, und ich machte den großen Fehler, nervös loszuplappern.

»Ich glaube, die waren in dasselbe Mädchen verliebt. Ja, so war das wohl. Ist das nicht lustig? Ich weiß nicht mehr, wie sie hieß, sie ist jetzt verheiratet. Ich bin ihr nur einmal begegnet, und sie war eigentlich ziemlich hässlich, wenn ich ganz ehrlich sein soll, ich glaube, sie hatte sehr weit auseinanderstehende Zähne, groß wie Grabsteine. Ja, keiner von beiden hat ihr Herz erobert, stattdessen bekam jeder einen Freund fürs Leben. Ich glaube nicht, dass sie wirklich interessiert waren, es war wohl mehr ein Wettstreit ...«

So machte ich weiter, die kleine Plaudertasche, die einfach nicht den Mund halten konnte. (Billy und Viktor haben sich übrigens an einem späten Abend auf dem Strandväg kennengelernt, das war nichts Ungewöhnliches, wenn ich das richtig verstanden habe. Einsame Männer spazierten die Straße entlang, gaben vor, Schaufenster zu betrachten, baten um Feuer.)

Solveig sah mich weiter mit diesem vielsagenden Lächeln an, ein wenig, als musterte sie mich aus großer Entfernung, und ich sprang erleichtert vom Tisch auf, als Gunnar im Nebenzimmer Robert wütend anbrüllte. Ich stürzte hinüber, und Solveigs Blick brannte in meinem Nacken.

41

Petras Gesicht scheint von innen her zu glühen. Die untergehende Sonne leuchtet schräg über ihr durch die hohen Sprossenfenster im Speisesaal des Badhotellet.

Petra ist am Vorabend in Solbacka angekommen. Heute haben sie die meiste Zeit auf dem Dachboden verbracht und die Kleider der Großmutter zwischen sich aufgeteilt. Glücklicherweise haben sie fast nie denselben Geschmack, und außerdem konnte Petra die eleganten kleinen Schuhe der Großmutter für sich beanspruchen, da Jessica Schuhgröße dreiundvierzig hat. Deshalb beschloss Petra, Jessica zum Dank zum Essen einzuladen, hier in dem frisch renovierten grauweißen Holzhaus am Strand von Vitemölla.

»Ich habe das Gefühl, dass du hier in Schonen bleiben willst, oder irre ich mich da?«, fragt Petra.

Der Juli geht dem Ende entgegen. Bis vor Kurzem hat Jessica diesen Sommer als freiwillige Auszeit von ihrem richtigen Leben betrachtet. Jetzt fragt sie sich, ob ihr wirkliches Leben sich nicht hier abspielt. Sie kann freier atmen. Hier versucht die Welt nicht, sie aufzulösen, in sie einzudringen, ein Teil von ihr zu werden. Keine Textmassen mit reißerischer Botschaft, nicht ständig irgendwelche Informationen, die sofort ihre Aufmerksamkeit verlangen.

»Ich weiß nicht. Hier im Winter zu wohnen, ist etwas ganz anderes.«

»Doch du spielst mit dem Gedanken?«

Jessica nickt. Aber sie kann auch nicht in Solbacka wohnen bleiben. In einem Monat kommen Billy und Viktor zurück.

»Du müsstest deine Stelle beim Fernsehen kündigen«, sagt Petra. Sie klingt gelassen, aber Jessica kennt sie zu gut.

»Ich weiß ja nicht einmal, ob es eine weitere Staffel gibt«, sagt sie vage.

Sie hat vor zu pendeln, falls sie bleiben sollte, aber sie hat ihre Zweifel, ob das Fernsehen sie überhaupt noch haben will. Bei dem Gedanken an das Fiasko der letzten Sendung könnte sie sich noch immer von einem Hochhaus stürzen.

»Aber was ist mit der Wohnung?«

»Die könnte ich erst einmal untervermieten. Sehen, was das für ein Gefühl ist.«

Petra nickt.

»Wenn du dich nur nicht karrieremäßig in eine Sackgasse begibst.«

Jessica zuckt mit den Schultern.

»Ich glaube nicht, dass das einen Unterschied machen würde. Hier bin ich auch nicht isolierter. Ich geh ja auch nicht zum Netzwerken ins Riche, und da …«

»Du würdest mir fehlen«, fällt Petra ihr ins Wort.

Dann verstummt sie.

Petra sieht trauriger aus, als Jessica erwartet hat. Und ihr geht auf, und sie staunt darüber, dass sie das erst jetzt begreift, dass Petra auch nicht wahnsinnig viele Freundinnen hat. Klar, sie hat massenweise Bekannte und Arbeitskontakte, mit denen sie durch Treffen bei Restauranteröffnungen, Picknicks im Hagapark und vermeintlich schlichten kleinen Cocktailpartys bei sich zu Hause in Verbindung steht. Aber richtige Freundinnen?

»Du würdest mir auch fehlen«, sagt Jessica. »Aber gib zu, es wäre auch nicht schlecht, wenn deine beste Freundin ein Haus in Österlen hätte.« Petra überlegt eine Weile, dann leert sie ihr Weinglas.

»Haben die Umzugspläne etwas damit zu tun, dass …«

Petra verstummt mitten im Satz. Sie haben das Thema seit ihrem Telefongespräch gemieden.

»Mit Jakob, meinst du?«, fragt Jessica.

»Mit seinem Doppelgänger.«

»Ich war bei ihm«, sagt Jessica.

Petra sieht sie geschockt an. »Was?«

»Ich habe den grünen Overall wiedererkannt und mir gedacht, dass er vielleicht bei Weibulls arbeitet. Das ist eine große Gärtnerei hier in der Nähe.«

Der Keller bringt Espresso, Trüffelschokolade und Cognac. Er sieht eigentlich ziemlich gut aus, aber er hat diesen aschfahlen Teint, der den Eindruck vermittelt, dass er in seinem ganzen Leben noch kein einziges Vitamin zu sich genommen hat. Er gibt sich große Mühe, so zu tun, als würde er Jessica nicht erkennen. Dagegen scheint er bereit zu sein, sich die Schürze vom Leib zu reißen und auf dem erstbesten Schimmel in den Sonnenuntergang zu reiten, mit Petra über seiner Schulter. Als er geht, wirft er ihr noch einen Blick zu, und Jessica fragt sich flüchtig, was es für ein Gefühl sein mag, dieser Universaltyp von Frau zu sein.

»Ich war so sicher, dass es Jakob war«, sagt sie. »Aber es stimmt nicht. Dieser Typ heißt Erik Andersson.«

»Das ist so nichtssagend, dass es fast erfunden klingt«, sagt Petra, verbrennt sich die Zunge am Espresso, flucht.

Sie sieht Jessica an.

»Du glaubst, der Name ist erfunden, ja? Du glaubst noch immer, dass es Jakob ist?«

Jessica zögert.

»Er hat mir seinen Ausweis gezeigt«, sagt sie.

»Hast du ihn darum gebeten?«

Jessica windet sich verlegen.

»Nein. Ich glaube, er hat das als einzige Möglichkeit betrachtet, diese Irre loszuwerden, die ihn verfolgte.«

Herrgott, Petra, wenn du nur wüsstest, dass ich ihn buchstäblich verfolgt habe. Du würdest mich vermutlich einweisen lassen. Und damit hättest du vermutlich auch recht.

Petra spielt nachdenklich mit ihrem Weinglas.

»Okay«, sagt Petra. »Gesetzt den Fall, ich habe mich geirrt und du hattest die ganze Zeit recht. Was, wenn es wirklich Jakob war?«

Jessica schaut sie überrascht an.

»Ich meine nur… wie viel weißt du wirklich über Jakob? Was, wenn du ihn wirklich gefunden hast? Was machst du dann? Du hattest recht an Mittsommer. Diese ganze Geschichte ist so verdammt seltsam. Er hat ja nicht nur dich verlassen. Sondern… alles. Es muss etwas sehr Einschneidendes passiert sein. Und ich finde einfach keine plausible Erklärung. Es sei denn, er ist kriminell. Ich meine, wie lange hast du ihn eigentlich gekannt? Zehn Minuten?«

»Hör auf. Ich weiß, zeitlich gesehen war es nicht gerade ein episches Liebesmärchen, aber verdammt, Petra, ich habe ihn gekannt.«

»Ich sage ja nur, dass es möglich ist. Sogar wahrscheinlich. Du wärst nicht die Erste, die ohne es zu wissen auf so etwas hereingefallen ist.«

»Jakob ist nicht kriminell. Das ist einfach unmöglich.«

Sie zieht ihre Zigaretten hervor und macht eine fragende Geste. Petra nickt, und sie gehen hinaus auf die Terrasse. Der Wind zerrt an ihren Haaren. Jessica muss mit dem Feuerzeug kämpfen, ehe sie ihre Zigarette anstecken kann.

»Was ich mir vorstellen könnte«, sagt Petra, »ist, wenn etwas Jakob dazu gezwungen hat, zu verschwinden, wieso sollte er sich dann zu erkennen geben, wenn du ihn findest?«

Jessica schluckt hart. Daran hat sie noch gar nicht gedacht. Sie hat es immer wie eine Abfolge von Filmszenen vor sich gesehen, Varianten ihres Wiedersehens mit Jakob, und was auch immer auf der Leinwand ihres inneren Kinos passierte, sie hat immer eine Antwort bekommen. Aber was, wenn er ihr keine geben kann?

Jetzt lässt sie in ihrem Kopf einen anderen Film ablaufen, sie rekonstruiert den Tag in der Gärtnerei. Sie war so sicher. Und dann: Sogleich hat sie um Verzeihung gebeten und daran geglaubt, dass es ein Irrtum war, dass sie den Verstand verloren hat.

Es ist leichter, zu glauben, dass man selbst verrückt ist, als daran, dass jemand, den man liebt, einem einfach ins Gesicht lügt.

»Wenn er es wirklich war und er trotzdem nicht die Wahrheit gesagt hat … dann werde ich niemals eine Antwort erhalten«, sagt sie müde.

Diese Erkenntnis wirft sie fast um, sie hat das Gefühl, als könnte sie sich gegen den Wind lehnen und er würde sie wegfegen. Denn im tiefsten Herzen hat sie immer geglaubt, dass sie eines Tages eine Antwort auf das Rätsel erhalten wird, das ist unvermeidlich, auch wenn sie schon achtzig ist. Alles drehte sich darum, Jakob wiederzusehen – aber vielleicht reicht das nicht.

»Jessica, was, wenn es besser ist, du erfährst es nie?«

»Sicher hast du recht«, sagt Jessica.

Eigentlich will sie Petra anschreien, sie solle die Klappe halten. Sie hat doch keine Ahnung, was das für ein Gefühl ist. Seit ihrer Scheidung hat Petra sich in ihrem wohlgeordneten Dasein treiben lassen und das kosten können, wozu sie Lust hatte, ausspucken, was ihr nicht zusagte, bevor sie zum Nächsten ging.

Petra legt den Arm um sie, aber Jessica schüttelt ihn ab. Ohne zu fragen, geht Petra in den Speisesaal und bezahlt die Rechnung.

»Ich wollte dich nicht traurig machen«, sagt sie, als sie ins Taxi steigen.

»Ich bin so müde«, sagt Jessica.

Verdammt müde. Sie hat den ganzen Scheiß so satt.

42

Billy gab mir das Geld, das ich brauchte, um die Boutique zu eröffnen. Ich wollte es nicht als Geschenk, und wir beschlossen, es als Investition seinerseits zu betrachten.

Es war die spannendste Zeit in meinem Leben. Planung, Einkaufsreisen, Einrichtung – endlich konnte ich etwas selbst entwickeln, was nur mir gehörte. Ich pendelte zwischen Größenwahn und Selbstzweifeln. Viktor übernahm die Aufgabe, den Laden zu tapezieren und zu streichen. Er fand die schönen Sofas, auf denen ermüdete Ehemänner sich ausruhen konnten, während die Gattinnen ihr Geld ausgaben, und die Lampen mit der dezenten, schmeichelnden Beleuchtung, die in den Spiegeln der Umkleidekabinen Schönheiten hervorzauberten.

Die Boutique gab mir eine eigene Identität und ein eigenes soziales Netzwerk. Ich war längst nicht mehr das schüchterne Mädchen, das sich, schwanger und frisch verheiratet, unauffällig im Hintergrund hielt und versuchte, sich unsichtbar zu machen. Die Umwälzungen, die es seither in meinem Leben gegeben hatte, und die Menschen, denen ich begegnet war, hatten mich viel gelehrt. Ich beherrschte die Kunst, mit den meisten Menschen umzugehen, dafür zu sorgen, dass sie sich willkommen und geborgen fühlten. Viele meiner Kundinnen schauten im Laden vorbei, um dann, nachdem sie etwas gekauft hatten, auf dem Sofa Platz zu nehmen und über die neuesten Entwicklungen in ihrem Leben zu berichten. Ich glaube, viele von ihnen bildeten sich ein, mich ziemlich gut zu kennen. Keine merkte, wie wenig ich von mir erzählte. Billy brachte mir bei, zwischen persönlich und privat zu unterscheiden, Vertrauen zu gewinnen, ohne etwas von mir selbst preiszugeben.

Ich bekam Einladungen zu eleganten Anlässen, die ich immer dann annahm, wenn ich eine Möglichkeit sah, wichtige Kontakte zu knüpfen. Billy stand als mein liebenswürdiger Gatte neben mir und spielte seine Rolle gut. So gut, dass ich bisweilen daran glaubte. Es war natürlich eine hoffnungslos romantische Vorstellung, aber es war verlockend, wenn ich mich ab und zu für einen Moment verlieren konnte, bis die Wirklichkeit mich dann wieder einholte.

Robert kam während seiner Kindheit immer an erster Stelle, aber die Arbeit musste die verbleibende Leere in meinem Leben füllen. Verkaufszahlen und die vielen Presseberichte weckten einen Wettbewerbsinstinkt in mir, von dessen Existenz ich nichts geahnt hatte. Robert kam nach der Schule in den Laden und machte in dem kleinen Büro seine Aufgaben. Wir gingen zusammen nach Hause, ich kochte, und wenn er eingeschlafen war, saß ich die halbe Nacht auf, machte Steuererklärungen, schrieb Bestellungen, sortierte Unterlagen und heftete Quittungen in Ordner.

Es sollte nicht lange dauern, bis eine gewisse Person meine Welt abermals auf den Kopf stellte, gerade als ich das Gefühl hatte, diese endlich im Griff zu haben. Aber vorher sollte noch eine meiner schlimmsten Befürchtungen wahr werden, als nämlich unser Geheimnis endlich ans Licht kam.

43

Es hat mehrere Tage lang ununterbrochen geregnet, und Jessica und Petra tun alles, damit sie sich nicht auf die Nerven gehen, während sie im Haus festsitzen. Sie verbringen ganze Nachmittage mit dem Kochen komplizierter Gerichte. Nach dem Essen machen sie im Kamin Feuer und spielen Scrabble oder Trivial Pursuit – bei den nicht mehr aktuellen Fragen der alten Ausgabe geht es eher um Glück als um Verstand. Sie sind wie ein altes Ehepaar, das sich sorgfältig aufeinander einstellt. Wenn eine ihre Ruhe haben will, ist das kein Problem.

Aber die Zeit tickt. Petra hat für die nächste Woche Aufträge in Stockholm. Alltagsstress und Verpflichtungen lauern hinter der nächsten Ecke. Jessica muss bald einen Entschluss fassen. Die alten Jungs kommen in einem Monat zurück. Sie hat sich Annoncen für Häuser in der Umgebung angesehen, ist aber ziemlich resigniert, denn alles, was ihr gefällt, ist zu teuer. Viel zu teuer. Um hier leben zu können, muss sie zuerst ihre Wohnung verkaufen.

An einem frühen Abend vor dem Essen hat Petra ihre Regenkleidung anzogen und ist zu einem Spaziergang am Strand aufgebrochen. Jessica sitzt auf der Anrichte in der Küche und löst das Kreuzworträtsel in einer der alten Illustrierten ihrer Großmutter, als sich plötzlich dieses kalte Gefühl über ihrem Gesicht ausbreitet, an den Muskeln im Nacken entlang, in die Schädeldecke und die Arme, und sie weiß, was das bedeutet. Sie streckt sich und wartet auf die erste Welle panischer Angst. Es dauert eine Weile. Zuerst ein Druck auf der Brust, der sich langsam steigert, bis sie das Gefühl hat, jemand säße auf ihrem Brustkorb und sie könnte die Lunge nicht mehr ausreichend mit Luft füllen. Und dann schlägt die Welle über ihr zusammen, dieses widerliche Gefühl, jegliche Kontrolle zu verlieren. Mechanisch nimmt sie die Ataraxpackung aus dem Eckschrank, drückt eine Tablette heraus.

Keine Sorge, du wirst nicht wieder krank. Es war nur alles ein bisschen viel. Du bist zwar ausgeruht und hast den ganzen Sommer kaum gearbeitet, aber die Wahrheit über Oma, Billy, Viktor … Papa und Gloria zu treffen … der eventuelle Umzug … Und dann Jakob. Und dass du eine Zoloft weniger nimmst. Kein Wunder, dass du gestresst bist. Im Moment hängt alles in der Luft. Aber das ist in Ordnung. Es geht vorbei, alles findet sich, es hat keinen Zweck, sich zu viele Gedanken zu machen. Alles wird sich aufs Beste fügen.

Sie kann die Angst, dass sie den Verstand verliert, nicht ertragen. Sie hätte die Zoloft nicht herunterfahren dürfen. Sie wird wieder krank werden. Sie wird wieder krank werden und es kein zweites Mal überstehen.

Alles wird sich aufs Beste fügen alles wird sich aufs Beste fügen alles wird sich aufs Beste fügen

Sie wählt die Nummer ihrer Mutter, so viele Ziffern, und ihr schweißnasser Zeigefinger rutscht auf den Tasten des Telefons ab.

»Ich werde wieder krank«, flüsterte Jessica, als ihre Mutter sich gemeldet hat.

»Aber nicht doch«, sagt die Mutter.

So selbstsicher klingt nur sie.

»Doch«, sagte Jessica.

Sie will überzeugt werden.

»Das wirst du nicht. Was ist denn passiert?«

Jessica erzählt von der Panikwelle, die sie eben überrollt hat.

Die Mutter hört sich überhaupt nicht besorgt an, und schon das allein macht Jessica ruhiger.

»Du musst daran denken, dass du noch immer ein wenig empfindlich bist, nach allem, was du mitgemacht hast«, sagt die Mutter. »Es dauert seine Zeit, um sich von so etwas zu erholen. Da kann es ein bisschen auf und ab gehen. Aber diese Panikattacke war doch sicher nichts im Vergleich zu früher, oder?«

Jessica schweigt eine Weile. Eigentlich weiß sie kaum noch, wie es damals war. Es ist offenbar so wie bei einer Entbindung. Frauen, die Stunden, Tage gelitten und geschworen haben, sich dieser Qual niemals wieder auszusetzen, vergessen die Schmerzen nach und nach, bis das Baby laufen gelernt hat, und reden plötzlich davon, dass sie noch ein Kind bekommen wollen. Derselbe Verteidigungsmechanismus verhindert auch in ihrem Fall, dass sie sich an die Panikattacken aus der ersten, dunkelsten Zeit erinnert.

»Es ist bestimmt nicht annähernd so schlimm wie damals«, sagt die Mutter.

Jessica atmet dankbar auf, ihre Lunge funktioniert wieder normal. Sie ist verlegen, und das ist das erste Zeichen, dass die Panikattacke vorüber ist. Sie kann wieder klar denken und besitzt deshalb genug Verstand, um sich zu schämen.

»Oma hat mir ein Buch hinterlassen«, sagt sie. »Es ist wie eine Sammlung von Briefen. Sie erzählt, wie es war, während … Papas Kindheit. Über sich und Billy. Wie es wirklich war.«

»Hast du schon alles gelesen?«

»Noch nicht. Ich weiß nicht so recht, wie ich damit umgehen soll. Und ich weiß nicht, wie viel du weißt …«

Jessica lauscht dem Rauschen in der Telefonleitung, wünscht, sie könnten zusammen sein. Dass ihre Mutter für ein paar Stunden herüberkommen und mit ihr am Küchentisch Tee trinken könnte. Es wäre so schön, wenn sie sie sehen, sie fest umarmen könnte. Jessica hat sich so lange abgeschottet. Sie will nicht mehr so leben.

»Ich glaube, du solltest das Buch zu Ende lesen und nicht vergessen, dass du auf der anderen Seite stehst und das Ergebnis kennst. Sie steckten mittendrin und lebten von einem Tag zum anderen. Du musst also zwischen dem unterscheiden, was du weißt, und dem, was sie damals wussten, auch wenn das schwer ist.«

»Das klingt so, als ob du schon längst alles wüsstest.«

»Ich war mir nie sicher. Wollte mich auch nicht einmischen, das war vielleicht dumm von mir. Ich habe versucht, Viola zum Reden zu bringen... aber ich habe sie niemals direkt gefragt. Einerseits, weil ich zu feige war, andererseits, weil ich das Gefühl hatte, dass deine Großmutter vor Schreck alles abgestritten hätte, wenn ich ihr die Pistole auf die Brust gesetzt hätte.«

»Wie viel Papa wohl begriffen hat? Er ist ihr Sohn! Er muss sich doch gewundert haben. Hat er nie etwas gesagt?«

Die Mutter seufzt.

»Er konnte noch nie sehr gut Gefühle zeigen, und noch weniger kann er darüber reden. Dagegen fällt es ihm sehr leicht, die Augen zuzudrücken, wenn er etwas nicht wissen will. Was man nicht sieht, gibt es nicht.«

»Deshalb hat er mich wohl so leicht vergessen, als Gloria ins Spiel kam«, sagt Jessica.

»Ich glaube nicht, dass es die Sache für ihn leichter gemacht hat. Du solltest seine Fähigkeit zu fühlen nicht unterschätzen, er kann es eben nicht zeigen.«

»Genauso hast du ihn in Schutz genommen, ehe ihr euch endgültig getrennt habt.«

»Aber so ist es eben.«

»Das ist mir ehrlich gesagt scheißegal«, sagt Jessica. »Angst vor Gefühlen ist keine Entschuldigung dafür, sich wie ein Egoist aufzuführen.«

»Es gefällt mir nicht, dass du andere so leicht verurteilst.«

»Und mir gefällt es nicht, dass du andere auf dir herumtrampeln lässt.«

Sie schweigen. Jessica bereut ihre Worte bereits.

»Lassen wir das«, sagt sie.

So ist es immer, wenn sie über die Vergangenheit sprechen. Noch nach zwanzig Jahren verteidigt die Mutter ihren Vater, und Jessica reagiert mit einer Wut, die sich seit damals angesammelt hat. Das Gewicht dieser Jahre hängt über ihnen. Der geringste Fehltritt in diese Richtung kann eine Lawine auslösen.

»Ich will nicht, dass du mich als Opfer darstellst, Jessica. Ab und zu glaube ich, du verwechselst Gefühle mit Schwäche. Das ist vielleicht meine Schuld, ich war sicher kein gutes Vorbild, als du klein warst…«

»Aber, Mutter, bitte!«

»… doch, ich will nicht, dass du Angst vor Gefühlen hast, Jessica. Wahrscheinlich hättest du keine Panikattacken mehr, wenn du ab und zu einfach loslassen würdest. Du warst schon als Kind eine Grüblerin, aber seit dieser Jakob verschwunden ist, finde ich, bist du so… verschlossen geworden. Man kann nicht alles mit dem *Verstand* lösen. Kein Wunder, dass dein Gehirn überlastet ist, wenn du versuchst, auf diese Weise den Gefühlen aus dem Weg zu gehen.«

Wenn du wüsstest, wie wütend ich in diesem Moment bin, dann würdest du nicht behaupten, ich hätte Probleme mit meinen Gefühlen. Aber du hast recht. Verdammt noch mal, wie recht du nur hast.

»Was soll ich denn machen? Das ist alles schön und gut, aber das hört sich so an, als würdest du zu jemandem mit einem gebrochenem Bein sagen: ›Versuch doch mal, ein paar Runden ums Haus zu laufen, ein wenig Bewegung wird dir guttun.‹«

»Sei nicht albern.«

»Du hast doch keine Ahnung, wie es mir geht.«

»Du hast vielleicht größere Ähnlichkeit mit deinem Vater, als du glaubst.«

Jessica legt auf. Eine reine Reflexhandlung, ungläubig starrt sie das Telefon an.

44

Ich sah Solveig erst wieder, als sie in den Laden kam.

»Ich glaube, du solltest Billy und Viktor raten, diskreter zu sein«, sagte sie.

Eilig schaute ich mich um, um mich zu vergewissern, dass keine Kundinnen im Laden waren.

»Wie meinst du das?« Plötzlich fiel mir das Schlucken schwer. Kalter, metallisch schmeckender Speichel hatte sich in meinem Mund angesammelt.

»Ich weiß zwar nicht genau, wie euer Arrangement aussieht, aber ich bin überzeugt davon, dass du weißt, dass dein Ehemann häufiger bei deinem Bruder schläft als in seinem eigenen Bett«, sagte Solveig. Dann riss sie die Augen auf. »Das weißt du doch?«

Endlich konnte ich wieder schlucken, aber ich hatte keine Ahnung, was ich sagen sollte.

»Ja«, sagte ich am Ende dämlich, und Solveig nickte kurz.

»Na dann. Ich meine, es kann Gerede geben. Das ist alles.«

Wir sahen uns an, und wieder trat diese Distanz zwischen uns. Es gab so viel Unausgesprochenes, und nur ich konnte den Schritt über den Abgrund machen.

»Robert hat nachts wieder Albträume«, sagte ich, »und ich bringe es nicht übers Herz, Nein zu sagen, wenn er zu uns ins Bett will. Aber Billy braucht seinen Schlaf.«

Solveig zuckte mit den Schultern. Ich schämte mich.

Als sie ging, drehte sie sich in der Tür noch einmal um.

»Es tut mir leid, Viola, aber ich glaube nicht, dass wir weiter Freundinnen sein können«, sagte sie.

Ich staunte darüber, wie hart mich diese Worte trafen.

»Es ist nicht so, wie du glaubst«, fügte sie hinzu. »Es ist nicht deswegen. Ich weiß nur nicht, ob ich mit einer befreundet sein kann, die so viel über mich weiß, aber kein bisschen ehrlich ist, wenn es um ihr eigenes Leben geht. Ich hatte uns für Freundinnen gehalten, aber ich kann kein Vertrauen zu einer haben, die keins zu mir hat.«

Und damit war sie verschwunden.

45

Sie sind aus dem Schlafzimmerfenster der Großmutter gestiegen. Von dort kann man über das Wellblechdach der Glasveranda gehen. Sie setzen sich hin, lassen die Beine baumeln und pflücken Kirschen von den obersten Zweigen des Baumes. Ihre Finger sind rotlila.

»Er hat an dem Tag gekündigt, nachdem ich dort gewesen war«, sagt Jessica. »Er war nur eine Aushilfe, deshalb konnte er sofort aufhören.«

Es hört sich an wie das Natürlichste auf der Welt, aber sie hat sich auf dieses Geständnis sorgfältig vorbereitet.

»Wer?«, fragt Petra.

»Erik Andersson. Ich habe in der Gärtnerei angerufen.«

Petra spuckt einen Kirschkern aus. Sie schauen zu, wie er zu Boden fällt.

»Ich habe um seine Adresse gebeten, aber sie wollten sie nicht rausrücken. Also habe ich die Auskunft angerufen. Rat mal, wie viele Erik Anderssons es hier in der Gegend gibt. Und ich glaube noch nicht einmal, dass er registriert ist«, sagt Jessica.

Sie ist starrköpfig und will Petra herausfordern.

»Es muss also Jakob sein«, endet sie.

Petra platzt der Kragen.

»Jessica, du musst aufhören«, sagt sie.

»Aber wie denn? Du hast doch selbst gesagt, dass es vielleicht wirklich Jakob ist. Ich muss die Wahrheit herausfinden.«

»Nein, das musst du nicht. Du kannst dich entscheiden weiterzugehen. Hör mir jetzt ausnahmsweise einmal zu. Du wirst vielleicht niemals erfahren, was geschehen ist. Das musst du einfach akzeptieren.«

»Ich gehe nicht davon aus, dass du das verstehst, aber du müsstest zu mir halten«, sagt Jessica.

»Ich halte zu dir! Deshalb sage ich doch, dass du jetzt aufhören musst. Du benimmst dich, als wärst du nicht normal! Das ist doch nicht gesund!«

Sie starren sich an.

»Verdammt, ich kann nicht mehr«, sagt Petra. »Immer wenn wir darüber reden, drehen wir uns im Kreis. Ich weiß langsam nicht mehr, wo oben und unten ist.«

»Dann ist es vielleicht das Beste, wenn du nach Hause fährst«, sagt Jessica.

Petra sieht verletzt aus.

Was mache ich nur?

»Ich weiß wirklich nicht, ob ich mich noch einmal um dich kümmern kann, Jessica. Enzo kommt jetzt in das Alter, wo ich aufpassen muss auf alles, was …«

»Gut! Ich will deine Hilfe nicht. Kapierst du das nicht? Ich bin nicht eines deiner Projekte. Ich brauche nicht mehr verhätschelt zu werden. Ich bin ein erwachsener Mensch.«

»Dann wird es vielleicht Zeit, dass du dich wie einer benimmst«, sagt Petra und steht auf.

Sie scheint mit dem Gedanken zu spielen, vom Dach zu springen, nur um so schnell wie möglich von Jessica wegzukommen.

»Ich glaube, du hast recht«, sagt sie. »Es ist sicher das Beste, wenn ich nach Hause fahre.«

»Tut mir leid, dass du es abgekriegt hast.«

»Ist schon gut.«

»Nein, ist es nicht. Es ist überhaupt nicht gut. Ich weiß nicht, was mit mir los ist.«

»Ich packe nur schnell meine Tasche.«

Verlass mich nicht. Ich würde mich auch verlassen, wenn ich du wäre, aber bitte, tu es nicht.

»Kannst du nicht wenigstens bis morgen warten? Du kannst doch nicht die ganze Nacht durchfahren.«

»Ich nehme mir unterwegs ein Hotelzimmer«, sagt Petra.

Ihre Füße knallen auf das Blechdach, als sie darüberläuft.

Jessica winkt Petra im Auto nach und versucht, das Gefühl abzuschütteln, dass sie sich sehr, sehr lange nicht wiedersehen werden.

Dieser Sommer. Er ist das Ende und der Anfang von etwas. Ich weiß nur nicht, wovon. Er ist wie eine mentale Brandrodung.

Ich muss vielleicht abwarten, was übrig bleibt.

46

Die folgenden Wochen waren eine Qual. Zum ersten Mal erkannte ich, wie viel Solveig mir bedeutete, aber, wie gesagt, es war nicht das letzte Mal. Wir haben wohl die Art Freundschaft, die ab und zu übermächtig wird.

Ich würde gern sagen, dass ich damals begriffen habe, dass ich mich auf meine Freundin verlassen konnte. Aber letztendlich habe ich mich nach vielem Nachdenken aus ganz anderen Gründen dazu entschlossen, ihr die Wahrheit zu sagen. Ich dachte nämlich, wenn ich die Wahrheit verschwieg, die sie ja schon zu kennen schien, würde sie vielleicht mit Freunden über uns reden. Es war also meine altbekannte Angst, getarnt als das um einiges edlere Streben nach Wahrheit in unserer Freundschaft, das mich in Solveigs Küche trieb.

Es ist schwer, einen Anfang zu finden. Plötzlich alles ans Licht zu bringen, was ich zu verbergen versucht hatte, widersprach allen meinen Instinkten. Ich suchte so lange nach den richtigen Worten, bis Solveig mir am Ende ins Wort fiel. Ich weiß noch so gut, wie sie das gesagt hat.

»Viola«, sagte sie. »Ich weiß, dass du Billy liebst. Ich kann es dir ansehen. Aber er liebt dich nicht, nicht auf diese Weise. Er ist dazu ganz einfach nicht in der Lage, oder?«

Ich fing an zu weinen, und das kam wie ein Schock für mich. Ich war keine, die nah am Wasser gebaut hatte, und es passierte mir auch zum letzten Mal in meinem Leben. Solveigs Worte trafen mich ins Mark. Ich hatte geplant, die Wahrheit als eine Reihenfolge konkreter Tatsachen zu präsentieren, ordentlich aufgeführte Beweise, damit sich Solveig in Ruhe ein Bild machen konnte. Sie dagegen griff direkt meine Gefühle an.

Und so sprudelte alles aus mir heraus, und als ich fertig war, schloss Solveig mich in ihre großen weichen Arme. Ich weinte noch mehr, ihre stumme Sympathie gab dem Selbstmitleid Nahrung, das ich in mir zu bekämpfen versuchte. Ich sah mich von außen, mit ihren Augen, und ich erlaubte mir, in Selbstmitleid zu versinken.

Es war wie eine Katharsis. Ich konnte endlich zugeben, dass ich mich vom Leben um etwas Wesentliches betrogen fühlte. Ich hatte selbst beim Aufbau der hübschen Fassade geholfen, die alle Geheimnisse verbarg, aber damit hatte ich auch verhindert, mir etwas Echtes aufzubauen. Bisher hatte ich diese Verbitterung nicht zugelassen, denn waren nicht auch Billy und Viktor in dieses falsche Leben hineingezwungen worden, und war das nicht in gewisser Weise meine Schuld? (Viktor hatte ja mehr oder weniger offen mit Billy zusammenleben wollen, wie du sicher noch weißt. Es hätte unvorstellbaren Mut erfordert, aber vielleicht hätten sie es geschafft.)

Jetzt sah ich langsam ein, wie sehr ich sie beneidete, ich beneidete Viktor, der Billy hatte, beneidete sie um ihre Freiheit und darum, dass Robert sie vergötterte. Von langen Reisen kamen sie mit phantastischen Geschenken zurück und dachten sich tolle Spiele aus, während ich die langweilige Tyrannin war, die ihn dazu zwang, Gemüse zu essen und rechtzeitig schlafen zu gehen.

In Solveigs Küche erlaubte ich mir zum ersten Mal die Frage, worauf ich eigentlich alles verzichtet hatte. Ich hatte zwar Robert, aber ich wusste, dass ich ihn viel zu sehr liebte. Ein Kind kann und soll nicht alle Bedürfnisse seiner Mutter erfüllen. Der einzige Sinn im Leben einer Mutter zu sein, ist eine viel zu schwere Last. Ich hatte schon die Grundlage dafür gelegt, dass Robert mir später im Leben ausweichen würde, aus Angst, ich könnte die ganze Hand verschlingen, wenn er mir einen Finger reichte.

Verzeih mir, Jessica, ich bin jetzt müde, und diese Gedanken kommen unstrukturiert aus mir heraus. Einer führt zum nächsten, und es fällt mir immer schwerer, sie auseinanderzuhalten. Ich begriff das alles damals vielleicht noch nicht, als ich in Solveigs Küche stand und vor Weinen bebte. Und als ich es begriff, bedeutete das nicht, dass ich damit aufhören konnte. Ich weiß, dass ich in gewisser Weise bei dir denselben Fehler gemacht habe.

Es ist sehr schmerzlich, darüber zu schreiben, aber es gibt, wie du weißt, nichts im Leben, das so schmerzhaft ist wie

EIN BLATT IST HERAUSGERISSEN

öffnete ich nervös die Tür. Solveig kam zu spät, natürlich, sie kam immer zu spät. Auf sie zu warten, war wie Warten auf Godot. Ich hatte mir einige spitze Kommentare zurechtgelegt, vergaß sie aber sofort wieder, als ich sie sah. Ihre Augen funkelten nur so vor Spannung und atemloser Erwartung. Trotz ihres dick aufgetragenen Make-ups sah sie aus wie ein kleines Mädchen, das sich zum ersten Mal nachts aus dem Elternhaus schleicht.

Ich nahm ihren Arm, und wir betraten den voll besetzten Salon. Sie wurde sofort mit Pfiffen begrüßt.

Das Seltsame war, dass ich (trotz der engen Jumper, die sie trug) niemals verstanden hatte, wie sehr Solveig Sexualität ausstrahlte, die dadurch verstärkt zu werden schien, dass keiner hier im Raum ein natürlicher Empfänger dafür war. Sie ließ ihre Sexualität funkeln und glitzern, spielte die Rolle der Femme fatale perfekt, und die Zuschauer johlten vor Lachen.

Sie liebten sie vom ersten Moment an, und deshalb liebte sie sie.

Dass ich gewagt hatte zuzugeben, dass ich hoffnungslos in Billy verliebt war, half mir, darüber hinwegzukommen. Als ich sie nicht mehr zu verdrängen brauchte, tauchten an ihrer Stelle andere, tiefere Gefühle auf. Eine Art Geschwisterliebe. Viktor und ich kamen uns ebenfalls wieder näher.

Mein Gott, wie dumm das im Nachhinein klingt. Ich hätte das alles viel eher erkannt, wenn ich Zugang zur heutigen Populärpsychologie gehabt oder mich Solveig früher anvertraut hätte. Bisher hatte ich doch keinen Menschen gehabt, mit dem ich reden konnte. (Ich wagte nicht einmal, meine Gedanken in ein Tagebuch zu schreiben, aus Angst, es könnte in die falschen Hände geraten.) Meine Freundschaft zu Billy und Viktor hatte ein großes Hindernis überwunden. Ich weiß nicht, wie viel sie begriffen, aber ich glaube, dass sie es merkten.

Als Solveig in unser heimliches Leben eingeweiht wurde, schien auch ich mehr zu einem ganzen Menschen zu werden. Es war also möglich, diese beiden Teile des Lebens zu kombinieren. Vielleicht gab es noch andere wie Solveig, andere »Normale«, die uns verstehen konnten. Bisher kam es mir so vor, als würde ich mit jedem Fuß auf einer Eisscholle stehen und verzweifelt versuchen, das Gleichgewicht zu halten, um nicht ins kalte Meer zu stürzen und zu ertrinken. Jetzt hatte ich das Gefühl, dass mein Leben sich stabilisierte und ich wieder festen Boden unter den Füßen hatte.

Das glaubte ich. Ehe meine Geschichte zu Ende ist, möchte ich dir noch von einer Sache erzählen. Ich glaube, damit kann ich dir die Frage beantworten, die du dir sicher schon gestellt hast. Warum sind Billy und ich noch immer verheiratet, jetzt, wo die Zeiten sich geändert haben? Wir hätten uns schon längst scheiden lassen können, ich hätte gehen können, wenn ich das gewollt hätte, aber ich entschied mich zu bleiben.

47

Jessica deckt den Kaffeetisch in der Gartenlaube. Die schönsten Tassen der Großmutter machen das vertraute klirrende Geräusch, als sie das Tablett hinausbringt. Als sie sich setzen, schiebt Solveig die funkelnde strassbesetzte Sonnenbrille ein Stückchen höher auf ihre kleine runde Nase.

Jessica weiß nicht, ob die alte Frau hinter den riesigen schwarzen Gläsern ihren Blick erwidert. Sie lächelt zaghaft.

»Danke, dass du gekommen bist«, sagt sie.

»Das war doch selbstverständlich, Herzchen«, sagt Solveig.

Jessica öffnet den Mund, um etwas zu sagen, weiß nicht so recht, was, als sie eine einsame Träne über Solveigs Wange laufen sieht. Sie macht den Mund wieder zu.

»Es ist nur so seltsam, ohne Viola.«

Jessica streckt eine Hand über den Tisch aus, und Solveig drückt sie und lässt sie dann wieder los.

»Aber ich wollte nicht herkommen, um zu jammern. Wie geht es dir denn?«

»Gut. Und du kannst kommen, sooft du willst.«

»Das brauchst du nicht zu sagen, Liebes. Du hast solche Ähnlichkeit mit deiner Großmutter. Willst lieber deine Ruhe haben. In deinem Alter konnte ich nicht eine Sekunde allein sein, ohne die Wände hochzugehen. Aber das lernt man.«

In Solveigs Tonfall liegt kein Selbstmitleid, aber Jessica windet sich unbehaglich.

»Ich weiß nicht, ob Oma und ich uns wirklich so ähnlich sind.«

Die Großmutter besaß eine Stärke, die Jessica nicht mit sich in Verbindung bringen kann.

»Viola war so stolz auf dich«, sagt Solveig.

Bei diesen Worten schnürt Jessicas Kehle sich zu, dass es fast wehtut. Sie wagt nicht zu antworten.

»Sie hat jede Zeile aufbewahrt, die du in der Zeitung geschrieben hast. Und jedes Interview mit dir. Irgendwo im Haus steht eine ganze Reihe mit Ordnern. Sie war immer so traurig, weil sie den Sender mit deinem Programm nicht hereinbekam.«

»Das wusste ich nicht. Ich ... ich hatte sogar gehofft, sie wüsste nicht so genau, was ich wirklich mache.«

»Aber, Liebes. Warum denn?«

Jessica zuckt mit den Schultern.

»Ach, dieses ganze Thema. Ich wollte wohl nicht, dass Oma ...«

Sie denkt an ihre Artikel, an all das Kitschige, Klebrige und Schmuddelige.

»... das mit mir verbindet«, fügt sie hinzu.

Solveig prustet los.

»Sie hat es vielleicht nicht immer verstanden. Aber sie hat verstanden, dass du begabt warst. Begabt bist, meine ich.«

»Das da in den Artikeln bin nicht wirklich ich«, sagt Jessica.

Am Strand wird der Wind heftiger. Das Meer rauscht heute stark, aber in der Laube sind sie windgeschützt, und die Sonne brennt ihnen ins Gesicht. Solveigs dickliche Arme sind schwer behängt mit Armreifen, die klirren, wenn sie die Kaffeetasse hebt. Jessicas Arme dagegen sind schmal und glatt, noch. Solveig steckt sich eine Zigarette an. Wieder klirrt es.

»In letzter Zeit ist mir aufgegangen, wie viel passiert ist, seit ihr jung wart, du und Oma.«

»Ich nehme an, du hast ihr Buch gelesen?«, fragt Solveig.

»Fast. Ich musste ab und zu eine Pause einlegen.«

»Ganz schön harte Kost, das verstehe ich.«

Jessica überlegt eine Weile.

»Jemand hat Seiten aus dem Buch gerissen«, sagt sie dann.

Sie erwartet eine Reaktion von Solveig, aber ihr durch die Operationen erstarrtes Gesicht ähnelt eher einem Pokergesicht, ebenso bewegungslos, als ob sie soeben in die Augen der Medusa geschaut hätte.

»Hat Oma die Seiten rausgerissen, oder warst du das?«

»Ich habe dieses Buch nicht gelesen, Jessica. Es muss deine Großmutter gewesen sein.«

»Bist du sicher?«

»Ach, ich verabscheue diese Umschreibung ›Bist du sicher‹. Frag doch lieber gleich, ob ich lüge.«

Jessica zögert.

»Ich wäre nicht böse, wenn du es gewesen wärst. Ich will es nur wissen.«

»Also, ich war es nicht. Glaub mir, um deinetwillen. Dann musst du dir nicht auch noch über diese Frage den Kopf zerbrechen.« Jessica nickt. Sie glaubt Solveig.

»Viola hat sicher gewusst, was sie tut, wenn sie es sich anders überlegt hat«, sagt Solveig.

»Weißt du, warum?«

»Auch wenn ich es wüsste, so soll doch Viola selbst entscheiden, was sie dir sagen will. Das musst du verstehen.«

Jessica muss lachen. Ganz die treu ergebene Solveig, die zu erkennen die Großmutter so lange gebraucht hat, die Jessica niemals erkannt hätte, wenn sie das Buch der Großmutter nicht gelesen hätte.

»Ich wünschte nur, Oma hätte mir alles erzählt, als sie noch lebte«, sagt Jessica. »Dann hätten wir uns vielleicht wirklich kennengelernt.«

»Hat sich das denn nicht jetzt geändert?«

»Du weißt, was ich meine. Natürlich ist mir klar, warum sie nichts sagen konnte oder wollte, aber ich hätte schon längst etwas merken müssen. Vielleicht, wenn ich mich mehr um Oma gekümmert hätte. Ich habe es immer als selbstverständlich betrachtet, dass sie da war, obwohl ich wusste … ich dachte, später, eines Tages, dann …«

»So ist es, wenn man jung ist.«

»So jung bin ich nun auch wieder nicht.«

Solveig lacht.

»Wenn du wüsstest, wie jung du noch bist«, sagt sie.

»Ich bin froh, dass ihr euch hattet«, sagt Jessica.

Solveig lacht, Omas kleine runde Sancho Pansine mit der strassbesetzten Sonnenbrille.

Ich muss Petra anrufen.

48

Der Heilige Geist hatte sich scheiden lassen. Ich erfuhr es durch Bekannte von früher, die Viktor und ich in der Oper trafen. Angeblich trank er zu viel und hatte innerhalb eines Jahres graue Haare bekommen. Ich dachte an seine Frau Idun, die Göttin der ewigen Jugend auf jenem Silvesterfest, und das alles schien eine Ewigkeit zurückzuliegen. Das Frühjahr 1950, die stickige Luft in der Betriebswohnung, war wie ein Buch, das ich vor langer Zeit gelesen hatte und an das ich mich nur noch vage erinnern konnte.

Ich hörte, wie die Ladentür geöffnet wurde, und ich setzte mein übliches professionelles Lächeln auf, ehe ich mich umdrehte und den Luftzug des kalten Tages draußen spürte. Und da stand er, Roberts Vater, dein biologischer Großvater. Er war wirklich grauer geworden, und das betraf nicht nur seine Haare. Die Jahre schienen langsam alle Farbe aus ihm herausgepresst zu haben. Sein Taillenumfang war gewachsen, sodass er in seinem Nylonhemd und Blazer keine gute Figur machte. Aber die Haare waren glatt gekämmt und der Schlips straff gebunden, und ich hatte das Gefühl, dass er sich auf seinen Auftritt sorgfältig vorbereitet hatte, in dem Bewusstsein, wie übel die Jahre ihm mitgespielt hatten, und mit dem Wunsch, den schäbigen Eindruck zu mildern.

Ich lachte aufmunternd. Ich wollte uns nicht in Verlegenheit bringen, indem ich ihm zu verstehen gab, was ich wirklich dachte.

Es war das Jahr 1961, Laika und ihre Raumkapsel waren endlich im All verglüht, und Robert war schon zehn Jahre alt, als sein Vater in mein Leben zurückkehrte. Wie gesagt waren die Jahre nicht spurlos an ihm vorübergegangen. Aber gerade seine jämmerliche Erscheinung machte es so schwer für mich, rechtzeitig »Halt« zu sagen.

Er wollte mich zurückgewinnen, und er war hartnäckig. Immer wieder tauchte er unmittelbar vor Ladenschluss in meiner Boutique auf und bestand darauf, mich nach Hause zu bringen.

Warum wies ich ihn nicht sofort zurück? Ich brachte es nicht übers Herz. Und noch blieb er innerhalb der Grenzen des Anstands. Er wollte mich zurückhaben, aber er versuchte es niemals mit einer physischen Annäherung, sondern behielt respektvolle Distanz bei. Er bat nicht einmal, mit hinauf in die Wohnung kommen zu dürfen. Wenn er mich nach Hause brachte, trennten wir uns vor der Haustür.

Wir fielen in unsere alten Muster zurück. Abermals hörte ich mir seine Probleme an. Jetzt waren es die teure Scheidung und die Schwierigkeit, eine anständige Wohnung zu finden. Ich hörte mir seine Schmeicheleien und flehentlichen Bitten an. Er habe wirklich eingesehen, welcher Fehler es gewesen sei, mich gehen zu lassen. Er beteuerte, ich sei schöner denn je, ich sei zu einer starken und in jeglicher Hinsicht bewundernswerten Persönlichkeit herangereift. Er beklagte lauthals, dass ich einen anderen geheiratet hatte, und verfluchte sich, weil er seine Frau nicht bereits 1950 verlassen hatte.

Ich hörte mir diese Erklärungen an und wusste genau, dass er die Wahrheit verdrehte, dass er mich nie geliebt hatte und sich niemals von seiner Frau hätte scheiden lassen (der Tochter des Chefs!), um sich mit seiner minderjährigen schwangeren Geliebten zusammenzutun. Dieser Skandal hätte seinen guten Ruf für immer zerstört.

In seiner Version unserer kurzen Beziehung war es niemals er, der mich ausgenutzt hatte, im Gegenteil. Ich hatte ihn in Versuchung geführt und ihn eiskalt verlassen, ihm keine Chance gegeben, alles in Ordnung zu bringen, und dann hatte ich den erstbesten Kerl geheiratet. Er machte daraus jedoch keine offene Anklage, sondern betrachtete es als weiteren Beweis dafür, wie ungerecht das Leben ihn behandelt hatte.

Offensichtlich hoffte er, dass ich für ihn ein Sicherheitsnetz sein würde, in dem er nach seiner Scheidung sanft landen konnte. Er war der Typ Mann, der nicht ohne eine Frau an seiner Seite leben und nicht mit ihr zusammen sein kann, ohne sie zu verachten. Seine Verachtung war seltsam, verzerrt, als sei der Umgang mit Frauen unter seiner Würde, während er gleichzeitig ihren femininen Verzauberungskünsten ausgeliefert war. Manchmal roch ich seine Schnapsfahne, und es kam vor, dass er mitten auf der Straße in Tränen ausbrach, was mich äußerst verlegen machte.

Aber ich bekam schon immer schnell ein schlechtes Gewissen, und ich gelangte zu dem Entschluss, dass ich es ihm wenigstens schuldig sei, ihm zuzuhören. Ich war doch die Mutter seines Sohnes. Ich hatte die Beziehung beendet. Ich hatte mich von ihm angewidert gefühlt. Ach, was war ich für eine Idiotin, dass ich ihn nicht einfach aufforderte, sich dahin zu scheren, wo der Pfeffer wächst!

Einige Wochen später geschah etwas, das mich für eine Weile vollständig aus dem Gleichgewicht brachte. Mutter starb. Ihr erschöpfter Körper hatte schon so lange von geliehener Zeit gelebt. Und doch kam es wie ein Schock, vielleicht, weil sie schon einmal aller Wahrscheinlichkeit zum Trotz überlebt hatte, sodass Viktor und ich glaubten, unsere Mutter könne einfach alles überstehen.

Unsere Beziehung war im vergangenen Jahrzehnt noch komplizierter geworden. Es fiel uns schwer, nach der Zeit, die meiner und Billys Hochzeit vorangegangen war, einander in die Augen zu schauen. Für mich stand jedoch außer Frage, dass Robert seine Großmutter kennenlernen sollte, und als Oma war sie einfach wunderbar. Diese Rolle lag ihr viel eher als die der Mutter. Sie war nicht für die Art von Verantwortung und die dauernden Ansprüche geschaffen, die ein eigenes Kind stellt. Ein Enkelkind konnte sie dagegen verwöhnen und nach Belieben mit ihm spielen.

Die Beerdigung war eine groß angelegte Veranstaltung mit Hunderten von Gästen. Billy und ich hatten Vater genug Geld gegeben, um für Mutter die Art von Trauerfeier zu ermöglichen, die sie sich gewünscht hätte. Ich erwartete keine Dankbarkeit, aber ich hatte auch nicht mit den Anklagen gerechnet, die er zischend zwischen zusammengebissenen Zähnen vorbrachte. Er behauptete, Viktor und ich hätten unserer Mutter das Herz gebrochen und sie in einen zu frühen Tod getrieben. Dabei war meine Mutter frühzeitig gealtert, weil sie schwer an Krebs erkrankt gewesen war und grauenhafte Operationen hatte durchstehen müssen. Und seither – manchmal in Feierstimmung, manchmal wurde sie von einer alles umfassenden Verbitterung ergriffen – hatte sie sich mit ihrem verstümmelten Körper abgequält. Aber dennoch musste unser Vater jemandem Vorwürfe machen, und Viktor und ich kamen da gerade recht.

Bei der Beerdigung traten Vater, Henrik und dessen Frau zusammen mit Viktor, Billy und mir, als die nächsten Angehörigen, als eine in ihrer Trauer zusammengeschweißte Einheit auf, in dieser Form war das das letzte Mal; von diesem Moment an zerschnitt Vater das Tischtuch zwischen uns. Am Ende der sechziger Jahre waren Henrik und Vater tot, aber jetzt standen sie vor uns, stark, vereint und moralisch überlegen. Und Robert hat es mir nie verziehen, denn er glaubte, ich hätte ihn daran gehindert, seinen Opa zu treffen.

Es war eine schwere Zeit. Viktor und ich gingen auf unterschiedliche Weise damit um. Ich erlebte alles Schwere und Bittere noch einmal, konnte mich nicht damit abfinden, dass es ungeklärt bleiben sollte. Im Grunde hatte ich niemals die Hoffnung aufgegeben, dass Mutter und ich doch noch eine gute Beziehung zueinander entwickeln würden. Viktor wollte nur vergessen. Er trank inzwischen so viel, dass Billy und ich uns Sorgen machten.

Natürlich wusste Roberts Vater vom Tod meiner Mutter. Er erschien bei der Beerdigung, hielt sich aber im Hintergrund und war auf der Hut vor seiner Exfrau und deren Freundinnen. Er lauerte mir bei der Kirchentreppe auf. Er hatte wohl gehofft, ich würde so erschüttert sein, dass seine Überredungsversuche endlich ihre Wirkung zeigten.

Aber das Gegenteil war der Fall. Meine Geduld war zu Ende. Meine Versuche, ihn auf andere Gedanken zu bringen, waren gescheitert, und ich hatte es satt, als Mülleimer für seine geschmacklose Mischung aus Anklagen und Schmeicheleien zu dienen. Immer wieder zog er mein Leben mit Billy, den er doch für einen wirklichen Ehemann hielt, durch den Schmutz, und jetzt sah ich rot. Ich hatte mich meiner kleinen Familie nie so nahe gefühlt wie in diesem Moment, in den ersten Stunden nach dem Tod meiner Mutter und den Vorwürfen meines Vaters (wie jämmerlich ähnlich war er Roberts Vater in seiner Unfähigkeit, einen Unterschied zwischen meinem Leben und dem zu erkennen, das er sich selbst wünschte).

Ich hatte die Nase voll und bat ihn so distanziert wie möglich, sich von mir fernzuhalten, denn bei mir gebe es für ihn nichts zu holen.

Aber glaubst du, er hätte mir zugehört?

Er tauchte zu den unmöglichsten Zeiten vor unserer Haustür auf. Oft stand er unter dem Fenster und veranstaltete einen

Höllenlärm, bis die Nachbarn sich beklagten. Viktor und Billy versuchten, ihn zur Vernunft zu bringen, aber das half nichts. Einen ganzen Nachmittag stand er vor der Boutique und starrte mich durchs Schaufenster an. Ich versuchte, ihn zu ignorieren, aber es machte mich nervös, ich kam mir unbeholfen vor und fühlte mich seinem durchbohrenden Blick preisgegeben.

Eines Tages, als ich vom Laden nach Hause ging, bog ich um eine Ecke und stieß mit ihm zusammen. Er war angetrunken, hatte Tränen in den Augen, sagte, er habe gehofft, mich zu treffen. Er bat so überschwänglich um Verzeihung, dass ich ihm fast glaubte.

Nur wenige Tage darauf kam der erste Brief, in dem er drohte, sich das Leben zu nehmen, wenn ich ihm keine neue Chance gäbe. Ich glaubte, ihn überall zu sehen, wo immer ich war, sogar zu Hause. Nun hatte ich nicht nur Angst vor der Dunkelheit, sondern auch tagsüber.

Nach einer ruhigeren Periode hoffte ich schon, er sei zur Vernunft gekommen. Stattdessen hatte er diese Wochen genutzt, um emsig Nachforschungen anzustellen. Ich weiß nicht, wie er es geschafft hatte, aber er hatte die Wahrheit über mich, Billy und Viktor herausgefunden. Vielleicht hatte er sie verfolgt, bis sie sich verraten haben. Oder er hatte unser Haus überwacht, aber dann über längere Zeit, denn seit dem Tod unserer Mutter hatten wir keine Feste mehr gefeiert, und unsere Gäste kamen immer überaus diskret gekleidet (die mit »Festkleidung« zogen sich in unserer Wohnung um). Ich überlegte, ob er sich an meinen Vater gewandt hatte und dieser uns bestrafen wollte, indem er alles verriet. Das war durchaus möglich, aber ich habe es niemals mit Sicherheit erfahren.

Dann bekam ich einen Brief, in dem er drohte, zur Polizei zu gehen, wenn ich mich nicht sofort scheiden ließ und mit unserem Sohn zu ihm zog. In diesem Brief standen bizarre, wütende, zusammenhanglose Anklagen, dass sein Sohn angeblich unter Päderasten, Prostituierten und Perversen aufwuchs. Diese schändlichen Kreaturen ekelten ihn an, diese Halbmänner, die versuchen würden, die Gesetze der Natur und der Gesellschaft zu untergraben, und wenn ich nicht als Mutter die Verantwortung übernähme, werde Robert so werden wie sie.

Hast du dich je gefragt, warum sich immer die widerlichsten Vertreter des männlichen Geschlechts zum Verteidiger der wahren »Männlichkeit« aufschwingen? Ach, wie ich sie verachte, diese selbst ernannten Wappenträger des Y-Chromosoms, die ohne Selbstzweifel und Selbstkritik die Rolle des Richters übernehmen und bestimmen wollen, wie ein echtes Mannsbild zu sein hat.

Seine Drohung machte mir eine Sterbensangst. Ich konnte mir natürlich nicht vorstellen, mein Leben hinter mir zu lassen und Roberts Welt auf den Kopf zu stellen. Wie sollte er diesen Schock überstehen? Wie sollte ich Robert jemals gestehen, dass Billy nicht sein Vater war und er in Wirklichkeit einen psychisch labilen Menschen zum Vater hatte? Aber wenn dieser seine Drohungen in die Tat umsetzte, würden sie mir Robert vielleicht wegnehmen. Normalerweise wurde einem Vater fast nie das alleinige Sorgerecht übertragen, aber unser Fall war alles andere als normal, und jetzt konnten wir gezwungen werden, die Karten offen auf den Tisch zu legen. Ich war außer mir vor Angst, aber du kannst dir denken, dass ich mich nicht zur Polizei traute. Es kamen mehrere Briefe, und ich bewahrte alle auf, für alle Fälle. Wie diese »Fälle« aussehen sollten, wollte ich mir nicht einmal vorstellen.

Eines späten Abends, als ich mit Robert allein zu Hause war, klingelte es an der Tür.

Draußen stand der Heilige Geist, und ich ließ ihn herein.

Er war betrunken und laut, und ich versuchte verzweifelt, ihm klarzumachen, dass er Robert nicht aufwecken dürfe. Das regte ihn nur noch mehr auf. Ich flehte ihn an, uns in Frieden zu lassen. Ich ging so weit, dass ich ihn um Verzeihung für alles bat, was ich ihm angetan hatte, ich nahm alle Schuld auf mich. Ich fing vor lauter Angst an zu weinen, und das besänftigte ihn.

Dann hörte ich hinter mir Schritte, und als ich mich umdrehte, stand Robert da, im Schlafanzug, hellwach und verdutzt.

»Geh wieder ins Bett, Liebling«, sagte ich.

»Wer ist der Onkel?«, fragte er schüchtern.

Ein großes Vakuum öffnete sich in meinem Brustkorb, ein schwarzes Loch des Entsetzens. Aber Roberts Vater blieb stumm. Er schwankte nur unsicher hin und her.

»Das ist ein guter Freund von früher«, sagte ich, und Robert schien sich mit dieser Antwort zufriedenzugeben. Kalter Schweiß lief mir über den Rücken, als ich versuchte, meinen Sohn beruhigend anzulächeln.

»Dann gute Nacht«, sagte er mit seinem noch immer kindlich zarten Stimmchen und ging wieder in sein Zimmer.

Ich will diese Erinnerungen nicht wieder heraufbeschwören. Ich dachte, ich hätte sie hinter mir gelassen, es gibt eine andere Art von Verdrängung, bei der man sich an alle Tatsachen, aber nicht an die Gefühle erinnert. Jetzt kommen die Gefühle zurück.

Als mir aufging, was passieren würde, versuchte ich, das Unvermeidliche aufzuschieben, indem ich redete, redete, redete, aber es gab nichts mehr zu sagen. Als er mich zum ersten Mal schlug, schrie ich in Gedanken laut auf, presste aber meine Lippen aufeinander, um Robert keine Angst einzujagen.

49

Solveig fand mich auf dem Boden in der Diele. Die Wohnungstür stand offen, und ich hörte, wie sie die Treppe hochgerannt kam.

Sie warf Roberts Vater, der sich inzwischen in ein schniefendes Häuflein Elend verwandelt hatte, hinaus und kümmerte sich um den weinenden Robert, während ich mich ins Schlafzimmer schleppte, mich langsam auszog und meinen Körper untersuchte. Auf meinem Brustkorb waren überall Schwellungen und blaue Flecken. Ich hatte einen flammend roten Striemen im Gesicht, aber ich blutete nicht, und am nächsten Tag würde niemand etwas ahnen.

Ich bezweifle, dass das ein Zufall war. Er hatte sich seit damals verändert. Frustration und Alkohol, die so lange an ihm gezehrt hatten, hatten ein Monster geschaffen. Er wusste genau, wie er zuschlagen musste, dass bei seiner Idun keine Spuren zurückblieben, und seitdem habe ich oft gedacht, wie froh ich darüber bin, dass sie als eine der wenigen Frauen die Kraft besaß, ihren Mann zu verlassen, weil er sie misshandelte. Vor allem damals, müsste ich wohl hinzufügen. Aber manchmal frage ich mich, ob sich die Lage wirklich geändert hat oder ob es uns nur besser gelingt, uns etwas vorzumachen.

Solveig saß auf meiner Bettkante und flüsterte beruhigend auf mich ein, bis ich eingeschlafen war. Als ich morgens aufwachte, wirr im Kopf und völlig gerädert, saßen Billy und Viktor am Küchentisch und sprachen mit gedämpfter Stimme. Sie drehten sich zu mir um, als ich hereinkam. Ich frage nach Robert, voller Angst, er könnte über Nacht entführt worden sein, aber Solveig beruhigte mich. Er war bei ihr und spielte mit Gunnar. Solveigs Mann passte auf und wusste sehr wohl, was geschehen war.

»Wir bringen das in Ordnung«, sagte Billy und umarmte mich vorsichtig. »Mach dir keine Sorgen. Der bedroht uns nicht noch einmal.«

Ich fragte nicht, wie er sich da so sicher sein könne. Es war die Art, wie er es sagte, die mir das Gefühl gab, dass es besser so wäre. Für alle. Billy hatte noch immer Beziehungen nach oben in die Welt der Diplomatie, und er konnte

EIN BLATT IST HERAUSGERISSEN

in dem Fall kann man noch von Glück sagen«, meinte Solveig.

Und so hatten wir ein weiteres Geheimnis, das uns noch enger miteinander verband.

Ich saß die ganze Nacht mit Viktor und Billy zusammen und betrank mich zum ersten und letzten Mal in meinem Leben mit Whisky.

50

Jessica legt auf und verspürt nur Erleichterung und keine Reue.

Die Produktionsfirma hat grünes Licht für eine weitere Staffel ihrer Sendung erhalten, aber sie hat dankend abgelehnt. Ihr Produzent Rickard klang ungläubig und fragte, ob sie sich das wirklich gut überlegt habe. Sie bejahte. Er begriff noch immer nicht. Fragte, ob es am Geld liege. Nein, es sei kein Verhandlungstrick, sie habe sich einfach so entschieden.

Kein Wunder, dass Rickard überrascht ist, in seiner Vorstellungswelt war die Möglichkeit, dass sie aussteigen könnte, einfach nicht vorhanden. Moderatorinnen auf ihrem Niveau nehmen normalerweise dankend an, um weiter dabei sein zu können.

Aber sie hat genug Geld beiseitegelegt und kann es sich leisten, Nein zu sagen. Sie hat das, was Petra ein *Scher-dich-zum-Teufel-Konto* nennt und damit mehr als die meisten anderen. Aber sie muss für eine Weile ihre Kosten senken.

Erst als sie nicht mehr auf eine Nachricht wartete, hat sie herausgefunden, was sie wirklich will. Einmal, vor langer Zeit, sie kann sich kaum noch daran erinnern, wollte sie mit Menschen arbeiten: in einer Einrichtung für Missbrauchsopfer, in einem Frauenhaus oder bei der Jugendfürsorge. Die Möglichkeit besteht noch immer. Und da sie jetzt ihr Leben ein wenig mit Abstand betrachten kann, begreift sie nicht, warum sie starrköpfig an einem Job im Rampenlicht festgehalten hat, wo sie das Rampenlicht doch verabscheut. Vielleicht ist es ihr Wettbewerbsinstinkt oder der Wille zum Erfolg. Sie kann es jetzt besser einschätzen, bewertet es aber nicht. Jetzt ist es an der Zeit, jemandem das Feld zu überlassen, der wirklich so einen Job haben und mitspielen will.

Sie lacht. Sie hat Angst, ist aber auch erwartungsvoll, und das gefällt ihr.

51

An diesem Morgen hatte ich noch mehr als mein halbes Leben vor mir, aber trotzdem endet hier mein Bericht. Ich schreibe nicht nur alles auf, um es dir zu erklären, sondern auch, um mir einzureden, dass es sich so verhält. Es war schwer, einen Anfang zu finden, und genauso schwer fällt es mir jetzt, zum Schluss zu kommen. Aber ich habe gesagt, was ich sagen musste, und da kann ich auch freiwillig meinen Bericht abschließen, ehe mein Körper mich dazu zwingt.

Ich habe Roberts Vater nie wiedergesehen, genau, wie Billy es mir versprochen hatte, aber ich weiß, dass er sich in der Nähe von Uppsala niederließ und sich dann mit Hilfe des Alkohols das Leben nahm. Ich kann ihn nicht hassen, dazu ist seine Geschichte viel zu tragisch.

Und falls du dich fragst: Ich hatte nie mehr mit einem Mann zu tun, nicht auf diese Weise. Nachdem unsere Familie bedroht worden war, wollte ich das, was ich hatte, noch mehr beschützen. Es war das Risiko oder die Mühe nicht wert, und ich habe mich nie wieder für einen Mann interessiert. Wenn mir das passiert wäre, hätte ich vermutlich, so pathetisch sich das anhören mag, das Gefühl gehabt, Billy zu hintergehen. Vor allem, wenn man bedenkt, dass er und Viktor sich gegen Ende der siebziger Jahre eine Zeit lang darauf einigten, sich nebenbei noch mit anderen Männern zu treffen. Einmal habe ich Viktor gefragt, ob er niemals eifersüchtig werde. »Doch«, sagte er. »Ich bin eifersüchtig auf Billy, denn der kriegt viel mehr unsittliche Angebote als ich.«

Kannst du dir das vorstellen? Sie hatten Männer mehr als genug, und ich bekam so gut wie keinen, aber so verlief unser Leben eben.

Vielleicht hat mir die Sache mit der körperlichen Liebe nie so recht gelegen. Hätte ich sie sonst nicht gesucht? Ich weiß nicht. Es ist so lange her, dass ich Zugang zu solchen Gefühlen hatte.

Jetzt habe ich kaum noch Zugang zu der Erinnerung daran.

Es war viel schwerer, damit fertig zu werden, dass Robert mit solcher Begeisterung aus meinem Leben verschwand. Ich wurde verbittert, und das trieb ihn natürlich noch weiter von mir weg. Ich versuchte, mich abzuhärten, bildete einen Panzer um mich, bis ich mir vorkam wie ein Käfer, außen hart und glänzend, innen weich und warm. Als du geboren wurdest, hast du es fertiggebracht, dass dieser Panzer für eine Weile an manchen Stellen Risse bekam, aber erst nach unserem Umzug nach Schonen ist er ganz verschwunden. Aber halte mich jetzt nicht für gänzlich gefühlskalt. Ich habe dich vom ersten Moment an sehr geliebt, und solange Robert mit deiner Mama verheiratet war, haben wir uns ziemlich oft gesehen. Ich hoffe, du hast noch Erinnerungen an diese Zeit, als ich noch immer stark war. Ich habe deine Mama auch sehr gern gemocht, und ich war traurig, als sie und Robert sich trennten. Bitte grüß sie von mir.

Als die siebziger Jahre zu Ende gingen, hätten Billy und ich uns eigentlich längst scheiden lassen können. Scheidungen waren inzwischen sehr üblich, aber wir hatten uns alle drei mit unserer Situation arrangiert. Wir unterstützten uns gegenseitig und wollten das dadurch entstandene Gleichgewicht nicht gefährden. Es gab also keinen Grund, dies in Erwägung zu ziehen. So viele Leben wären davon beeinflusst worden, sogar deins, Jessica, wenn wir plötzlich alles auf den

Kopf gestellt hätten. Wenn ich und Billy uns getrennt hätten, wäre der Rest der Lüge ans Licht gekommen: Er und Viktor hätten wohl kaum weiter zusammenleben können, ohne Fragen zu provozieren.

Als Homosexualität nicht mehr als Krankheit eingestuft wurde, glaubten wir, eine neue, liberalere Zeit sei angebrochen, aber dass die Zeiten sich veränderten, bedeutete nicht, dass wir das auch getan hätten. Wir waren noch immer Produkte unserer Zeit und von allem, was danach passiert war.

Dann kamen die achtziger Jahre und mit ihnen eine geheimnisvolle Schwulenkrankheit, die viele von unseren Freunden das Leben kostete. Diese Krankheit bekam den Namen HTLV-3, wurde dann zu HIV und Aids, und wir merkten, dass die Fronten sich wieder verhärteten. Die Menschen waren in Panik, man hatte sogar Angst, Mücken könnten die Infektion übertragen, und plötzlich war jeder Homosexuelle ein potenzieller Ansteckungsherd. In der Luft lag eine neue Feindseligkeit, und dazu kam noch unsere private Trauer um unsere verstorbenen Freunde. Es ist eine solche Schande, es zu gestehen, aber wir wagten kaum, die zu besuchen, die im Krankenhaus lagen und von Personal gepflegt wurden, das eine Art Raumanzug trug, damit es zu keinerlei Körperkontakt kam.

Nichts war noch so wie früher. Stockholm wurde zu einer Gespensterstadt. Mehrmals durften wir nicht zu einer Beerdigung gehen, weil die Angehörigen des Verstorbenen die Vergangenheit des Toten nicht wahrhaben wollten. In einem einzigen Sommer hielten wir drei private Trauerfeiern ab, bei denen wir Wein tranken, über den Toten sprachen und lachten über die schönen Zeiten. Auf diese Weise erweckten wir so viele Erinnerungen wie möglich zum Leben, um die Gedanken an den schrecklichen Tod unserer Freunde zu bannen.

In diesem Sommer entschloss ich mich umzuziehen. Ich wollte neu anfangen. Ich träumte von einem Garten.

Als es Herbst wurde, weihte ich Viktor und Billy in meine Pläne ein. Ich hatte mich davor gefürchtet, denn ich sah es als Abschied an. Zu meiner großen Überraschung und Freude boten sie jedoch an, mit umzuziehen. Auch sie sehnten sich fort, und wir beschlossen, uns zuerst in Österlen umzusehen. Ich wollte nach Süden, und sie wollten näher an Europa heran. Sie wollten reisen. Ich dagegen wollte so tiefe Wurzeln wie möglich schlagen, wollte an demselben Ort bleiben und ihn ganz und gar zu meinem eigenen machen.

Wir fanden Solbacka an einem Sonntagnachmittag, der so verregnet war, dass ich unser Hotel in Ystad nicht einmal verlassen mochte. Das Bild in der Anzeige sprach mich nicht sonderlich an, und der Name, sonnige Anhöhe, kam mir an einem solchen Tag vor wie die pure Ironie.

Ich war müde. Wir hatten die Hoffnung auf ein Haus, das uns allen drei gefallen könnte, fast aufgegeben. Irgendwer hatte immer etwas auszusetzen: zu klein, zu groß, zu abgelegen, zu dicht am Nachbargrundstück, zu heruntergekommen, zu protzig … Ich glaube, wir waren noch immer nervös vor diesem Schritt, vor diesem großen Schritt durch das halbe Land, und deshalb suchten wir Gründe, um ihn hinauszuzögern.

Aber egal, die Jungs überredeten mich, und wir fuhren hin.

Es schüttete, und die Straße war fast unpassierbar. Ich lauschte nervös auf das Geräusch der Autoreifen auf dem nassen Untergrund und rechnete jeden Moment damit, dass die Räder durchdrehten und im Schlamm versanken. Ich wollte nicht auf einem unbekannten Waldweg bei strömendem Regen und in der Dämmerung stecken bleiben.

Als wir endlich ankamen und Billy anhielt, spürte ich, wie mich zum ersten Mal seit langer, langer Zeit Ruhe überkam. Ich kann das nicht beschreiben. Es war, als käme ich nach Hause.

Wir sprangen aus dem Auto und suchten Schutz unter dem

vorspringenden Dach. Ich schaute durch das Fenster in den Raum, in dem wir später die Treppe zu meinem Schlafzimmer anbrachten, das damals ein dunkles, enges Gästezimmer war (inzwischen hast du sicher verstanden, dass Billy und ich das Bett nur teilten, wenn du oder dein Papa zu Besuch kamen; er schläft immer bei Viktor im Gartenhaus, aber in all diesen Jahren haben wir jeden Morgen zusammen gefrühstückt).

Ich hatte Tränen in den Augen, ohne richtig zu wissen, warum. Vielleicht hat Gloria doch recht mit ihrem Gefasel über Meridiane und Energien. Irgendeinen kleinen Goldklumpen muss man doch, rein statistisch gesehen, aus dem Strom von Unsinn herauswaschen können, der aus ihrem Mund kommt.

Mein Gefühl hatte zumindest nichts mit den reinen, augenfälligen Tatsachen zu tun. Das Haus war klein und unansehnlich, ein viereckiger Kasten mit Ziegeldach und abblätternder weißer Farbe. Dass der Weg hierher bei schlechtem Wetter nur schwer zu bewältigen war, wussten wir bereits, und im Winter hier zu wohnen, wäre für drei alte Leute der glatte Wahnsinn. Und doch schien sich vor meinen Augen ein Vorhang zu heben, und ich sah in die Zukunft, sah genau, was zu tun war. Und noch erstaunlicher: Wir waren absolut einer Meinung. Wir spürten es alle drei. Das war der Ort, nach dem wir gesucht hatten.

Geliebte Jessica. Nun muss ich endlich zum Ende meiner Aufzeichnungen kommen. Ich weiß noch immer nicht, ob ich will, dass du diese Seiten liest. Ich weiß nicht, ob es selbstsüchtig von mir ist, ob es nur meinetwegen ist, dass ich diese Last abwerfen will, ehe ich sterbe. Man kann sich solche Fragen niemals selbst stellen und eine wahrheitsgemäße oder klarsichtige Antwort erwarten, aber ich glaube, dass ich richtig handele, egal, wie meine Absicht sein mag, wenn ich dafür sorge, dass dieses Buch in deine Hände kommt. Ich versuche nicht, mit hausbackener Vernunft die »Ehrlichkeit am längsten währen« zu lassen oder »die Wahrheit wird dich befreien« zu verkünden. Ich glaube nur nicht mehr an Lebenslügen. Ich glaube nicht, dass sie etwas Gutes mit sich bringen. Ich glaube, dein Papa wäre ein anderer, glücklicherer Mensch geworden, wenn er nicht als unfreiwilliger Teilnehmer unseres Spiels hätte heranwachsen müssen. Ich glaube, dass es richtig war, ihm und in Verlängerung auch dir die Geborgenheit einer »richtigen« Familie zu geben. Aber er muss begriffen haben, dass wir etwas Schändliches taten, weil wir es geheim hielten. Er wäre vielleicht kein so strenger Richter geworden, wenn er nicht gemerkt hätte, dass wir uns selbst verurteilten. Ich spüre, dass diese Lüge jetzt ein Ende haben muss, und das Ende beginnt bei dir. Ich hoffe, du verstehst das und kannst alles mit Offenheit annehmen.

Nur eins muss ich noch klarstellen. Jetzt, wo es fast zu Ende ist, bin ich absolut zufrieden mit meinem Leben. (Und ich habe keine Angst vor dem Tod. Ich glaube, das, was uns danach erwartet, ist so wunderbar, dass wir deshalb vorher nichts erfahren. Wir würden ein langes Leben auf Erden einfach nicht durchhalten, wenn wir es wüssten.) Ich habe einen Mann und einen Bruder, die ich liebe, und wir führen zusammen ein durchaus angenehmes Leben. Das Leben ist nicht sehr schwer, wenn man nichts erwartet. Ich bereue nichts, denn ich habe mit den Fähigkeiten, die ich damals hatte, mein Bestes getan. Und alles, was passiert ist, auch die schlimmen Dinge, hat mich hierhergeführt. Ich bin glücklicher als die meisten. Sieh dir nur Solveig an, die hergezogen ist, als ihr müder Mann sich zum letzten Mal vollständig angezogen ins Bett gelegt hat. Insgesamt gesehen musste ich niemals so einsam sein wie sie.

Heute kann ich mich auch über die ersten Jahre mit Robert freuen, als er mir noch gehörte. Und wenn ich Robert nicht gehabt hätte, dann hätte ich auch dich nicht! Vergiss nicht,

Jessica: Wir haben uns, du und ich. Das ist wichtiger, als Stunden und Minuten aufzurechnen, die wir im selben Zimmer verbracht haben. Denk daran, wenn dich je das schlechte Gewissen überkommt, dem wir beide so leicht zum Opfer fallen. Alles zwischen uns ist gut, und ich liebe dich. Du wirst geliebt.

Wie schon gesagt, kannst du mit diesem Buch machen, was du willst. Sei nur vorsichtig, was Viktor und Billy angeht. Wenn man so lange mit einem Geheimnis gelebt hat, kann man nur schwer einschätzen, wann es Zeit ist loszulassen. Man hütet es sorgfältig und weicht Konfrontationen aus. Hab Geduld und lass sie auf ihre Weise erzählen, in ihrem Rhythmus. Und vergiss niemals, dass Billy, egal, was passiert, dein Großvater ist.

Das war alles. Ich umarme dich. Deine Großmutter.

52

Einige Tage vergehen. Sie steht mitten im großen Zimmer und schaut durch die offene Tür hinaus in den Garten, als ihr einfällt, wie sie und die Großmutter abends zusammen gebetet haben, wie die Großmutter immer mit der Bitte endete, Jessica solle »so viel Liebe erhalten, dass sie auch anderen Liebe geben« könne.

Sie nimmt das Buch hervor. Fährt mit dem Zeigefingernagel über das mit Goldfäden gestickte Muster.

Die Wahrheit. So war sie also. Weder mehr noch weniger. Jetzt ist sie ein Teil von ihr.

Plötzlich sieht sie alles deutlich vor sich, ein gigantisches Uhrwerk, in dem alles zusammenhängt: die, die sie heute ist, wer ihr Vater geworden ist, Oma, Viktor und Billy

nein: Opa

und die Eltern von Oma und Viktor. Ihre Leben sind Zahnräder, die ineinandergegriffen haben, und außer ihnen führen weitere Räder bis in die Unendlichkeit hinein. Sie ist ein Produkt von allem, und das wollte dieser Sommer ihr sagen.

Sie verschränkt die Arme vor der Brust, läuft im Haus hin und her. Ein Gefühl von Rastlosigkeit. Es baut sich in ihr auf, bis ihr Körper elektrisch wird. Es ist wie eine Panikattacke. Aber

nein

es ist etwas ganz anderes. Es ist frisch, lebendig. Ja, sie ist lebendig. Sie hat noch so viel Leben in sich, und doch will sie keinen weiteren Tag vergeuden. Sie will sich nicht mehr verstecken.

Sie war von ihren Ängsten gefangen, hatte Angst, jemanden in ihr Leben zu lassen, Angst vor Ungeheuern unter dem Bett. Aber sie hat sich selbst betrogen. Sie hat eigentlich nie Angst vor dem gehabt, was von außen kommt und sie gefangen nimmt. Sie hatte Angst vor dem, was in ihr ist. Angst vor der Angst und anderen starken, unkontrollierbaren Gefühlen, die sie niemals abstellen könnte, wenn sie sie zulassen würde. Angst, von ihnen zerrissen zu werden, verrückt zu werden. Aber jetzt will sie

leben

leben, und sie kann nicht mehr warten. Sie ist bereit. Sie hat lange genug stillgestanden. Sie hat keine Angst mehr. Es ist Zeit, nach Hause nach Stockholm zu fahren. Die Stadt war nicht das Problem, sondern was sie daraus gemacht hat.

53

Jessica geht auf den Dachboden – sie packt die letzten Dinge der Großmutter zusammen, die sonst niemand haben will, morgen wird sie alles einer wohltätigen Vereinigung überlassen –, als das Telefon klingelt. Sie rennt die Treppe hinunter, immer zwei Stufen auf einmal. Sie rechnet mehr oder weniger damit, dass es Rickard ist, der einen weiteren Überredungsversuch starten will.

Sie reißt den Hörer an sich.

Es ist nicht Rickard.

»Hier ist Jakob«, sagt er.

Sie lehnt an der Anrichte, kann es nicht glauben. Aber es spielt keine Rolle, ob es Einbildung ist. Sie muss die Frage stellen, die sie die ganze Zeit beschäftigt hat.

»Wo bist du?«

»Jessica, ich kann nicht lange mit dir sprechen, aber du sollst wissen, dass es mir leidtut, was ich dir angetan habe. Du musst mir das glauben.«

»Du warst es, oder? Ich dachte, ich werde verrückt, aber du warst Erik Andersson?«

»Ja.«

Die Szene in der Gärtnerei flimmert noch einmal an ihrem inneren Auge vorbei. Sie standen so dicht beieinander. Aber sie haben sich kein einziges Mal berührt.

»Es tut mir so leid«, sagt er noch einmal.

Sie sieht ihr Spiegelbild im Fenster über dem Spülbecken. Bleich und gehetzt. Sie steckt sich eine Zigarette an und zieht so stark daran, dass ihre Lippen ein schmatzendes Geräusch von sich geben, als sie die Zigarette wieder aus dem Mund nimmt.

»Ehrlich gesagt ist es mir scheißegal, wie leid es dir tut. Warum, Jakob? Das ist alles, was ich wissen will.«

Sie hat plötzlich Angst, er könnte aufgelegt haben. Es rauscht in der Leitung.

»Ich kann dir nicht sagen, warum. Wenn du nur wüsstest, wie sehr ich mir wünsche, ich könnte es erzählen, aber das geht nicht. Du darfst mich nicht mehr suchen. Ich bin gefährlich für dich, wenn du mich nicht in Ruhe lässt.«

Jessicas Gehirn arbeitet fieberhaft, sie will die richtigen Worte finden.

Pause. Rauschen, Knacken in der Leitung. *Mein Gott, hoffentlich bricht sie nicht zusammen.*

»Ich habe schon viel zu viel erzählt«, sagt er, »und auch nur, weil ich wieder verschwinden muss.«

Nein. Sie muss ihn sehen. Sie muss.

»Wohin willst du?«, fragt sie.

»Ich weiß noch nicht.«

»Wo bist du jetzt? Du kannst doch wenigstens sagen, ob du noch in Schonen bist.«

»Ich kann nicht.«

»Bitte, Jakob. Ich muss dich sehen. Wir müssen reden. Ich kann das nicht ertragen.«

»Verzeih mir«, sagt er.

Und die Verbindung bricht ab.

Jessica hat sich immer über Filmszenen geärgert, in denen jemand Hallo in einen stummen Telefonhörer ruft, aber jetzt tut sie es selbst. Dann legt sie auf. *Kann man ein bereits beendetes Gespräch zurückverfolgen?*

Ihre Hand streicht über die Anrichte. Dabei zieht sie die große gläserne Obstschale zu sich heran. Die Hand hebt sich wie von selbst, und die Schale fliegt mit überraschender Kraft an die gegenüberliegende Wand.

Das Geräusch lässt die Luft für einige Sekunden vibrieren. Scherben fliegen über den Boden, zusammen mit überreifen Bananen und frisch gepflückten Äpfeln.

Jessica bleibt stehen, fasziniert von dem funkelnden Haufen. Dann geht sie barfuß darauf zu, weicht Glassplittern auf dem Boden vorsichtig aus, liest die spitzen Glasstücke auf und sammelt sie in ihrer linken Hand. Stellt sich vor, wie sie die Faust um die Splitter ballt und sie in ihre Haut eindringen, Sehnen zerschneiden, über dünne Knochen kratzen. Aber sie ist keine, die aufgrund psychischer Schmerzen ihren physischen Empfindungen freien Lauf lässt, sie ekelt sich schon bei der Vorstellung. Stattdessen sammelt sie die Scherben vorsichtig weiter mit den Fingerspitzen der rechten Hand auf.

Sie hat gerade den Staubsauger ausgeschaltet, das Klirren der letzten Scherben, die durch das Rohr wirbeln, erfüllt sie mit einer gewissen Befriedigung, als es an der Tür klingelt.

Sie macht auf.

Und da steht er.

Teil 3

Jessica und Jakob

54

Jakob folgt Jessica ins Haus. Sie bewegt sich genauso wie früher. Mit geradem Rücken und unmerklich federndem Schritt. Trotzdem hat sie sich verändert. Das hat er schon in dem schockierenden Augenblick bemerkt, als sie bei ihm auf der Arbeit aufgetaucht ist und ihre Blicke sich trafen. Etwas ist verloren gegangen. Er weiß, was es ist, er spürt es, er sieht es jeden Tag in seinem Spiegelbild.

Sie bietet ihm einen Platz auf dem Sofa an und fragt, ob er Kaffee möchte.

»Ja, bitte«, sagt er.

»Oder hättest du lieber einen Whisky?«

Sie gehen seltsam höflich miteinander um. Es fühlt sich klaustrophobisch an. Als ob sie sich beide an eine Fassade der Normalität klammern und nicht wagen loszulassen.

»Danke, aber ich muss fahren.«

»Dann werde ich für uns beide trinken«, sagt sie und geht in die Küche.

Sie knallt laut mit Schranktüren. Der Wasserkocher fängt an zu rauschen, und Jakob wischt seine schweißnassen Handflächen an seinen Jeans ab.

»Das Haus ist wirklich schön«, sagt er, als sie mit einem Tablett zurückkehrt.

Das Eis in ihrem bis zum Rand gefüllten Whiskyglas klirrt.

»Danke.«

Sie stellt die Kaffeetasse mit einem Knall vor ihn hin, sodass ein wenig von dem Inhalt auf den Tisch schwappt.

»Nett, dass du vorbeischauen konntest«, sagt sie dann.

Ihr Tonfall ist nicht misszuverstehen. Er lächelt nervös.

»Ich weiß nicht, was ich sagen soll«, bringt er heraus.

»Ich auch nicht. Aber du bist derjenige, der etwas zu erzählen hat.«

Er nickt. Setzt sich anders hin.

»Ich werde es versuchen, aber ich kann nicht alles erzählen.«

Sie hat das Gefühl, irgendwo unter der Decke zu schweben, sie von oben zu betrachten, wie sie dort sitzen, sie sieht die Szene deutlich vor sich. *Diese Narbe.* Ihr Magen dreht sich um, als sie sich überlegt, dass er um ein Haar ein Auge verloren hätte.

»Ich könnte dir erzählen, welches Chaos du in meinem Leben angerichtet hast«, sagt sie.

»Das verstehe ich. Ich bin froh, dass es dir trotzdem gut zu gehen scheint.«

Sie würde ihm gern den Whisky ins Gesicht kippen. Aber sie trinkt einen großen Schluck.

»Ich hatte eine Fehlgeburt«, sagt sie dann.

Er fährt zusammen, und das erfüllt sie mit einer düsteren Freude.

»Ich war über ein Jahr krankgeschrieben, und ich nehme noch immer Glückspillen. Ich hatte gerade das Gefühl, dass ich endlich wieder Boden unter den Füßen spüre. Aber dann bist du wieder in meinem Leben aufgetaucht. Und jetzt bist du hier.«

Sie trinkt noch einen Schluck. Er hat seinen Kaffee noch immer nicht angerührt.

»Und du hast einfach alles auf den Kopf gestellt. Du hast mich dazu gebracht, ernstlich an meinem Verstand zu zweifeln.«

Sie erkennt diese tonlose Stimme nicht wieder, die aus ihrem Mund kommt.

»Sag schon, was willst du hier?«

»Ich will sicher sein, dass du verstanden hast, dass du nicht nach mir suchen darfst, wenn ich wieder verschwinde.«

»Wer ist Erik Andersson?«

Er trinkt endlich einen Schluck Kaffee, hat sichtlich Mühe mit dem Schlucken. Er scheint einen Entschluss zu fassen.

»Ich habe eine neue Identität bekommen.«

In ihrem Gehirn wird auf einmal ein Schalter umgelegt. Sie spürt es fast physisch. Etwas wird blockiert.

»Warum?«

»Ich weiß nicht, ob du dich erinnerst. In einer Kneipe in Göteborg wurden zwei Menschen erschossen, an dem Wochenende, an dem ich … an dem ich verschwunden bin.«

Sie nickt.

»Ich war dort«, sagt er. »Ich kannte einen von ihnen. Er war nicht gerade ein enger Freund, aber wir haben uns manchmal getroffen. Viele Kneipenangestellte sind nach Feierabend oft noch zusammengesessen, um einen Absacker zu trinken.«

Sie wartet.

»Ich war noch nie in seiner Kneipe. Verstehst du, was das für ein gemeiner, idiotischer Zufall war? Ich hatte an dem Abend frei und wollte einfach ein Bier trinken.«

»Und hast du gesehen …«

»Ich war Zeuge. In der Kneipe waren zwei Gäste und einer vom Personal. Aber niemand hat irgendwas gesehen, natürlich nicht. Die Kneipenmafia, so wird sie in den Schlagzeilen genannt. Mein Bekannter war spielsüchtig und schuldete ihnen Geld, sehr viel Geld.«

Jessica leert ihr Whiskyglas und wartet stumm darauf, dass er weiterredet.

»Sie haben noch in der Nacht der Schießerei beschlossen, mich unter Zeugenschutz zu stellen. Sie haben mich im ganzen Land herumgeschickt, und ich wurde rund um die Uhr bewacht. Ich war nicht einmal bei der Gerichtsverhandlung, sondern musste meine Aussage per Video machen.«

Jessica streckt die Hand aus, berührt vorsichtig seine Narbe, die weniger rau ist, als sie erwartet hat. Er zuckt zurück.

»Und das hier?«, fragt sie.

»Sie haben mich ein halbes Jahr später doch noch gefunden. Der Typ, den sie geschickt haben, war so betrunken, dass er nicht... ich konnte entkommen. Und danach habe ich eine neue Identität bekommen. Bis sie das entschieden hatten, musste ich mich wieder verstecken und wurde bewacht. Das hat über einen Monat gedauert. Ich durfte nicht einmal allein eine Zeitung kaufen gehen.«

»Sind sie verurteilt worden? Die, gegen die du ausgesagt hast?«

»Ja. Aber ich wusste, dass das keine Rolle spielt. Die organisierte Kriminalität ist wirklich gut organisiert.«

Er versucht ein ironisches Lächeln.

»War es die Sache also wert?«, fragt sie.

Ihr Gehirn fängt endlich an zu begreifen, dass sie nicht halluziniert. Dass wirklich Jakob vor ihr sitzt. Sie ist vollauf damit beschäftigt, diese Tatsache zu verarbeiten. Was er gerade sagt, ist erst einmal zweitrangig. Sie wird jetzt alle Antworten bekommen, die sie braucht, und dann später darüber nachdenken.

War es die Sache wert? Jakob würde diese Frage gern mit einem klaren Ja beantworten.

Am Ende konnte ihn eine Polizistin auf der Wache in Göteborg überreden, sich als Zeuge zur Verfügung zu stellen.

Sie hatte ihm erzählt, was diese Männer vermutlich schon alles verbrochen hatten. Was sie vermutlich als Nächstes tun würden, wenn sie freikämen – Dinge, die er dann auf dem Gewissen haben würde. Er versuchte, einen Ausweg zu finden.

Stellte Fragen, von denen er heute weiß, dass sie naiv waren. Es war die schwerste Entscheidung seines Lebens, alles aufzugeben, und er kann Jessicas Frage noch immer nicht beantworten.

Er hatte geglaubt, das »Richtige« zu tun, als er Jessica ohne Erklärungen verließ. Sie wurde damals nicht bedroht. Die anderen schienen nichts von ihr zu wissen. Er wollte ihr das alles ersparen. Hoffentlich würde sie wütend auf ihn sein, ihn hassen. Das würde es leichter für sie machen, ihn zu vergessen.

Aber wie hätte sie ihn vergessen können? Er hat doch in diesen Jahren jeden Tag an sie gedacht. Er konnte sie nicht vergessen. An jedes Detail kann er sich noch kristallklar erinnern. Die Vergangenheit kommt ihm wirklicher vor als die Gegenwart. Nichts gab es in seinem Leben, das es sich lohnte festzuhalten, außer den Erinnerungen.

Er ist einer der wenigen Schweden, die die stärkste Form von Zeugenschutz bekommen. Nicht einmal seine Eltern wissen, wo oder wer er ist. Einmal im Jahr kauft er eine neue Prepaidkarte für sein Mobiltelefon und ruft sie an. Sagt, dass er noch lebt. Fragt, wie es ihnen geht.

Diese Gespräche sind schwer zu ertragen, schon lange bevor er anruft, graut ihm davor. Seine Mutter versucht, tapfer zu sein, fröhlich zu wirken. Sein Vater sagt nicht viel, will aber nicht auflegen. Und seine Schwester weint die ganze Zeit. Sie hat zwei Kinder, die er noch nie gesehen hat, die er vermutlich niemals sehen wird.

Die Einsamkeit ist nach diesen Anrufen schlimmer denn je.

Er kann niemanden in sein Leben lassen, und Erik Andersson muss freundlich, aber unpersönlich sein. Er trinkt nie und geht nie auf Feste. Als er in der Gärtnerei gearbeitet hat, hat er nur selten mit den anderen zu Mittag gegessen, sondern ist für sich geblieben, hat sich sein eigenes Lunchpaket und ein Buch mitgenommen. Mit der Zeit ist Jakob ein Experte darin geworden, seine Mitmenschen freundlich auf Distanz zu halten. Er macht dezent, aber unmissverständlich deutlich, dass er in Ruhe gelassen werden will. Anfangs ist es ihm schwerer gefallen, weil er sich nach Gesellschaft sehnte. Doch schließlich hat er sich an die unsichtbare Isolierzelle gewöhnt, die zu seinem Leben geworden ist.

Es ist unmöglich, eine enge Beziehung mit einem Menschen einzugehen, wenn man zugleich die Lüge hüten muss, wer man wirklich ist. Eine Liebesbeziehung und etwas zu sagen, was auch nur annähernd der Wahrheit entspricht, sind ausgeschlossen. Wer weiß, was passiert, wenn die Beziehung ein Ende nimmt?

Er ist davor gewarnt worden, wie leicht es passieren kann, dass die frühere Freundin, wenn sie ihre Trauer verarbeitet, ihren engsten Freunden die Wahrheit erzählt, die sie dann weiterverbreiten, und wie schnell eine solche Geschichte genau denen zu Ohren kommt, vor denen er sich versteckt.

So leicht kann es passieren, und so unmöglich kann man es verhindern. Deshalb ist ein Hund seine einzige Gesellschaft. Und die Paranoia, die ihm rund um die Uhr im Nacken sitzt. Er spürt sie jedes Mal, wenn draußen auf der Straße ein unbekanntes Auto vorbeifährt. Jedes Mal, wenn ein Fremder seinen Blick erwidert. Natürlich wusste er sofort, dass er von dem silberfarbenen Auto verfolgt wurde.

»War es das also wert?«, fragt Jessica noch einmal.

Jakob scheint aus einem Traum zu erwachen. Er zuckt mit den Schultern, sagt aber nichts.

»Verstehst du jetzt, warum ich dich da nicht mit hineinziehen wollte?«, fragt er endlich.

Jessica steht auf, geht zum Barschrank und stellt die Whiskyflasche hinein. Jakob geht hinter ihr her. Sie wappnet sich, dreht sich um und sieht ihn an.

»Wie konntest du einfach so verschwinden? Dieser verdammte Brief, den du geschrieben hast…«

»Ich verstehe, dass du wütend bist«, sagt er.

»Ach, hör auf, so verdammt verständnisvoll zu tun! Ich glaube, du hast überhaupt nichts kapiert! Was hast du eigentlich gedacht, was passieren würde? Dass ich dich vergessen würde, einfach so?«

»Ich habe geglaubt, das Richtige zu tun. Ich habe die Fachleute um Rat gefragt, die schon häufiger mit solchen Fällen zu tun hatten.«

»Die Fachleute? Scheiße, Jakob, ich dachte, du warst der Fachmann für mich! Du hättest wissen müssen, dass du mir die Wahrheit sagen müsstest! Ich wäre mit dir gegangen.«

»Und dann? Hätten wir dann beide eine Narbe? Oder vielleicht wäre sogar noch Schlimmeres passiert.«

Sie kann ihn nicht mehr ansehen.

»Sie hätten dich benutzt, um mich zu finden«, sagt er.

»Ich wäre trotzdem mit dir gegangen.«

»Für mich war es auch nicht leicht. Ich habe mein altes Leben zurückgelassen. Ich habe *nichts* mehr.«

Er hebt ihr Kinn, zeigt auf die Narbe und schaut ihr in die Augen.

»Und du hast mir so verdammt gefehlt, aber als es passiert war, war mein erster Gedanke: Was für ein Glück, dass Jessica nicht bei mir ist. Ich hatte die Möglichkeit, dich aus allem herauszuhalten, und ich habe diese Möglichkeit genutzt. Ich habe nicht vor, dich deshalb um Verzeihung zu bitten.«

»Was wirst du jetzt machen?«, fragt sie.

»Umziehen. Ich hoffe, ich brauche meine Identität nicht wieder zu ändern. Aber das kommt auf dich an, Jessica. Kannst du mir versprechen, deinet- und meinetwegen, dass du nicht…?«

Er holt tief Luft und legt sich eine Hand über die Augen. Seine Wangenmuskeln spannen sich an.

Sie streckt eine Hand aus, legt sie auf seine Schulter. Berührt sein weiches T-Shirt, spürt die Wärme seiner Haut, das harte Schlüsselbein darunter.

»Du«, sagt sie.

»Ich muss gehen.«

Sie schüttelt den Kopf, macht einen Schritt auf ihn zu. Er lässt die Hand sinken und schaut zu ihr hoch.

»Geh nicht«, sagt sie.

»Ich muss.«

»Du kannst nicht gehen, jetzt, wo du zu mir zurückgekehrt bist.«

55

Als sie langsam erwacht, erinnert sie sich zuerst an das Abstrakteste. An Gefühle, für die sie keine Worte hat. Die Sehnsucht, ihn zu berühren, die wuchs und wuchs, bis sie so stark wurde, dass es in ihr keinen Platz mehr dafür gab. Ihre Körper, die einander suchten wie zwei wärmesuchende Geschosse. Ich war so einsam, sagte sie, und er nickte. Es war nicht so sehr der Sex, sondern ein verzweifeltes Aneinanderklammern.

Als Jessica ihn küsste, versuchte er, sie davon abzuhalten. Aber er gab sich keine große Mühe, und das wusste sie. Wenn wir das tun, sagte er und wollte noch mehr sagen, aber sie brachte ihn mit einem weiteren Kuss zum Verstummen. Sie wusste genau, was er sagen wollte. Und sie wollte es nicht hören. Absolut nicht. Wenn er nicht mehr über die Vergangenheit sprechen kann und sie nicht an die Zukunft denken dürfen, so sollten sie zumindest die Gegenwart nutzen, dachte sie, ehe sie das Denken einstellte.

Aber jetzt, wo das Sonnenlicht unweigerlich durch den Vorhangspalt fällt, ist alles anders. Nach dem ersten Kuss war es so leicht, nicht zu denken, nicht zu analysieren, sich einfach mitreißen zu lassen von dieser unwahrscheinlichen Wendung in der Geschichte. Jetzt sind sie wieder in der Wirklichkeit angekommen. Jetzt, da sie hier liegt, mit Jakobs Atemzügen im Ohr, sinkt das, was er ihr erzählt hat, in sie ein, wie ein Anker, der auf den Grund fällt.

Er ist auf der Flucht. Die Ungeheuer unter seinem Bett sind überaus real. Ihre Panik erwacht zum Leben. Alles, worüber sie gesprochen haben, ist noch immer da draußen und verfolgt den Mann, der neben ihr liegt.

Aber dann dreht sie sich vorsichtig um und schaut in sein schlafendes Gesicht. Er ist doch hier, durch eine sagenhafte Verkettung von Umständen, und das muss doch … *der Sinn* sein. Auch sie glaubt nun an das Schicksal, wie die Großmutter, als sie zum ersten Mal dem Großvater begegnet ist.

Ich werde aufhören, alles zu analysieren. Hatte ich das nicht vor?

Jakob zieht die Schuhe an, und die Hand, in der er einen Schlüsselbund hält, zittert nervös. Die Schlüssel klirren laut in der Stille.

»Ich will nicht, dass du fährst«, sagt sie.

»Ich komme zurück«, sagt er. »Ich muss mit dem Hund raus.«

»Bring ihn mit. Bleib noch eine Nacht.«

Sie schaut mit zusammengekniffenen Augen in die Sonne und lächelt. Es hört sich so einfach an. Wie zum Teufel soll er Nein sagen, wenn sie ihn auf diese Weise anlächelt?

»Eine Nacht«, sagt sie.

56

In Hagestad läuft David Bowie glücklich schnüffelnd hin und her. Zwischen den knorrigen Eichen findet er Duftmarken von Elch, Fuchs, Dachs, Iltis … Überall Pfade und Spuren, so viele spannende Gerüche, dass er kaum weiß, welchem er folgen soll.

David Bowie ist ein sibirischer Husky, der seinen Namen seinen Augen verdankt. Eins ist eisblau, eins schokoladenbraun. Jakob lässt ihn frei laufen. Im Moment ist kein Mensch in der Nähe, und er hat Vertrauen zu Bowie.

Jakobs Körper fühlt sich an wie elektrisiert. Seine Haut ist bedeckt von frischen Erinnerungen an sie. Ihr Geschmack auf seiner Zunge. Das Gefühl ihrer Wärme, die ihn umschlossen hat.

Die vergangene Nacht hätte ihn glücklich machen können, und nichts ist gefährlicher als das. Er muss solche Gefühle wegsperren, um das zu tun, was er tun muss. Sich in einer weiteren leeren und unpersönlichen Wohnung niederlassen, weit weg von allem, was ihm jemals wichtig war. Lernen, sich in einem neuen unbekannten Ort zurechtzufinden, versuchen, für sich und Bowie neue Gewohnheiten zu entwickeln und die Einsamkeit zu ertragen, die sein einziger Schutz ist. Jetzt wird er sich noch deutlicher daran erinnern, was er verloren hat.

Seine Gedanken wandern zu Viola Wilcox. Er hat ihr Porträt in einem Bücherregal in Solbacka gesehen. Die alte Dame war eine seiner Lieblingskundinnen, aber er wusste ja nicht, dass sie Jessicas Großmutter war, er hatte ihren Nachnamen nie gehört. Sie war oft bei ihm, und Jakob glaubt, dass sie vielleicht bemerkt hat, wie einsam er war. Was hätte er getan, wenn er es gewusst hätte? Wäre er da bereits abgehauen? Oder hätte er dieser Verbindung zu Jessica nicht widerstehen können?

Bowie kommt mit einem Stöckchen angerannt und wedelt wild und erwartungsvoll. Das Stöckchen ist glatt wie Haut, abgeschliffen von Sand und Salzwasser. Wer behauptet, Hunde könnten nicht lächeln, ist niemals Bowie begegnet.

»Wir müssen wieder umziehen«, sagt Jakob.

Als Antwort bekommt er ein munteres Bellen.

»Es tut mir wirklich leid. Aber ich verspreche dir, wir werden uns einen Ort suchen, wo es mindestens ebenso feine Stöckchen gibt wie hier.«

Jessica nutzt die Zeit, um in Borrby einzukaufen. Sie füllt einen Einkaufswagen, damit sie in den kommenden Tagen das Haus nicht verlassen muss. Sie wird Jakob dazu bringen, zu bleiben, bis sie eine Lösung gefunden haben. Irgendeine Möglichkeit wird es schon geben.

Ein unglaublich braun gebrannter junger Kerl bittet nervös um ein Autogramm, als sie in der Schlange steht. Sie strahlt ihn an, während sie ihren Namen auf die Rückseite seiner zerknitterten Einkaufsliste schreibt. Er lächelt ebenso strahlend zurück.

Auf der Rückfahrt muss sie sich zwingen, den Tacho im Auge zu behalten. Ihr Fuß lebt sein eigenes Leben, presst das Gaspedal nach unten, wenn er glaubt, sie merke es nicht. Sie führt sich auf wie eine Verrückte. Ihre Augen tränen, als sie eine Gefühlswelle überkommt, die so stark ist, dass sie aufschluchzen muss. Sie lacht laut und umklammert das Lenkrad krampfhaft mit beiden Händen, als die Angst, Jakob könne nicht zurückkommen, abermals über ihr zusammenschwappt.

Als sie in Solbacka vorfährt, wird sie von Hundegebell begrüßt. In der nächsten Sekunde kommt ein wolfsähnlicher Hund auf den Wagen zugeflogen. Sein Schwanz schlägt laut und rhythmisch gegen die Karosserie.

Sie öffnet die Tür, und der Hund bellt fröhlich, seine Nase schießt vor, und er beschnuppert sie neugierig. Seine Zunge fährt kurz über ihr Handgelenk, dann rennt er zum Haus, um Jakob über ihr Eintreffen zu informieren.

»Was für ein reizender Wachhund«, sagt sie, während sie den Kofferraum öffnet.

Jakob ist schon da, küsst ihre Wange, nimmt drei von den vollgestopften Einkaufstüten heraus.

»Bowie kennt deinen Geruch wohl von meinen Kleidern«, sagt Jakob. »Außerdem habe ich ihm alles über dich erzählt.«

Bowie springt um sie herum, während sie die Lebensmittel ins Haus tragen. Es ist ein Wunder, dass sie nicht über ihn stolpern. Jakobs magerer Oberkörper ist nackt, ihr Blick bleibt an der Stelle mit der spärlichen Behaarung zwischen seinen Brustmuskeln hängen.

Er lächelt sie an. Zum ersten Mal seit fast sechs Jahren lächelt er sie an. Sie will ihn zurückhaben. Jetzt sofort.

57

Jessica wirft das Stöckchen, es beschreibt einen Bogen und landet in den Wellen dicht am Strand. Bowie springt hinterher, kommt immer wieder damit angelaufen. Der nasse Schwanz ragt stolz in die Luft. Er kann einfach nicht genug bekommen.

Ich kann von ihr auch nicht genug bekommen, denkt Jakob. Ich kann mich an ihr nicht sattsehen.

Es sollte doch möglich sein, dass er seine Entscheidung einige Tage lang aufschieben kann.

Jessica hält das Stöckchen über ihren Kopf. Bowie springt hoch, tanzt auf den Hinterbeinen durch den Sand, während er sich nach dem Stöckchen reckt.

Kann man sagen, dass man eine Wahl hat, wenn man zu schwach ist, das einzig Vernünftige zu tun? Jakob weiß es nicht. Er sollte nicht hier sein. Er sollte sich auf keinen Fall einbilden, dass alles möglicherweise ein glückliches Ende nehmen, ihr Leben nur aus solchen Abenden bestehen wird. Es ist Mitte August, und der Sommer wird bald zu Ende sein. Und dann? Würde sie ihm zuliebe ihr bisheriges Leben aufgeben? Wäre das wirklich gerecht, da sie sich unmöglich vorstellen kann, was das bedeutet?

Sie müssten weit wegziehen, an einen Ort, wo niemand Jessica wiedererkennt.

Nein. Ich muss sie verlassen, denkt er. Früh am Morgen

wegfahren, ehe sie aufwacht. Ich bin wie ein Ansteckungsherd, der die Idylle hier mit allem Hässlichen dieser Welt infiziert.

Durch das, was er seit der Gerichtsverhandlung mitgemacht hat, fühlt er sich schmutzig. So schmutzig wie diejenigen, vor denen er flieht, er ist jetzt Teil ihrer Welt, ist in diese Welt hineingezogen worden. Er kann sich kaum daran erinnern, wie es vorher war. Nicht dauernd auf der Hut zu sein und das Schlimmste zu vermuten oder sich zu fragen, was sich hinter fremden Gesichtern verbirgt. Die kriminelle Welt ist kein begrenzter Ort in blauschwarzen Farbtönen wie im Film. Sie ist überall. Wenn einem das erst einmal bewusst ist, kann man nicht mehr die Augen davor verschließen. Es ist wie bei einer optischen Täuschung – wenn du zu lange das Muster aus kleinen Punkten anstarrst und das darin versteckte Bild entdeckst, verschwindet es nicht mehr.

Er will nicht, dass Jessica jemals das erfahren muss, was er weiß.

Sie fällt ihm um den Hals. Sie riecht so gut, er schnuppert an ihren Haaren und drückt sie an sich. Sie riecht nach Shampoo, und ihr frisch gewaschenes T-Shirt, das auf der Wäscheleine gehangen hat, duftet nach Sonne und Wind. Bowie bellt ein Stück weiter von ihnen entfernt, er ist ungeduldig, weil das Spiel unterbrochen worden ist.

Sie liegen nachts wach, können nicht aufhören zu reden, sich zu lieben. Sie haben so viel nachzuholen.

Und sie ist wahnsinnig verliebt in Bowie. Die Liebe wird zweifellos erwidert. Sie versteckt Hundeleckereien im Haus – hinter Sofakissen, in halb offenen Schubladen, unter dem Bett im Kellerraum – und folgt ihm lachend, wenn er mit hyperventilierender Nase auf Schatzsuche geht. Sie kippt Trockenfutter in alte Eispackungen und verschließt den Deckel, er soll selbst herausfinden, wie er an die Leckereien herankommt.

Auf dem Bauch liegend, schließt Bowie die Vorderpfoten um die Verpackung und schnaubt gereizt zwischen den Attacken. Ehe sie abends schlafen geht, bohrt sie ihr Gesicht in sein weiches Fell, und beim Essen legt Bowie sich neben sie, aber wahrscheinlich rechnet er sich nur eine größere Chance aus, etwas vom Tisch zu ergattern.

Jessica hat keine Angst mehr. Sie ist nicht mehr in ihrem Kopf eingesperrt. Nun nimmt sie an ihrem eigenen Leben teil, die unsichtbare Wand zwischen ihr und der Außenwelt ist verschwunden, und zwischen ihrem Kern und ihrem Panzer gibt es keine Distanz mehr. Die richtige Jessica hat anscheinend irgendwo tief versteckt in ihrem Körper gekauert und nicht gewagt, zum Vorschein zu kommen, für den Fall, dass der Himmel dann einstürzen könnte.

Sie fühlt sich endlich ganz. Aber Jakob war nicht die fehlende Hälfte. Was ihr gefehlt hat, war der Teil von ihr, der noch immer so empfinden kann.

58

Sie meiden das Thema, aber Jessica merkt, dass Jakob nie ganz entspannt ist. Sein Wagen steht weit von Solbacka entfernt. Sie verlassen kaum das Haus und niemals zusammen, außer wenn sie hin und wieder zum Strand hinuntergehen. Bei diesen Spaziergängen begegnet ihnen nur selten jemand. Und doch huschen Jakobs Augen immer wieder suchend landeinwärts. Beim geringsten Bellen von Bowie fährt er zusammen. Ab und zu findet sie, dass er übertreibt. Sie fühlt sich als die Stärkere von ihnen beiden.

Nachts wacht sie davon auf, dass er sich im Schlaf hin- und herwälzt. Morgens ist sein Kissen schweißnass. Es fängt nach einigen Tagen an zu riechen, und er wäscht es verlegen in der Maschine, zusammen mit einem Tennisball.

Eines Vormittags, als sie gerade aufgewacht sind, ruft Petra an. Sie ist verliebt. Es ist eine ihrer Bekanntschaften, die sie im Juni gemacht hat. Zwar kein Architekt, aber sie hört sich glücklich an. Sie redet hektisch und aufgeregt wie ein Teenie.

»Ich weiß wirklich nicht, was er für mich empfindet. Aber wir waren mit Sebastian Stierna und dessen neuem Freund essen, und ich habe endlich begriffen, dass ich dabei bin, mich richtig in ihn zu verlieben. Aber ich weiß nicht, ich war doch so lange Single, dass mein Leben total darauf ausgerichtet ist. Ich habe keine Ahnung, wie ich da noch Platz für eine Beziehung freischaufeln soll.«

»Hat er Enzo schon kennengelernt?«

»Nein! Spinnst du?«

Pause.

»Aber ich glaube, sie werden sich mögen … Herrgott, du hörst es ja! Ich kann es nicht lassen.«

Jessica lacht. Sie freut sich für Petra, aber es fällt ihr schwer, nichts von den Umwälzungen in ihrem Leben zu erzählen.

Sie liegen in der Hängematte. Jessica hat sich an Jakobs rechte Seite geschmiegt und beobachtet den Pulsschlag in der Kuhle an seinem Hals.

»Ich habe mich so schlecht benommen«, sagt sie.

»Ich glaube, sie begreifen, dass du das erst einmal verdauen musst«, sagt Jakob.

Seine Stimme ist ein wenig schläfrig. Er hat die Augen geschlossen.

»Weißt du«, sagt sie. »Ich habe nie begriffen, warum Leute, die erfahren, dass sie adoptiert sind, eine Krise bekommen. Was spielt das für eine Rolle? Was hat das mit deiner Identität zu tun? Wer ist nicht manchmal verwirrt und zerbricht sich den Kopf darüber, wer er ist? Ich dachte immer, verdammt, reißt euch doch zusammen. Was ihr empfindet, ist absolut nichts Einzigartiges, jetzt könnt ihr nur jemandem die Schuld zuschieben. Aber nun habe ich eine kleine Kostprobe bekommen, was das für ein Gefühl sein muss. Als ob einem etwas gestohlen worden ist. Ein Teil von mir denkt, dass es keine Rolle spielt, Oma und die alten Jungs sind noch immer dieselben Menschen, genau wie ich. Aber dann denke ich wieder … ich kann es nicht erklären.«

»Versuch es gar nicht erst. Du hast für eine Weile den Boden unter den Füßen verloren. Das ist okay, Jessica. Das ist sogar ganz normal.«

Er gähnt, seine Kiefergelenke knacken. Auch sie muss gähnen.

»Aber ich war auch wütend. Meiner Oma ist wirklich etwas genommen worden. Vielleicht hat sie das selbst nicht einmal voll erfasst. In ihrem Buch erwähnt sie mehrmals, dass Sex wohl nichts für sie ist. Diese Seite von ihr ist einfach abgestorben. Deshalb hat sie sich eingeredet, dass es sie niemals gegeben hat. Das Schlimmste ist, dass ich sie verstehen kann. Ich habe mehrere Jahre lang nicht an Sex gedacht.«

»Das kann ich kaum glauben«, sagt er und lacht.

»Aber ich hätte wie Oma werden können, wenn ich nicht … wenn ich ihn nicht rechtzeitig wiederentdeckt hätte.«

Sie schweigen eine Weile.

»Ich bin Viola und Billy einige Male begegnet«, sagt er.

Sie streckt eine Hand in Richtung Rasen aus, und die Hängematte beginnt zu schaukeln, dann schließt sie die Augen, während er weiterredet.

»Wenn du nur wüsstest, welche Szenen einer Ehe man miterlebt, wenn man in einer Gärtnerei arbeitet. Deine Großeltern hatten eine sehr gesunde Beziehung. Ich weiß nicht, ob oder auf welche Weise sie sich liebten, aber sie besaßen etwas Wichtiges. Sie schienen sich *gernzuhaben.«*

Es ist seltsam, Jakob über die beiden sprechen zu hören. Zwei Welten, die sie sich immer nur als voneinander getrennt vorstellen konnte, überlappen sich plötzlich.

»Ich würde vielleicht anders denken, wenn mir das nicht alles passiert wäre«, sagt Jakob.

»Wie meinst du das?«

»Ich glaube, ich kann das Leben von anderen jetzt anders sehen, seit ich kein eigenes Leben mehr habe, das mir im Weg steht.«

Er sieht sie mit müdem Lächeln an und fügt hinzu:

»Die Menschen begehen so unglaublich große Dummheiten. Manchmal ist es traurig oder einfach unbegreiflich. Sie bleiben zusammen, obwohl es dazu keinen vernünftigen Grund gibt. Und ich rede nicht von solchen alltäglichen Dingen wie

Untreue oder Misshandlung. Ich meine die vielen Paare, die längst den Respekt voreinander verloren haben und das nicht erkennen. Die die ganze Zeit aufeinander herumhacken und sich mit einem Lächeln auf den Lippen über den anderen lustig machen, als wäre es einfach nur Spaß. Deine Großeltern haben das nie getan. Sie konnten ihr Leben vielleicht nicht unter den besten Bedingungen wählen, aber sie haben sich dafür entschieden, zusammenzubleiben. Etwas hat sie zusammengehalten, und ich glaube, das war etwas Wertvolles.«

Er verstummt. Jessica wartet. Spürt, dass er noch mehr sagen will.

»Das mit uns ist auch ziemlich unbegreiflich«, fährt Jakob fort. »Wir wissen beide, dass es eine schlechte Idee ist, und wir tun es trotzdem.«

Jessica antwortet zunächst nicht. Sie will nicht, dass das Gespräch in diese Richtung läuft.

»Denn mit jedem Tag, der vergeht, wird es schwerer werden«, sagt er.

Sie zieht sich zurück.

»Ich muss sie anrufen«, sagt sie.

Jessica spült ab, um ihre Gedanken zu sammeln. Sie schaut aus dem Fenster und sieht, wie Jakob wie hypnotisiert ins Feuer des gerade angezündeten Grills starrt. Sie wüsste gern, woran er denkt. Aber sie lässt ihn in Ruhe, trocknet sich die Hände an einem Geschirrtuch ab und wählt die Vorwahl von Spanien.

»Viktor? Hier ist Jessica!«

»Hallo, Herzchen«, sagt er.

Seine Stimme klingt warm.

»Ich möchte euch beide um Verzeihung bitten. Ich muss auch mit Opa sprechen.«

»Das ist nicht nötig«, sagt Viktor und klingt ein wenig verlegen.

Mit einem Mal fühlt sie sich auch befangen.

»Ich war nur so…«

»Das verstehen wir«, fällt er ihr ins Wort.

Sie merkt deutlich, dass er nicht mehr darüber reden und sich mit ihr vertragen will.

»Es war ungerecht von mir. Und ich will es wiedergutmachen. Wenn ihr nach Hause kommt, setzen wir uns alle drei hin und reden in aller Ruhe darüber.«

»Das ist nicht nötig«, sagt Viktor noch einmal.

»Ich will nur, dass ihr wisst, dass ich euch liebe. Und dass es in Ordnung ist. Alles ist in Ordnung.«

Viktor räuspert sich.

»Dein Opa ist am Strand, um die Zeitung zu kaufen.«

»Dann bestell ihm einen Gruß, wenn er zurückkommt.«

»Das mach ich. Und wie sieht der Garten aus?«, fragt er hastig.

»Alles in Ordnung. Vielleicht habe ich ja doch Omas grünen Daumen geerbt.«

»Viola hat immer gesagt, der Garten sei für sie fast ein spirituelles Erlebnis. Ich glaube, er musste… vieles ersetzen, was ihr im Leben gefehlt hat.«

Jessica wagt nicht zu antworten, aus Angst, sie könnte ihn bei seinem Versuch stören, sich doch noch gemeinsam mit ihr der Wahrheit zu nähern. Er redet jetzt langsamer. Viktor hört sich plötzlich an wie ein sehr alter Mann.

»Vielleicht wäre es für uns kein adäquater Ersatz. Ich habe jedenfalls nie begriffen, was so phantastisch daran sein soll, im Boden herumzuwühlen, aber sie schien glücklich zu sein, wenn sie zwischen den Beeten herumkroch. Sie hat mit den Blumen geredet, als ob sie ihre Kinder wären.«

Jessica lacht auf, denn sie sieht vor sich, wie die Großmutter unter ihrem Strohhut vor sich hin murmelt, während ihre Hände manisch mit dem kleinen Spaten zugange sind.

»Sie hat oft über dich gesprochen, Jessica. Sie war so stolz auf dich und auf alles, was du aus deinem Leben gemacht hast.«

Viktors Stimme versagt. Sie hört seine zitternden Atemzüge, er räuspert sich, um sich nichts anmerken zu lassen.

»Jetzt muss ich nachsehen, ob das Wasser mit dem Blumenkohl nicht überkocht«, sagt er, und sie legen auf.

Sie geht wieder hinaus zur Hängematte. Jakob steht noch immer an derselben Stelle.

59

Am Sonntagabend muss Jessica einsehen, dass sie ihren wöchentlichen Artikel nicht länger aufschieben kann. Die Redaktion braucht morgen früh ihren Text.

»Ich dachte, ich könnte Texte für zwei Wochen vorbereiten und alles auf einmal schicken«, sagt sie, ehe sie eilig duscht und aus der Badewanne steigt.

Jakob steht am Waschbecken und putzt sich die Zähne.

»Kannst du denn die Artikel so lange im Voraus schreiben?«, fragt er und spuckt den Schaum aus, bevor er sich den Mund ausspült.

»Natürlich«, sagt sie. »Ich habe eine Menge Mails mit Fragen gespeichert. Es wird eine Weile dauern, aber dann habe ich in den verbleibenden Wochen frei.«

Hätte sie nur nicht »in den verbleibenden Wochen« gesagt. Sie weiß noch immer nicht, was passieren wird, wenn Viktor und der Großvater zurückkommen, aber sie hofft, dass sie Jakob bis dahin überredet hat, in Stockholm mit ihr zusammenzuziehen. Die Einzige, die etwas von ihrer Jagd auf Erik Andersson weiß, ist Petra. Und vielleicht gibt es einen Ausweg. Sie muss ihren Plan nur zurechtfeilen, ehe sie ihn Jakob vorlegt.

Sie stellt sich neben ihn ans Waschbecken, streckt die Hand nach der Zahnbürste aus. Ihre Blicke begegnen sich im Spiegel.

»Wie lange wird es dauern?«, fragt er.

»Ich müsste gegen elf Uhr fertig sein. Kannst du dich ums Essen kümmern?«

Jakob nickt mit zerstreuter Miene und küsst sie auf die Wange, ehe er das Badezimmer verlässt.

Jessica biegt in der Dämmerung auf die Landstraße ab, schaltet das Autoradio ein. Sie dreht es lauter, als sie ein altes Powerstück aus den achtziger Jahren hört, und johlt mit.

Ihr Telefon piept mehrere Male, als es ein Netz findet.

Vielleicht hätte sie Bowie mitnehmen sollen, er hätte genug Auslauf auf den Feldern rund um Sjöbacka gehabt, der Jugendherberge, wo sie jede Woche ihre Texte geschrieben hat. Sie spielt mit dem Gedanken umzudrehen, aber Jakob braucht Bowies Gesellschaft sicher dringender als sie. Sie lagen beide auf dem Fernsehsofa und schliefen, als sie von zu Hause losgefahren ist. Sie lacht bei diesem Gedanken.

Als sie sich Sjöbacka nähert, kreisen ihre Gedanken um die Arbeit, die vor ihr liegt. Ihr Gehirn fühlt sich momentan völlig losgelöst von allem an, was mit Arbeit zu tun hat. Sie kann nur hoffen, dass sie in Stimmung kommen wird, wenn sie an ihrem üblichen Platz in der Bibliothek sitzt, ausgerüstet mit einer großen Tasse Kaffee, die sie immer wieder nachfüllen kann.

Bowie trottet unruhig hinter Jakob her. Er weiß sehr gut, dass etwas vor sich geht. Seine Krallen klacken auf dem hart lackierten Kiefernboden, Jakob muss sie bald schneiden.

Er hat nicht viel mitgenommen. Einige Hemden, Unterhosen und Socken, sein Mobiltelefon, das Ladegerät, Bowies Leine. Ein paar Sachen stehen im Badezimmer. Alles passt in die Plastiktüte, die er unter der Spüle findet.

Er hat in Gedanken den ganzen Tag versucht, einen Brief zu formulieren, aber was kann er Jessica schreiben, was sie nicht schon weiß?

»Bowie, mach Platz«, sagt er streng, als ihm das Stapfen dicht hinter ihm allmählich auf die Nerven geht.

Der Hund seufzt tief und lässt sich vor dem Fernseher nieder.

»Ich weiß. Ich möchte auch hierbleiben. Aber wir müssen los.«

Etwas stimmt nicht. Sie merkt es sofort, als sie sich an einen Tisch setzt. Einige der anderen Gäste sehen sich neugierig nach ihr um. Das ist nichts Ungewöhnliches, aber… etwas liegt in der Luft.

Ami, die mit ihrem Mann Göran Sjöbacka leitet, bringt ungefragt einen Kaffee, als Jessica ihren Laptop aus der Tasche zieht.

»Willst du auch ein belegtes Brötchen?«, fragt Ami munter.

»Danke, es geht schon«, sagt Jessica.

»Sag einfach Bescheid«, sagt Ami und zwinkert ihr zu.

Eigentlich ist alles so wie immer.

Sie schaltet den Laptop ein, der sich Zeit lässt beim Hochfahren, irgendwo knackt es, und dann flimmert der Bildschirm. Ich muss mir einen neuen zulegen, denkt sie, während sie ungeduldig wartet. Sie will sich so schnell wie möglich in die Arbeit stürzen, statt sich in Wahnvorstellungen hineinzusteigern, vermutlich verfolgen sie nur einige von Jakobs entlaufenen Hirngespinsten.

Sie wühlt in ihrer Handtasche und findet das Telefon, löst die Tastensperre und überprüft das Display. Vier SMS. Dankbar, weil sie etwas zu tun hat, öffnet sie sie in umgekehrter chronologischer Reihenfolge. Die letzte ist von Micke und ist heute um fünfzehn Uhr siebenundfünfzig abgeschickt worden. »Klasse. Echt.« Mehr schreibt er nicht. Sie starrt die Buchstaben verständnislos an und beschließt verärgert, nicht zu antworten. Sean hat seine SMS um elf Uhr neununddreißig geschickt. »Freu mich darauf, alles über Mr. Mystery zu hören.

Lass dich mal wieder in der Stadt blicken, es ist höchste Zeit, dass du dich um die Schlagzeilen kümmerst.« Petras SMS vom frühen Morgen scheint dringend zu sein: »RUF MICH SOFORT AN!«

Die erste SMS stammt von Eurovoice. Sie hat fünfzehn neue Mitteilungen auf ihrer Voicemail.

Jessica umklammert das Telefon. *Katastrophenwarnung.* Sie pfeift auf ihren Anrufbeantworter, wählt stattdessen Petras Mobilnummer.

»Was ist los?«, fragt sie, sowie Petra sich meldet.

»Das sollte ich doch wohl dich fragen«, sagt Petra.

»Ich habe eben erst ein Netz gefunden. Ich habe keine Ahnung, was los ist.«

»Was machst du gerade?«

»Meine Kolumne schreiben, oder besser gesagt, ich wollte gerade anfangen.«

»Hast du Internetzugang? Geh auf die Homepage vom *Expressen.*«

Jessica klickt auf das Icon, um die mobile Breitbandverbindung zu starten. Noch einmal warten, während der Cursor sich in ein Stundenglas verwandelt. Technikstress. In einer Krisensituation gibt es nichts Schlimmeres. Und allmählich begreift sie, dass eine Krise im Anmarsch ist, die mit nichts zu vergleichen ist, was sie jemals durchgemacht hat.

»Es dauert hundert Jahre, Petra. Sag schon, was passiert ist.«

»Die haben Bilder von dir und einem Typen.«

Jessica klickt das Firefox-Icon an. Endlich öffnet sich ein Webfenster. Sie schreibt expressen.se ins Adressfeld und drückt mit voller Wucht auf die Enter-Taste.

»Was ist denn los, Petra? Wie zum Teufel konnte das passieren?«

Dann öffnet sich die Seite, und gleich oben ist das Bild. Eingebettet in lauschiges Grün, als habe der Fotograf am

Waldrand gehockt, steht sie auf Zehenspitzen und küsst Jakob auf die Wange. Er lacht. Auf dem Bild ist sein Gesicht deutlich zu sehen.

Vor Angst krampft Jessicas Herz sich zusammen. Jakobs Gesicht, von vorne aufgenommen, im Hintergrund Solbacka. Alle hier in der Gegend wissen, wo das liegt.

»Das ist ein Leserbild«, sagt Petra. »Vermutlich jemand vom Campingplatz, der euch hinterhergeschlichen ist, um sich ein Trinkgeld zu verdienen.«

Jessica starrt die Überschrift an: »TV-STAR AUF HEIMLICHER LIEBESREISE«, sie überfliegt den Artikel. Die beiden Worte Österlen und Borrby stechen ihr sofort ins Auge. Jakobs Name wird glücklicherweise nirgendwo erwähnt. Aber sein Gesicht… ihr Blick kehrt immer wieder zu seinem Gesicht zurück. Er sieht so sorglos aus. Als wären sie irgendein frisch verliebtes Paar. Sie kann sich sehr gut an diesen Augenblick erinnern, es war am Freitag nach dem Frühstück. Sie hatte keine Ahnung, hat nichts gemerkt.

»Und auf den Plakaten ist es auch?«, flüstert sie voller Panik.

»Jedenfalls hier«, sagt Petra.

»Verdammt. Dann werden sie es ausnutzen, dass wir in Schonen sind.«

Jessica hat das Gefühl, dass sich einige Köpfe in ihre Richtung drehen. Gespräche sind verstummt. Sie knallt den Laptop zu und stopft ihn in die Tasche.

»Scheiß Saure-Gurken-Zeit«, knurrt sie und wühlt in ihrer Tasche nach einem Fünfziger, den sie auf den Tisch wirft.

Sie sagt Petra, dass sie später anrufen wird, stürzt aus dem Haus, rennt über den Innenhof zum Parkplatz. Sie bekommt den Schlüssel erst nicht ins Schloss, öffnet endlich die Tür, dreht den Zündschlüssel um und fährt zusammen, als das Autoradio in voller Lautstärke losplärrt. Sie schaltet es rasch aus, knallt die Tür zu. Versucht zu atmen.

Als Erstes muss sie Jakob Bescheid sagen. O Gott, sie fühlt sich so schuldig, aber sie hat jetzt andere Sorgen. Sie wählt die Nummer von Solbacka und lauscht auf den Klingelton, dazwischen immer eine ellenlange Pause, bis sie endlich aufgibt.

Sie fährt in wildem Tempo los und wirft das Telefon wütend auf den Beifahrersitz.

»Das hat nichts zu bedeuten«, sagt sie sich. Du hast gewusst, dass er nicht antworten würde.

Wir hätten einen Code ausmachen müssen, wie im Film. Einmal klingeln lassen, dann auflegen, dann wieder anrufen.

Große Staubwolken wirbeln hinter ihr auf. Sie fährt gefährlich schnell auf der Landstraße, schaut sich hastig in beide Richtungen um, ehe sie nach rechts abbiegt und das Gaspedal noch ein wenig weiter durchdrückt.

Aber er müsste mich anrufen, um festzustellen, ob ich eben angerufen habe.

60

Bowie springt auf.

»Was ist denn, Kumpel? Ist Jessica schon wieder da?«

Er schaut auf die Uhr. Halb neun. Sie dürfte noch längst nicht zu Hause sein. Seine Nackenhaare sträuben sich. Bowie steht aufmerksam da. Dann hört auch Jakob das sich nähernde Auto. Er versteckt die Plastiktüte mit seinen wenigen Habseligkeiten oben auf der Garderobe.

Im Herzen des Hauses sind alle Lampen gelöscht, und draußen ist es dunkel. Jakob geht so gelassen wie möglich zum Fenster hinter dem Wohnzimmersofa. Der Motor ist verstummt. Bowie bellt einmal, und Jakob dreht sich um, sieht, dass der Hund mit dem Schwanz wedelt. Jakob dreht sich wieder zum Fenster. Da, Jessica kommt angelaufen.

Bowie stürzt zur Tür, als sie aufmacht. Sie bückt sich und lässt sich das Gesicht ablecken, verborgen hinter den nach vorne gefallenen Haaren.

»Hast du etwas vergessen?«, fragt er.

Er kann sie kaum ansehen. Es war schwer genug, den Harmlosen zu spielen, als sie vorhin gefahren ist. Und jetzt muss er sich wieder verstellen.

Aber dann schaut Jessica zu ihm auf. Er kippt fast nach hinten, als er ihren Blick sieht. Darin liegt wilde Panik, die sich sofort mit seiner verbindet, Hitze steigt sein Rückgrat hinauf, macht es weich und lässt es erzittern.

»Jemand hat uns fotografiert«, sagt sie atemlos. »Du bist deutlich zu erkennen. Und das Haus.«

Sie bleiben eine Weile stehen, starren sich hilflos an, tauschen panische, düstere Blicke aus.

»Wo hast du das Bild gefunden?«, bringt er heraus.

Er stellt sich vor, dass es in einem anonymen Umschlag im Briefkasten lag. Sie macht ein verständnisloses Gesicht.

»Im Internet. Es ist auch auf den Zeitungsplakaten. Ich bin auf der Heimfahrt beim Campingplatz vorbeigefahren und habe es gesehen … Jakob, alle Welt kann hierherfinden.«

Er lässt sich auf das Sofa sinken. Seine Beine tragen ihn nicht mehr. Er denkt nur: Verdammt, verdammte Scheiße, jetzt ist es so weit. Jetzt geschieht es doch. Genau wie ich es immer geahnt habe, und doch ist es viel schlimmer, als ich es mir vorstellen konnte. Die Zeitungsplakate … die hängen schon den ganzen Tag da.

Bowie kommt angestapft, winselt unruhig.

»Wir müssen weg hier«, sagt Jakob.

Jessica nickt nur. Atmet schwer, geht in die Küche und gießt sich ein Glas Wasser ein. Ihre dünne Kleidung klebt an ihrer Haut, sie hat kleine Schweißflecken unter den Armen und am Rücken. Nicht einmal jetzt kann er sich den Gedanken verkneifen, dass sie schön ist.

»Wohin denn?«, fragt sie und stellt ihr Glas auf den Spülstein.

»Ich weiß nicht. Ich muss nachdenken.«

»In deine Wohnung?«

»Nein, sie können Leute ausfindig machen, die wissen, wer ich bin … oder genauer gesagt, wer Erik Andersson ist.«

Sie nickt.

Solveig. Wir können vielleicht zu Solveig gehen.

Aber wenn ihnen jemand folgt... sie kann Solveig einem solchen Risiko nicht aussetzen, Jessica würde am liebsten lachen. Und dann lacht sie wirklich los und wagt dabei nicht, Jakob anzusehen. Das alles ist so absurd, so total unwirklich.

»Aber haben sie es wirklich noch immer auf dich abgesehen?«, fragt sie, plötzlich erfüllt von einer aufkeimenden Hoffnung.

Vielleicht besteht gar kein Grund zur Besorgnis.

»Ja«, sagt Jakob.

Mit einem einzigen Wort holt er sie zurück in die Wirklichkeit, in diese absurde Wirklichkeit.

Sie versucht, ihre Gedanken zu sammeln. *Woher will Jakob wissen, wie es in diesen kriminellen Kreisen zugeht? Weil die Polizei es ihm natürlich gesagt hat.* Ihr Gehirn tastet nach dem nächsten Glied in der Gedankenkette. *Die Polizei. Wir müssen die Polizei anrufen.* Als sie es sagt, setzt er sich endlich in Bewegung, springt vom Sofa auf und zieht einen Zettel aus seiner Brieftasche.

»Wir können nicht einfach 112 anrufen und riskieren, dass wir stundenlang darauf warten müssen, bis hier ein paar Dorfpolizisten auftauchen. Ich muss mich direkt bei meinem Kontakt bei der Bundespolizei melden.«

Okay, jetzt haben sie einen Plan. Einen Schritt nach dem anderen. Das traumähnliche Gefühl lässt nach. Jakob reißt den Telefonhörer an sich, fängt an, eine Nummer zu wählen. Dann drückt er ein paarmal auf die Gabel.

»Kein Freizeichen«, sagt er.

Sie nimmt ihm den Hörer aus der Hand und versucht es selbst. Als sei das Telefon ein wunderbar avanciertes Gerät, das nur sie mit ihrer Spezialausbildung bedienen könnte. Natürlich kann auch sie es nicht zum Leben erwecken.

»Ehe ich gekommen bin... hat es da geklingelt?«, fragt sie.

»Wie meinst du das? Hier?«

»Ja, natürlich«, sagt sie ungeduldig.

»Nein.«

»Dann war die Leitung schon vor einer halben Stunde tot«, sagt sie müde.

Und schlagartig geht ihnen beiden auf, was das bedeutet.

61

Sie stürzt die Kellertreppe hinunter.

»Beeil dich«, ruft er hinter ihr her.

Als ob das nötig wäre.

Sie reißt in ihrem Zimmer die Kleiderschranktür sperrangelweit auf. Stopft wahllos Kleider in ihre kleine Reisetasche. Streift in aller Eile ihre schwarze Kapuzenjacke über ihr Kleid. Dann in die Waschküche, wo die Unterwäsche in der Trockentrommel liegt.

Und da spürt sie es. Einen Hauch von kühler Abendluft in der feuchten Waschküche, in der es so stark nach billigem Weichspüler riecht. Langsam dreht Jessica sich um.

Der Keller in diesem Teil des Hauses liegt größtenteils unter der Erde. Aber die Waschküche hat, genau wie das danebenliegende Badezimmer, zwei sehr kleine längs verlaufende Fenster unterhalb der Decke, die nach oben und außen aufgehen. Das eine Fenster steht offen. Der Wind, der den Weg in die Waschküche gefunden hat, streicht draußen durch das Gras, unmittelbar oberhalb von Jessicas Augenhöhe.

Stand das Fenster offen, als sie vorhin die Wäsche in die Trockentrommel getan hat? Sie versucht, sich zu erinnern. *Diese Fenster kann man leicht von außen aufstemmen. Oma wollte sie auswechseln lassen, aber dazu ist es irgendwie nie gekommen …*

Sie fährt in der Waschküche herum, plötzlich sicher, dass

direkt hinter ihr jemand steht. Aber nein. Da ist niemand. Nur eine leere Türöffnung, der grell beleuchtete Gang, das Geländer der Treppe zum oberen Geschoss.

Jessica widersteht ihrem ersten Impuls, die Wäsche zu packen und die Flucht zu ergreifen. Stattdessen geht sie langsam auf das offene Fenster zu. Streckt die Hand nach dem blanken Chromgriff aus. Spürt die Abendluft am Handgelenk. Rechnet fast damit, dass jemand danach greift. Rasch dreht sie den Griff nach oben, zieht das Fenster zu und schließt es.

Aber was, wenn schon jemand im Haus ist?

Sie kann diesen Gedanken nicht rechtzeitig unterdrücken.

Jakob hat die Plastiktüte von der Garderobe genommen und stopft Dinge hinein, auf die sein Blick fällt und die ihm einigermaßen sinnvoll vorkommen. Einige Äpfel, Jessicas Mobiltelefon, eine Flasche Wasser. Dann zieht er sich die Schuhe an und bleibt in der Diele stehen, während Bowie ungeduldig um ihn herumspringt.

Er wirft einen Blick aus den großen Fenstern des Wohnzimmers, die zur Vorderseite hinausgehen. Keine Vorhänge, die man schließen könnte. Das war niemals nötig, denn es gibt keine Nachbarn. Aber von draußen kann man in den Hauptteil des Hauses blicken.

Jakob geht mit raschen Schritten zur Kochinsel und knipst die Lampe über dem Herd aus. Es wird fast schwarz, er kann nur noch bis zu dem offenen Kamin blicken, dessen weiße Steineinfassung in der Dunkelheit schwach leuchtet. Das einzige Licht kommt von der Kellertreppe. Er hört Jessica dort unten, will ihr zurufen, dass sie sich beeilen soll, wagt aber kaum zu atmen.

Langsam fangen seine Augen an, sich an die Dunkelheit zu gewöhnen. Der Mond leuchtet schwach, Wolken ziehen rasch an ihm vorbei und lassen die Dunkelheit anwachsen und schwinden, sich verdichten und durchlässig werden. So, als ob die Dunkelheit atmen würde.

Ihm fällt auf, wie still es im Zimmer geworden ist. Kein klackendes Geräusch von Bowies Pfoten auf dem Boden. Kein Winseln.

Er blickt sich suchend nach dem Hund um und entdeckt eine vierbeinige Silhouette vor dem großen Fenster.

»Komm her, Kumpel«, zischt Jakob leise.

Bowie dreht den Kopf, und Jakob sieht sein Profil. Seine Ohren zeigen gerade nach oben.

»Komm schon«, zischt Jakob erneut.

Und Bowie bellt, ein einsames und durchdringendes Bellen, das eine Warnung ausspricht. Gefahr im Verzug.

62

Bowie jagt auf die Kellertreppe zu. Jakob rennt hinterher. Endlich kommt Jessica aus dem Keller hochgerannt.

Jakob fällt neben seinem Hund auf die Knie und legt ihm die Arme um den Hals.

»Schsch, schsch«, sagt er und versucht, ruhig zu klingen.

Bowie leckt sich die Nase, und seine Ohren drehen sich wie Satellitenschüsseln in alle Richtungen, ängstlich horcht er in die Nacht hinaus.

»Da draußen ist jemand«, flüstert Jakob Jessica zu.

Sie bleibt auf der obersten Treppenstufe stehen.

»Sind sie vorne?«, flüstert sie zurück.

»Ich glaube ja, Bowie hat vor dem Wohnzimmerfenster etwas gewittert.«

»Gerade erst?«

Jakob zuckt mit den Schultern. Es kommt ihm vor wie gerade erst. Oder wie vor hundert Jahren. Die Zeit ist ein relativer Begriff, mit dem er im Moment nichts anfangen kann.

»Die Kellertür«, flüstert sie.

»Ist sie offen?«

»Nein, ich meine, wir sollten versuchen, durch die Kellertür abzuhauen.«

Er streichelt Bowie und schleicht sich geduckt die letzten Schritte zur Treppe, während Jessica rückwärtsgeht.

»Hast du das gehört?«, fragt Jakob leise.

Jessica schüttelt den Kopf.

»Was?«

Sie bleibt stehen und horcht. Die Muskeln hinter ihren Ohren ziehen sich vor Anspannung zusammen.

»Da ist jemand an der Haustür.«

Und jetzt hört sie es auch, ein leises Knacken, als die Klinke vorsichtig nach unten gedrückt wird. Die Tür hat eine automatische Sperre, sie ist also verschlossen, aber wie lange noch? Es ist, als ob

das ist nicht wahr das ist nicht wahr das ist nicht

sich ihre Albträume doch bewahrheiteten.

»Verdammt«, sie keucht auf, macht auf dem Absatz kehrt und rennt die Treppe hinunter.

Bowie stößt sie fast um, als er sich an ihr vorbeidrängt. Jakobs polternde Schritte gleich hinter ihr. Ihre Hand fährt hastig zum Schalter, löscht die Lampe in der unteren Diele.

Aus Bowies Brustkorb kommt ein tiefes Knurren, und Jakob bringt ihn zum Schweigen.

Die Außenbeleuchtung hinter dem Haus brennt, ein gelbes Lichtdreieck fällt durch die Glasscheibe der Kellertür auf den unebenen Klinkerboden.

»Wohin jetzt?«, fragt sie.

»In den Wald? Irgendwohin, wo man sich leicht verstecken kann und sie uns nicht mit dem Auto verfolgen können.«

»Wenn wir zum Strand gehen, haben wir ein Netz.«

»Aber da sind wir total ungeschützt.«

Sie dreht sich zu Jakob um, sieht ihn im Halbprofil. Seine scharfen Wangenknochen sind angespannt, als beiße er wütend auf irgendetwas herum.

»Der Campingplatz«, flüstert er. »Dahin gehen wir. Unter Menschen sind wir besser geschützt.«

»Du hast recht. Das ist besser. Vielleicht ist die Rezeption noch geöffnet. Schlimmstenfalls müssen wir an jeden verdammten Wohnwagen klopfen, bis …«

Oben wird ein Fenster eingeschlagen. Bowie bellt, laut und wütend. Jakob packt sein Halsband, damit er nicht nach oben rennen und das Haus gegen den Eindringling verteidigen kann.

Aber ist es nur ein Eindringling? Müssten das nicht mindestens zwei sein? Und wenn ja … wartet dann einer hinter dem Haus?

Oben hören sie Glassplitter, die zwischen Kiefernholzboden und Schuh knirschen. Ein Schritt, zwei Schritte.

Sie dürfen keine Zeit verlieren

»Los!«, flüstert Jakob ihr ins Ohr.

Jessica stürzt hinaus auf den Gang, so schnell, dass sie vor der Kellertür kaum abbremsen kann. Bowies Krallen kratzen über den unteren Teil der Glasscheibe. *Lieber Gott, mach, dass niemand da draußen steht.*

Es sind nur noch vielleicht zwölf Meter Rasenfläche bis zum Wald, aber sie müssen sich beeilen. Sie bietet ihnen keinerlei Schutz.

Jessica atmet tief durch. Reißt die Kellertür auf. Von oben sind Schritte zu hören. Sie haben keine Zeit, sich unbemerkt hinauszuschleichen, sondern müssen so schnell rennen wie niemals zuvor. Und währenddessen ein Stoßgebet sprechen. *Bitte bitte bitte.*

Die kühle Abendluft schlägt ihnen entgegen, und die Luft ist erfüllt mit unzähligen Düften von den Beeten der Großmutter. Jessica nimmt Anlauf. Stellt den Fuß auf die Schwelle. Rennt los. Macht so große Schritte, wie sie nur kann, der Rasen fliegt unter ihren Füßen dahin. Bowies Fell fängt den Mondschein ein, er ist ein weißer Fleck in ihrem Augenwinkel. Noch ein Schritt und noch einer … sie hat die erste Reihe der hohen Tannen erreicht, wird noch schneller. Der Wald hat sich noch nicht um sie geschlossen, sie muss tiefer hinein, um außer Sichtweite zu sein. Das Adrenalin sprudelt in ihren Muskeln wie der Treibstoff eines Jets.

Sie schaut über ihre Schulter, das Haus ist hinter den Bäumen jetzt fast nicht mehr zu sehen, aber nur fast. Sie glaubt, hinter einem Fenster eine Gestalt zu erkennen. Und unterhalb des Fensters das funkelnd weiße Licht eines einsamen Sterns, der am Rand des Gartens schwebt.

Jakob holt sie ein und zerrt an ihrer Jacke, mahnt sie stumm, nicht langsamer zu werden.

Natürlich ist es kein Stern. Es ist eine Taschenlampe.

Die auf sie gerichtet ist.

63

Sie hören einen Schuss. Er ist nicht so ohrenbetäubend, wie Jessica es sich vorgestellt hat. Das scharfe Pfeifen einer Kugel, die zwischen den Stämmen hindurchsaust, ist viel beängstigender.

Sie schaut wieder über ihre Schulter zurück, als ein weiterer Schuss abgegeben wird. Jakob stöhnt auf. Ihre Blicke begegnen sich in dem Moment, als er mit einem leisen Aufprall auf die Knie fällt.

»Lauf!«, zischt er.

Ein schwarzer Fleck breitet sich mit überraschender Geschwindigkeit auf seinem Bein aus. Sie bleibt stehen. Bowie winselt jämmerlich und reibt seinen Kopf an Jakobs Brust.

»Lauf!«

Jakobs Stimme klingt lauter, energischer. Und sie spielt mit dem Gedanken, einfach weiter in den Wald hineinzulaufen, in großem Bogen zur Landstraße. Der schnellste Weg zum Campingplatz führt durch den Wald parallel zur Straße. Vielleicht wäre es nicht einmal Egoismus, sondern ihre einzige Möglichkeit, ihn zu retten. Aber sie kann nicht. Kann ihn nicht verlassen. Sie ist wie hypnotisiert von diesem schwarzen Rorschachtest, der sich auf seinem Bein ausbreitet.

Sie kann nur ein paar Sekunden hier gestanden haben, aber damit ist ihre Chance zur Flucht vertan.

Eine Taschenlampe blendet sie, und sie schlägt instinktiv

eine Hand vor die Augen. Zwei gesichtslose Silhouetten kommen im Zeitraffer auf sie zu. Der eine nimmt einige Meter hinter Jakob Anlauf, der noch immer mit schlaff hängenden Armen auf dem Boden kniet.

Sie sieht den Fuß auf Jakobs Hinterkopf zuschnellen und denkt an einen Fußballtorwart, der den Ball auf die Spielfeldhälfte des Gegners schießen soll. Ein gedämpftes Geräusch, als Jakobs Kopf getroffen wird. Er wird vorwärtsgeschleudert, schlägt mit dem Gesicht auf den Boden auf. Ein Seufzer, der kein Seufzer ist, nur die Luft, die aus ihm herausgepresst wird, als sein Brustkorb auf den Boden knallt.

Bowie hat sich schon über die dunkle Silhouette hinter Jakob hergemacht. Sie hört Kiefer aufeinanderschlagen. Der Mann fällt rückwärts, die Lichtsäule der Taschenlampe zeigt gerade nach oben, beleuchtet wirbelnde Mücken, Zweige, die sich über ihnen im Wind bewegen.

Jessica dreht sich um, um loszulaufen. Ihr Blut scheint stillgestanden zu haben und braust nun wieder durch ihren Körper. Aber sie kann keinen Schritt vorwärts machen. Eine Gestalt versperrt ihr den Weg. Das Gesicht ist unter einer Wollmütze versteckt, nur die Augen funkeln sie an. Sie sind schön, aber beängstigend leer. Sie hört Bowies tiefes Knurren, Tannennadeln und Schotter wirbeln vom Boden auf. Zwei Hände in Gummihandschuhen packen Jessica brutal an den Schultern. Ihre Füße schleifen über den Boden, als sie fortgeschleppt wird. Ihre Blicke sind ineinander verschränkt, und

ich will nicht mit seinem Blick auf der Netzhaut sterben

sie kann nicht sehen, was geschieht. Spürt nur einen dumpfen brennenden Schmerz, der sich in ihrem Schädel nach vorne frisst, und ihre Beine, die unter ihr nachgeben. Sie stürzt durch ein schwarzes Loch im Boden, das vorher nicht da war, aber jetzt wird sie hineingesaugt. Sie fällt schneller und schneller. Lässt es geschehen. Es ist egal, Hauptsache, sie kann von hier entfliehen.

64

Als Erstes nimmt sie die Übelkeit wahr. Der süße Geschmack des Blutes, das vom hinteren Teil ihres Gaumens in ihren Hals läuft. Ihr Kopf ruht auf etwas Kaltem, Glattem. Jemand hat ihr die Kapuzenjacke ausgezogen.

Jessica versucht, die Augen zu öffnen, aber die Welt ist von einer roten Haut überzogen, und ihre Augen fangen an zu brennen.

Sie könnte wieder durch die Erdoberfläche nach unten sinken, wenn sie sich beeilt. Sie sehnt sich zurück in die Bewusstlosigkeit, versucht, sich vorzustellen, dass sie an einer Felskante steht, die Fersen schon über dem Nichts. Sie braucht nur die Arme zu heben und sich ins leere Nichts hinauszulehnen. Sich fallen zu lassen.

Aber das Gerinnsel an ihrem Gaumen löst einen Brechreiz aus, womöglich füllt sich ihr Magen mit Blut. Sie hustet, und der Schmerz, der durch ihren Kopf schießt, verschließt das Loch im Boden. Keine Möglichkeit mehr zu fallen. Sie spürt deutlich das Harte, Glatte, überaus Wirkliche, auf dem ihr Körper ruht. Noch kann sie den Ort nicht identifizieren, weiß nur, dass er ihr bekannt vorkommt, dass sie schon sehr oft hier war.

Nur ihre Atemzüge sind zu hören.

Und dann. Kaltes Wasser schwappt über ihr Gesicht. Harte Strahlen aus nächster Nähe, sie bohren sich wie Nadeln in ihre Kopfhaut. Danach wird das Wasser abgedreht. Sie hört, wie der Duschkopf an den Haken neben der Badewanne gehängt wird, sie begreift, wo sie ist. Sie öffnet wieder die Augen, es brennt noch immer, aber die rote Haut davor ist verschwunden. Durch die Wassertropfen in ihren Wimpern kristallisiert sich ein Karomuster heraus. Die schwarzen Fugen zwischen den weißen Fliesen. Einige rote Spritzer.

Jessicas Gehirn arbeitet seltsam träge. Als wäre sie betrunken, ihr Kiefer fühlt sich schlaff an, als sie versucht, Wörter zu formen.

»Wer bist du?«

Anscheinend ist es ihr gelungen, die Frage laut auszusprechen, denn ihr Nuscheln tönt hohl in der Badewanne. Sie versucht, sich umzusehen, ahnt die schwarze Gestalt nur. Eine Hand packt ihr Kinn, reißt ihren Kopf herum. Erneut bohren sich schmerzvolle Speere durch ihren Kopf.

»Was wollt ihr?«, knurrt sie.

Ihre Sicht klärt sich. Er steht über sie gebeugt. Die Iris in seinen Augen ist von klarem Grün und aus marmoriertem Bernstein, als sei dieser geschmolzen und um die Pupillen zu schönen Mustern verlaufen. Unterhalb der Augen schweben zwei Lippen. Sie sehen surrealistisch aus, als habe jemand sie nachträglich angebracht. Sie blinzelt, nimmt das gerippte Strickmuster der Mütze wahr, die Zickzackränder um Augen und Mund.

»Warum habt ihr uns nicht umgebracht?«

Die Zunge klebt an ihrem Gaumen. Ihr Atem ist heiß und riecht nach Blut.

»Es kommt noch jemand. Jemand, der lange darauf gewartet hat, deinen neuen Freund zu treffen. Sie sind alte Bekannte. Auch du wirst ihn kennenlernen.«

Die Stimme ist wohlklingend, männlich, tief. Sie ist überrascht. Vor allem, weil die Monster in ihren Albträumen nicht sprechen konnten. Sie waren stumme Jäger.

Als sie versucht, eine Hand an die Stirn zu heben, schießen beide Hände nach oben. Viele Schichten silbernes Klebeband sind um ihre Handgelenke gewickelt. Sie betastet vorsichtig die Wunde auf ihrer Stirn, ihre Finger werden feucht. Das Blut ist rosa, mit Wasser vermischt.

Sie kneift die Augen zusammen. Und abermals verschwindet die Welt.

Der Schmerz weckt sie wieder. War sie nur kurz bewusstlos? Oder einen Tag? Sie hat keine Ahnung. Das Badezimmer ist leer.

Sie hat entsetzliche Kopfschmerzen, aber ihr Gehirn dringt durch den dröhnenden Schmerz.

Jakob und Bowie. Wo sind sie?

Denken, Jessica. Denk nach.

Wenn sie dich am Leben lassen … dann muss auch Jakob am Leben sein.

Sie werden Sachen mit dir anstellen, während Jakob zusieht. Eine bessere Methode, ihn zu quälen, gibt es nicht.

Die Badezimmertür wird geöffnet, und der Mann kommt zurück. Er mustert sie einen Moment wortlos. Dann setzt er sich auf den Toilettendeckel und legt die schmutzigen Stiefel direkt neben ihrem Kopf auf den Badewannenrand.

Er ist kleiner, als ich gedacht habe, denkt sie. Eine wilde, wahnsinnige Hoffnung fängt an, an ihr zu reißen.

65

»Gute Arbeit, Jakob. Hier hättest du es großartig haben können«, sagt der Mann ihm gegenüber in der Küche und macht eine ausschweifende Handbewegung.

Jakob gibt keine Antwort. In seinem Kopf rauscht es, aber er ist hellwach. Die Wunde über seiner Kniekehle pocht dumpf.

Seine Hände sind mit silbernem Klebeband am Griff der Backofenklappe angebunden, und er liegt mit ausgestreckten Armen halb auf dem Boden. Der Mann mit der Wollmütze schaut oft auf die Uhr, und Jakob glaubt zu wissen, warum.

»Wo ist Jessica?«, fragt er.

»Um die brauchst du dir keine Sorgen zu machen. Sie wartet unten. Du wirst schon noch auf deine Kosten kommen.«

»Sie hat nichts mit der Sache zu tun!«

Er zerrt und reißt am Klebeband. Er weiß, dass er nicht loskommt, aber er muss irgendetwas tun.

»Aber natürlich hat sie das. Dafür hast du doch gesorgt, oder?«

»Lasst sie in Ruhe.«

»Weißt du, es war einmal ein kleiner Trottel, der in der Kneipe versucht hat, mich aufzureißen. Da trinke ich in aller Ruhe mit meinen Kumpels ein Bier, und da taucht plötzlich dieser kleine Kotzbrocken auf. Und der Typ, der gerade deiner Tusse Gesellschaft leistet, weißt du, was der gemacht hat? Er hat gewartet, bis die Schwuchtel nach Hause geht. Und dann ist er ihm gefolgt, hat so getan, als ob er mit ihm nach Hause gehen wollte.«

Jakob kämpft noch immer mit dem Klebeband, versucht, die Hände aus dem Eisengriff zu lösen. Er ist schweißüberströmt, ein stinkender, adrenalingesättigter Schweiß, und der Schmerz in seinem Bein nimmt mit jedem pochenden Herzschlag zu.

»Und dann sind sie bei dem Schwulen zu Hause, und der ist total geil und glaubt, er hat das große Los gezogen, zündet Kerzen an und all so'nen Scheiß, legt softe Musik auf und holt die Champagnerflasche aus dem Kühlschrank. Als sie den Champagner trinken, kapiert der Idiot immer noch nichts, bis mein Kumpel ihm die Flasche auf den Kopf haut und immer weiter zuschlägt. Offenbar war alles mit Blut bespritzt. Die reinste Aidsfontäne.«

»Wo ... ist ... Jessica?«

»Ich will damit sagen, mein Kumpel *musste* das nicht tun. Aber er hat es gern getan. Und jetzt ist er gerade dabei, deine Tusse näher kennenzulernen.«

Pause.

»Willst du nicht endlich mit dem Gezappel aufhören? Am Ende fällt dir noch der Herd auf den Rücken.«

Sie setzt sich langsam in der Badewanne auf.

»Gib mir einen Schluck Wasser«, bittet sie.

Er schüttelt den Kopf.

»Ich hab den ganzen Mund voll Blut. Ich halte das nicht mehr aus.«

Er seufzt tief, aber offenbar spielt er mit dem Gedanken nachzugeben. Er will nur, dass sie ihn weiter anbettelt.

»Bitte. Neben dem Waschbecken ist ein Zahnputzbecher.«

Er erhebt sich und greift nach dem hellblauen Plastikbecher, ein Ruck, und die beiden Zahnbürsten fallen heraus und landen auf dem Steinboden. Dann hebt er den Toilettendeckel hoch und schöpft Wasser aus der Schüssel.

»Willst du oder willst du nicht?«, fragt er.

Die Augen sind ausdruckslos. Seinen Blick könnte sie leichter ertragen, wenn darin etwas Lebendiges, etwas Menschliches schimmern würde. Auch wenn es Verachtung oder eine Art perverser Humor wäre. Er hält ihr den Becher hin, bewegt ihn hin und her, sodass der Inhalt herausschwappt.

»Hast du keinen Durst, oder was?«

Jessica nickt. Er hält ihr den Becher an den Mund, und sie nimmt einen vorsichtigen Schluck. Es schmeckt süßlich und leicht nach Pfefferminz, nach alten Resten von Zahncreme. Dieser leere Blick … sie hat keine Wahl, sie muss etwas unternehmen. Sofort.

Sie murmelt etwas Unverständliches.

»Was sagst du?«

Wieder murmelt sie, diesmal nuschelt sie dabei. Sein Blick wandert umher, er beugt sich nach vorne.

Das Einzige, was sie sich zunutze machen kann, ist das Überraschungsmoment, das nicht länger als eine Zehntelsekunde dauert. Sie spannt sich mit dem ganzen Körper an. Stemmt sich hoch. Gleitet in der glatten Badewanne fast aus, findet aber das Gleichgewicht wieder. Ihre zusammengeklebten Hände legen sich um seinen Nacken, als seien ihre Arme ein Basketballkorb, der einen Ball fängt. Sie fallen schwer zu Boden, Auge in Auge.

Sie hält ihn fest, ist jedoch an ihn gekettet, und seine Hände sind frei. Sie rammt ihm das Knie in den Schritt, aber sie kann im Liegen nicht genug Kraft sammeln. Er dreht sie beide um, sodass sie unter ihm auf dem Rücken liegt, und befreit sich mit Leichtigkeit aus ihrem Griff. Er setzt sich auf ihre Hüften, es wäre ein Leichtes für ihn, ihre Haare zu packen und ihren Kopf auf den kalten Steinboden zu schlagen.

Aber stattdessen lacht er auf. Wiegt sich auf ihr hin und her. Sein Zeigefinger wandert über ihren Bauch, nestelt am Ausschnitt ihres Kleides.

66

Der Mann hat Jessica wieder umgedreht, und nun werden ihre Brust und ihre Hüften hart gegen den Steinboden gepresst. Er sitzt auf ihrem Rücken, und sie hat keine Möglichkeit, sich zu bewegen.

Bitte Oma wenn es einen Himmel gibt und wenn du da oben etwas zu sagen hast dann bitte hilf mir bitte bitte

Schritte auf der Treppe. Ein leises Klopfen an der Tür.

Der Mann stößt eine Verwünschung aus und steigt von ihr herunter. Der Druck gegen das Rückgrat verschwindet. Sie hebt den Kopf, richtet sich einige Zentimeter auf den Ellbogen auf, kämpft, um Luft zu holen.

Und mit einem Mal sieht sie, dass unter der Badewanne einer von Viktors Nassrasierern liegt. Ein älteres Modell, mit einem langen Griff aus Silber, der lange nicht mehr sauber gemacht worden ist und bei dem die Rasierklinge per Hand eingeschraubt werden muss.

Die Rasierklinge ist rostig. Sicher liegt der Nassrasierer schon lange dort.

Der Mann öffnet hinter ihr die Badezimmertür. Sie schiebt sich vor, versucht, ihre Absicht zu verbergen, indem sie laut aufstöhnt. Sie streckt ihre Arme aus, als könnte sie sich nicht mehr auf den Ellbogen halten.

»Störe ich?«, fragt hinter ihr eine unbekannte Stimme.

»Alles unter Kontrolle.«

Der Mann klingt ungeduldig, er will in Ruhe gelassen werden. Die Sekunden vergehen. Nur noch ein paar Zentimeter.

Jessicas Finger streifen das Silber. Sie zieht den Rasierer zu sich heran, Stück für Stück, verborgen unter ihrer Hand. Der Schweiß strömt über ihre Kopfhaut, das Salz brennt in der offenen Stirnwunde. *Merken sie etwas?* Sie wagt nicht, den Kopf zu drehen, rechnet damit, jeden Moment vom Boden hochgerissen zu werden. Aber nichts passiert. Danke, lieber Gott.

»Wie viel Zeit haben wir?«, fragt ihr Aufpasser.

»Es dürfte nicht mehr als eine halbe Stunde dauern. Mach jetzt keine Dummheiten.«

Sie versteht nicht, was der Mann antwortet, hört nur ein Knurren, das vielleicht nicht einmal ein Wort ist, aber die Badezimmertür schließt sich. Sie stützt sich wieder auf die Ellbogen, kann den Rasierer unter ihren Körper ziehen.

Jakob hört die Schritte wieder die Treppe hochkommen.

Er hat das Gespräch mitbekommen. Er weiß, was geschehen wird. Aber er weiß einfach nicht, was er machen soll!

Jessica dürfte eigentlich gar nicht hier sein. Normalerweise wäre sie ganz woanders und schrieben ihre Texte. Sie hätten ihre Sache vielleicht schon erledigt, ehe sie nach Hause gekommen wäre. Kann sein, dass sie sie in Ruhe gelassen hätten.

Die Schrauben sind klein wie bei einem Spielzeug, und Jessicas Finger gehorchen ihr nicht. Immer wieder rutschen sie ab.

Der Mann hat ihr Kleid bis zu den Hüften hochgeschoben.

Die eine Schraube bewegt sich endlich in dem Gewinde. Es dauert lange. Sie muss Zeit gewinnen.

»Bitte«, fleht sie jämmerlich.

Er scheint sie nicht zu hören. Oder es gefällt ihm. Sein Zeigefinger ist wieder da, spielt mit dem Bund ihrer Unterhose.

Die Schraube sitzt jetzt locker, und sie legt sie sehr vorsichtig unter sich auf den Boden. *Nur noch eine.*

Sie muss sich zwingen, nicht zu hyperventilieren. Der Finger bewegt sich über ihre Unterhose, über ihren Po, wandert zwischen ihren Pobacken weiter nach unten.

»Mein Gott, ist deine Fotze trocken«, sagt er.

Die zweite Schraube sitzt lockerer. Sie löst sie, bewegt versuchsweise die Rasierklinge, sie gleitet aus dem Klingenhalter in ihrer Hand.

Der Zeigefinger verschwindet, und er schnaubt übertrieben laut, damit sie auch alles mitbekommt.

»Und sie stinkt«, sagt er.

Sie stöhnt auf, es klingt wie ein leises, gedehntes Schluchzen. Eine nie zuvor empfundene Wut steigt tief aus ihrem Inneren auf. Sie kann das nicht zulassen. Das kann verdammt noch mal nicht das Ende sein. Sie keucht laut auf, spürt kaum, wie ihre Unterhose über ihre Oberschenkel gleitet. Ihre Fingerspitzen werden zerfetzt, als sie mit der Rasierklinge über das zähe Klebeband fährt, wieder und wieder. Es macht ihr nichts aus, der Schmerz ist nur Öl auf das Feuer, das in ihr brennt.

Jakob starrt die Uhr an der Küchenwand an, versucht mit purer Willenskraft, die Zeit anzuhalten. Er sieht es deutlich vor sich, wie der Sekundenzeiger mit einem letzten kurzen Ticken seine Bahn unterbricht.

Etwas anderes kann er nicht tun, es hilft ihm, alle anderen Gedanken in Schach zu halten.

Jessicas Hände sind frei. *Ich muss atmen, brauche mehr Sauerstoff für Gehirn und Muskeln. Mehr Kraft.* Aber sie hat keine Zeit. Er kniet zwischen ihren Beinen, presst sie auseinander. Sein schwerer Atem gleich über ihrem Kopf. Sie ist bereit, als sie das Klirren seiner Gürtelschnalle hört, die geöffnet wird, ein Reißverschluss wird heruntergezogen. Ihr Körper spannt sich an.

Jetzt jetzt jetzt

Sie stützt sich mit einer Hand auf dem Boden ab, während die andere in einem Bogen durch die Luft fährt, nach oben, nach hinten, ihr Oberkörper folgt, dann heben sich die Hüften vom Boden, und ihr gesamtes Körpergewicht ruht auf der einsamen Hand auf dem Boden.

Zuerst: Überraschung in seinen Augen. Dann: Sie starren beide den quer über seinen Brustkorb verlaufenden dünnen Schnitt an. Die Rasierklinge hat den Baumwollstoff durchtrennt und ist in die Haut eingedrungen. Er blutet.

Jetzt oder nie

Sie findet Halt, wirft sich gegen ihn. Er schlägt mit dem Nacken gegen das Waschbecken und geht zu Boden. Er will nach ihr greifen, hängt mit den Füßen in der Luft, ein Stiefel knallt gegen die Unterseite der Badewanne. Sie sieht ihm an, dass er benommen ist, weiß aber nicht, wie lange das anhalten wird. Rasch steigt sie über die schwarz gekleidete Gestalt, die versucht, sich zu wehren.

Sie stößt einen lauten Schrei aus, es klingt wie ein Brüllen aus ihrem tiefsten Inneren, von dessen Existenz sie nichts wusste. Es hallt zwischen Steinboden und Fliesenwänden wider, wächst an, bis sie das Gefühl hat, der Schrei sei kein Teil von ihr, sondern sie ein Teil des Schreis.

Als Jakob sie hört, merkt er kaum, dass er die Kontrolle über seine Blase verliert. Verzeih mir, verzeih mir, flüstert er in Gedanken und hofft, dass Jessica ihn irgendwie hören kann. Es gibt nichts, wofür er noch kämpfen könnte. Er gibt dem Schwindelgefühl nach, das in immer stärkeren Wellen gegen den Strand seines Bewusstseins schlägt.

Jessica atmet schwer. Sie streicht sich die Haare weg, die an ihrer Stirn kleben. Ihr ganzer Körper schmerzt, in ihrem Kopf hämmert es.

Vor der Tür hört sie Schritte, die rasch die Treppe herunterkommen.

Sie richtet sich auf. Ihr Körper kommt ihr schwer vor, als sei sie weit geschwommen und eben erst zum Ufer zurückgekehrt. Sie rechnet fast damit, dass die Gestalt auf dem Boden wieder zum Leben erwacht, wie in einem Horrorfilm, sich aufsetzt und den Kopf in ihre Richtung dreht. Sie steht schon an der Tür, packt den Türknauf. Dreht ihn um. Die blutigen Finger sind rutschig.

»Was zum Teufel treibst du eigentlich da drinnen?«, schreit eine Stimme auf der anderen Seite der Tür.

Sie taumelt rückwärts, steigt über den Körper auf dem Boden – der sich nicht bewegt – und reißt den Badezimmerschrank auf, auf der Suche nach weiteren Waffen. Ihre Finger hinterlassen blutige Spuren, sie findet nur eine kleine Nagelschere. Jessica schlägt die Schranktür wieder zu, sieht sich für einen Moment im Spiegel. Sie muss sich sofort wieder abwenden, aber die t-förmige Wunde auf ihrer Stirn hat sich in ihrem Bewusstsein schon eingebrannt.

Wieder klopft es an die Badezimmertür. So laut, dass sie erzittert. Lange wird die Tür sie nicht mehr schützen.

»Scher dich zur Hölle«, schreit sie.

Es gibt nur einen Weg nach draußen. Die schmalen Fenster oben unterhalb der Decke.

67

Jessica öffnet das Fenster, das der Badewanne am nächsten liegt, und lässt es einrasten. Sie reißt sich das silberne Klebeband von den Armen.

»Mach die Tür auf, verdammt noch mal!«

Wieder Hämmern an die Tür. Weiß er, dass im Badezimmer Fenster sind? Wie lange wird es dauern, bis er begreift, dass sie durch das Fenster entkommen will? Sie muss ihn so lange wie möglich in dem Glauben lassen, dass sie hilflos in einer Ecke des Badezimmers kauert.

»Lass mich in Ruhe«, schreit sie über ihre Schulter, während sie leise auf den Badewannenrand steigt.

»Ich hab euch nichts getan. Lass mich doch in Ruhe …«

Wieder schwappt die Panik in großen Wellen über sie hinweg. Sie packt den Rand der Fensterbank, klammert sich fest. Sie muss es schaffen. Vorsichtig setzt sie den Fuß gegen die glatte Fliesenwand. Ihre Fingerknöchel werden weiß, als sie sich nach oben und dann nach draußen zieht. Ihre Wange berührt das kalte Gras. Noch ein Stück. Sie holt tief Atem, stemmt sich mit den Zehen gegen die Fliesen. Hinter sich hört sie das Krachen berstenden Holzes.

Ihre Arme schmerzen, aber sie presst sich noch einige Zentimeter durch die schmale Öffnung. Ihr Kleid bleibt hinten am Fenstergriff hängen, sie versucht, sich zu befreien, muss ihre schmerzenden Arme wie im Polizeigriff nach hinten quälen, um sich loszumachen. Für einen Moment glaubt sie, dass sie wieder zurück ins Badezimmer stürzt. Sie keucht schwer, Gras kitzelt ihre Nasenlöcher, der Geruch der Spätsommererde ist durchdringend.

Sie macht sich vom Haken los, packt abermals mit beiden Händen die Fensterbank, zwängt sich Zentimeter um Zentimeter hinaus. Ihr gesamter Brustkorb ist auf der anderen Seite, dann die Taille. Die Füße hängen in der Luft.

Wieder Schläge gegen die Badezimmertür. Aber jetzt ist ihr Oberkörper im Freien, und sie robbt das letzte Stück. Ihre Arme schnellen vor, und ihre zerschundenen Finger graben sich in das Gras.

Sie ist draußen. Dreht sich um, schaut zum Himmel. Die Wolken haben sich verzogen, die Sterne leuchten. *Wenn ich hier nur liegen bleiben könnte.*

Für eine Sekunde hält die Welt an. Aber das darf sie nicht zulassen. Sie darf sich nicht von ihren Gedanken überwältigen lassen. Sonst wird sie es niemals wagen.

Sie richtet sich schwankend auf.

Die Welt bewegt sich wieder schneller.

Jakob kommt zu sich. Er ist allein in der Küche. Von unten vernimmt er einen beängstigenden Lärm, den er nicht identifizieren kann. Hat er da eben eine Männerstimme gehört?

Seine nach oben gestreckten Arme schmerzen, und er richtet sich auf, bis die Arme wieder schlaff herunterhängen, und er spürt, wie das Blut langsam in sie zurückkehrt.

Der Boden bewegt sich hin und her. Seine Jeans sind kalt und nass in seinem Schritt, sie kleben an der Innenseite seiner Oberschenkel.

Er verliert das Bewusstsein, kommt wieder zu sich. Hin und her wiegt er sich im Takt der Bewegungen des Bodens. In einem kurzen Traum spürt er Jessicas kühle Hand auf seiner Stirn. Er kann nicht hochschauen, aber er nimmt ihren Duft und die Abendluft von draußen wahr, wo alles so ist wie immer, wo Menschen ihr Leben leben, in der sicheren Überzeugung, dass alles Böse in gebührender Entfernung bleibt, in anderen Welten.

Jessicas Hand lässt von ihm ab, schon vermisst er sie. Er weiß, dass sie tot ist. Aber sie ist doch gekommen, denkt er. Sie hat gespürt, dass ich sie um Verzeihung gebeten habe.

Jessica lässt von Jakob ab, als sie hört, wie die Badezimmertür unten endlich nachgibt. Ein wütender Ruf ist aus dem Keller zu hören. Er weiß Bescheid. Jetzt ist es nur noch eine Frage von Sekunden. Sie hört die raschen Schritte unten im Kellergang und schluckt hart. Sie sieht den Messerblock auf der Kochinsel. Einige Schnitte durch das Klebeband, dann wäre Jakob vielleicht frei. Aber er würde es aus eigener Kraft nicht schaffen, zu fliehen, und sie hat keine Zeit, ihn wegzuschleppen, denn jetzt kommen Schritte die Treppe hoch. Obwohl sie gegen ihren Instinkt handelt, kehrt sie Jakob den Rücken zu und sucht fieberhaft nach einem Versteck.

Wo habe ich mich früher beim Spielen versteckt? Unter dem Küchentisch. Hinter dem offenen Kamin. Hinter dem Sofa.

Jessica schluckt noch einmal hart. Die Verstecke ihrer Kindheit sind nicht sicher.

Jederzeit konnte jemand lachend kommen und einen Fuß packen, der hinter dem Sofa hervorlugte. Ein lächelndes Gesicht schaute unter die Tischplatte.

Hast du geglaubt, ich könnte dich da nicht sehen?

Sie hört Schritte auf der Treppe. Schnelle Schritte. Sie schaut sich ratlos um.

Er hat eine Pistole.

Sie sieht wieder den Messerblock an. Das kann sie nicht, und der Gedanke kommt ihr albern vor. Niemals könnte sie jemanden erstechen.

Sie kann nicht mehr fliehen. Er ist fast oben angelangt, sie hört, wie das eine Brett knackt.

Jessica läuft leise auf die Treppe zu. Er wird sie erst sehen, wenn er die vorspringende Wand mit den Schränken und dem Herd umrundet hat. Sie kann ihm zuvorkommen. Sie muss sich jetzt konzentrieren und darf nicht daran denken, was geschehen ist, was sie zu tun gedenkt, wie gering ihre Aussichten auf Erfolg sind.

Nun hat er den Kiefernholzboden an der Treppe erreicht. Sie schießt blindlings um den Schrank herum und stürzt sich auf ihn.

Du Arsch du mieses Schwein du hast kein Recht hierherzukommen und

Das Feuer lodert wieder in ihr auf. Jessica wirft sich gegen ihn. Sie zielt tief, auf seinen Bauch. Sie ist ein Mauerbrecher, der ihm den Atem raubt.

Sie schließt die Augen. Sie wird keine weitere Chance bekommen. Muss es durchziehen. Ihre Füße verlassen den Boden. Sie und er hängen in der Luft wie in einer Momentaufnahme einer Umarmung.

Der Körper unter ihr schlägt hart auf der Treppe auf. Eine Stufe, sicherlich die mit dem losen Brett, bricht in der Mitte durch.

Sie hat die Augen noch immer geschlossen, als sie auf dem Kellerboden landen. Und dann. Stille.

Sie öffnet die Augen.

68

»Es dürfte nicht mehr als eine halbe Stunde dauern.« Es kommt ihr vor wie mindestens eine Stunde, seit sie diese Worte gehört hat.

Sie legt Jakobs Arm um ihren Hals, hilft ihm auf die Beine. Er murmelt unzusammenhängendes Zeug und lehnt sich an sie. Langsam gehen sie zur Haustür, die Vortreppe hinunter, weiter am Rasen entlang.

Sie haben ihren Mietwagen erreicht. Die Schlüssel stecken, und die Türen sind nicht abgeschlossen. Ungeschickt bugsiert sie Jakob auf den Rücksitz. Ihre Arme und ihr Rücken zittern vor Anstrengung. Er liegt auf der Seite, und sie legt seine Beine auf den Rücksitz, schließt die Tür.

»Bowie?«, ruft sie zögernd in die dunkle Nacht.

»Bowie?«

Sie schluchzt verzweifelt auf. Jetzt überwältigen sie die Gefühle, obwohl sie versucht, sie abzuwehren, jetzt ist nicht der richtige Zeitpunkt. Sie zittern unter der Oberfläche.

Sie darf nicht zusammenbrechen, solange sie noch nicht in Sicherheit sind.

»Bowie!«

Keine Antwort. Nur der Wind, der in den Baumwipfeln rauscht.

Der Wagen ruckelt über den unebenen Boden, als sie auf den Waldweg fährt. Hohes Gras und kleine Büsche kratzen an der Unterseite. Jakob stöhnt auf der Rückbank auf, und sie wirft ihm im Rückspiegel einen raschen Blick zu.

Sie biegt auf den Kiesweg ab, voller Angst, auf zwei Autoscheinwerfer zu treffen. Aber der Weg ist frei, und sie gibt so heftig Gas, dass der Kies unter den Reifen hervorspritzt.

Ihr Herz, das hämmerte hämmerte hämmerte, bleibt fast stehen, als sie einen schwarzen Wagen im Gebüsch stehen sieht, das vor dem Verkehrslärm der Landstraße schützt. Sie hat das Gefühl, dass das Auto auf sie gewartet hat, dass gleich die Scheinwerfer aufleuchten werden und der Motor brüllend anspringt. Aber nichts passiert.

Jessica drosselt ihr Tempo, nähert sich langsam. Plötzlich sieht sie auf dem Rücksitz inmitten der Finsternis einen weißen Fleck, wie das Negativ eines Tintenkleckses auf Papier. Silbergraues Fell.

Sie lässt den Motor laufen, stürzt zu dem fremden Auto hinüber und rüttelt an der Tür. Natürlich ist sie abgeschlossen. Das Fellbündel dort drinnen bewegt sich nicht, und sie weiß eigentlich

schhhh

warum. Jessica rennt um das Auto herum, rüttelt an allen vier Türen. Abgeschlossen. Auf keinen Fall wird sie zum Haus zurückkehren, um nach dem Autoschlüssel zu suchen. Im Licht der VW-Scheinwerfer findet sie schließlich einen Stein, der groß genug ist. Sie setzt ihre letzten Kräfte ein, hebt ihn hoch und schlägt das Seitenfenster ein. Ein kleines Loch

schnell!

in der Mitte, und sie bricht die widerspenstigen Glasreste weg, sieht, wie sie unter ihren wütenden Fingern zu Harschschnee zersplittern, in Stücke fallen, Tausende von funkelnden kleinen Eisstücken. Sie steckt den Arm ins Auto und berührt vorsichtig Bowies Fell. Bowie rührt sich nicht.

er atmet nicht. schnell jetzt. denk nicht darüber nach

Warum haben sie sich die Mühe gemacht, ihn aus dem Wald hierherzuschleppen? Ihr Blick fällt auf die drei Einschusslöcher in seinem Fell. Sie bilden eine perfekte gerade Linie. Könnten die Kugeln identifiziert werden? Liegt Bowie deshalb hier? Abermals unterdrückt sie ein heftiges Schluchzen. Sie muss Bowie hier zurücklassen. Muss.

Jessica fährt die letzten Meter zur Landstraße. Rechts liegt der Campingplatz, nur wenige Kilometer entfernt. Links wechseln sich kilometerlang Wohnhäuser, Minigolfplätze und Zufahrten zum Strand ab. Dann kommt Ystad.

Sie zögert einen Moment. Sie hat keine Ahnung, wie es wirklich um Jakob steht. Die Wunde im Bein sieht scheußlich aus, scheint aber nur eine Fleischwunde zu sein. Jemand hat ihm gegen den Kopf getreten, und vielleicht hat er weitere Schläge abbekommen. *Aber sie wollten uns ja die ganze Zeit am Leben lassen, bis ihre Auftraggeber kommen.*

Das bringt sie zu einer Entscheidung. Sie biegt nach links auf die Landstraße ab.

»Jakob? Jakob, wie geht es dir?«

Keine Antwort.

»Jakob?«

Sie schaut in den Rückspiegel.

Und sieht ein unbekanntes Auto in die Abfahrt nach Solbacka einbiegen.

Jessica drückt das Gaspedal wieder durch, fährt gefährlich schnell. Hier überqueren Rehe die Straße, auf der Suche nach den zarten Samenkörnern der frisch bepflanzten Beete.

Ihr Blick jagt zwischen der Straße vor ihr und der Straße hinter ihr im Rückspiegel hin und her. Keine Verfolger zu sehen. Noch nicht. Wie lange werden sie brauchen, um zu kapieren, was geschehen ist, und wieder in den Wagen zu springen? Bis dahin wird sie ein paar Kilometer Vorsprung haben.

Falls sie nicht das Auto mit dem eingeschlagenen Fenster entdecken ... aber nein, aus der Richtung, aus der sie kommen, werden sie es nicht sehen.

Ihr Mobiltelefon piept. Endlich hat sie ein Netz. Sie wählt 112. Staunt, weil ihre Stimme so fest klingt, als sie zu sprechen anfängt.

Epilog

Die Frau, die verschwand

Es ist Winter in England.

Jessica Wilcox, die jetzt anders heißt, wandert an der Strandpromenade von Weston-super-Mare entlang, einem der britischen Badeorte, in die ausländische Touristen sich nie verirren. Hier liegt ein indisches Restaurant neben dem anderen, der Curryduft schwebt über der Stadt, und wer sich etwas Besseres leisten will, findet nur einige teure italienische Restaurants mit Papierdecken auf den Tischen, überzogenen Preisen und Kaugummi kauender Bedienung. Hier gibt es eine Pier mit einer Spielhalle und schäbigen Karussells. Das Meer ist so seicht, dass die Pier bei Ebbe vollständig aus dem Wasser ragt.

Hier, ausgerechnet, hat ihre Mutter sich niedergelassen. Hinter der Strandpromenade führt die Küstenstraße aufwärts und beschreibt eine scharfe Kurve. Hoch oberhalb des Ortes wohnt die Mutter mit ihrem neuen Mann. Für sie ist Weston-super-Mare das Paradies auf Erden. Es spielt vielleicht keine so große Rolle, wo man sein Paradies findet. Wenn man sich zu Hause fühlt, fühlt man sich eben zu Hause.

Sie und Jakob sind nachts eingetroffen und müssen morgen schon weiter. Sie können nicht zurückkehren. Jessica geht eine kleine Treppe hinunter und joggt über den Sandstrand an der Strandpromenade entlang. Ihre Schuhe versinken im feuchten Sand.

Hab keine Angst. Im Sand sind überall Spuren.

»Ich glaube, ich war so lange von dir abhängig, dass ich mich befreien musste«, sagte Jessica am Ende ihres Gesprächs zu Petra.

Keine wollte auflegen. Sie wussten nicht, wann oder ob sie jemals wieder miteinander reden würden.

»Wenn ich mich also wie eine trotzige Göre verhalten habe, dann weißt du, warum.«

»Du hast mir vielleicht einen Gefallen getan, und ich konnte ein wenig üben. Enzo zeigt nämlich die ersten pubertären Anzeichen.«

»Es tut mir so schrecklich leid. Das wollte ich dir einfach sagen.«

»Ist schon gut. Ich war sicher auch eine ziemliche Glucke.«

»Und, Petra, du weißt doch sicher, dass ich dich liebe?«

Endlich konnte sie es aussprechen.

Sie beendeten das Gespräch, und Jessica warf die Prepaidkarte in Arlanda in einen Papierkorb.

Ihre Wohnung in der Tjärhovsgata ist über einen Makler verkauft worden, und nachdem sie das Darlehen zurückgezahlt hat, hat sie eine gute Million übrig. Außerdem haben der Großvater und Viktor ihr genug Geld gegeben, um viele Jahre davon leben zu können. Als Vorschuss auf das Erbe. Sie hatte kein schlechtes Gewissen, als sie das Geld angenommen hat. Hat ihnen nur gedankt, und ihrem Glücksstern. Geld kann vielleicht kein Glück kaufen, aber Freiheit.

Sie macht sich Sorgen, weil die alten Jungs weiter in Solbacka wohnen wollen, aber sie weigern sich, das Haus zu verlassen. Ihr Paradies auf Erden.

Sie hat sich ein letztes Mal mit ihrem Vater getroffen, ehe sie nach England gefahren ist. Er erzählte ihr, dass er sich von Gloria scheiden lassen will. Das machte sie traurig, warum, hat sie erst später begriffen. Im tiefsten Herzen hat sie die ganze Zeit darauf gewartet, dass er Gloria verlässt, und gehofft, ihren Papa zurückzubekommen. Jetzt ist es endlich so weit, aber es ist zu spät. Sie kann ihn nach der Scheidung nicht mehr treffen.

Sie haben zusammen ein Glas Wein getrunken, haben sich zum ersten Mal als erwachsene Menschen allein getroffen. Es gab so viel, was sie über all die verlorenen Jahre sagen wollte, aber sie wusste nicht, wie. Als sie sich trennten, sagte sie, sie verzeihe ihm, dass er sich damals für Gloria entschieden habe. Das stimmt nicht, aber sie hofft, dass es eines Tages wahr wird. Er schaute zu Boden und zupfte an seinem Revers.

Sie zögerte lange, ehe sie ihm das Buch der Großmutter gab. Vielleicht werden einige der Dinge darin ihn verletzen, aber er muss eine Chance bekommen, seine Kindheit zu verstehen. Sie hat ihm alles Gute gewünscht. Danach gab es nichts mehr zu sagen und nichts mehr, das zu erfahren sie erhoffen konnte.

Jessica weiß, dass sie diese Nacht in Solbacka niemals überlebt hätte, wenn sie nicht das Buch der Großmutter gelesen hätte. Vorher hätte sie nicht genug Willenskraft besessen. Als sie nach Schonen kam, war sie schon lange eine lebende Tote gewesen.

Ihre Schritte klingen laut auf dem nassen Asphalt, als sie auf der Strandpromenade weiterläuft, die Straße überquert und der immer steiler ansteigenden Küstenstraße folgt. Kleine Regentropfen treffen ihre Wangenknochen.

Sie kann sich kaum an die letzte Nacht in Solbacka erinnern. Sie hat erfahren, dass der Mann, den sie am Fuß der Treppe zurückgelassen hat, verschwunden war, als die Polizei eintraf, und dass der Mann im Badezimmer tot war. Sie hat sein Gesicht zum ersten Mal in der Zeitung gesehen. Nur ein Gesicht. Einen Menschen. Nicht mehr und nicht weniger. Die Erinnerungen werden sie einholen, aber bisher fühlt sie sich überraschend stark.

Sie weiß nicht, was geschehen wird, aber sie weiß, dass sie auch damit fertig wird, solange sie von einem Tag zum anderen, von einer Stunde zur nächsten lebt. Sie wird es schaffen, mit der Lüge zu leben, die auf sie wartet, denn sie kennt jetzt die wichtigsten Wahrheiten über ihr Leben.

Sie konnte nicht bleiben. Sie wissen, wer sie ist. Sie wissen, dass sie für Jakob wichtig ist.

Die schwedische Presse spekuliert natürlich darüber, wo sie steckt, und sie müssen einen Ort finden, wo das Risiko, auf Schweden zu stoßen, minimal ist. Erst dann können sie sich ein neues Leben aufbauen, und sie und Jakob werden wirklich wissen, was sie einander bedeuten. Sie hofft, dass es Liebe ist, wenn sie alles verarbeitet haben.

Einen Moment lang spürt sie die Nähe ihrer Großmutter. Sie hat das Gefühl, einen zusätzlichen Atemzug zu nehmen. Und dann ist die Großmutter wieder verschwunden.

Jakob, der nicht mehr Jakob und auch nicht Erik heißt, wartet oben im Haus auf sie. Ihre Mutter bestreicht gerade ofenwarme Crumpets dick mit Butter. Jessica bleibt stehen, holt Atem. Schaut auf das stahlgraue Meer, das sich jetzt wieder ins Land hineinfrisst.

Sie warten oben im Haus auf sie. Sie warten auf Jessica.

Danksagung

Ich danke Karin Linge Nordh, meiner Verlegerin, die nicht nur mein Manuskript verstanden hat, sondern auch mich, in einer Zeit, wo ich das ganz besonders brauchte. Und John Häggblom, dem Lektor mit dem durchtrainierten Gehirn, das es mit seinem Bizeps absolut aufnehmen kann. Und Anna Fredriksson, die schon früh wichtige Gesichtspunkte einbrachte. Ich danke der Grand Agency, die in so vieler Hinsicht mein Leben als Schriftsteller so viel leichter macht.

Ich danke Anna Andersson und Camille Tuutti, guten Freundinnen und starken Rettungsleinen während der Redigierphase. Ich danke Petra und Ulf, Österlens Antwort auf Angelina und Brad, für die vielen schönen Sommer. Ich danke J, weiterhin eine wichtige Person in meinem Leben – diesmal, weil ich alles über die Blütezeiten in Schonen gelernt habe.

Ich danke Varg Gyllander und SO Gustafsson von der Kriminalpolizei, die mich über geschützte und neue Identitäten informiert haben.

Ich danke den Menschen, mit denen ich über vergangene Zeiten gesprochen habe und die als anonyme Vorbilder für Viktor, Viola und Billy dienen.

Ich danke den Lesern meines Blogs für die Unterstützung, die Tipps und die Inspiration (matsstrandberg.blogg.se).

Ich danke meinen phantastischen Eltern, ich bin froh darüber, dass ich mir gerade euch ausgesucht habe.

Ich danke allen Freunden, ohne euch wäre ich nichts, und vor allem danke ich Anna Thunmann – das Salz in meiner Suppe, der Ton zu meiner Musik, ganz einfach mein Ein und Alles.

Ich liebe euch.